年，军报

朱光 ★ 著

吉林人民出版社

图书在版编目（CIP）数据

那年，军校 / 朱光著. -- 长春：吉林人民出版社，2018.6
 ISBN 978-7-206-15072-2

Ⅰ.①那… Ⅱ.①朱… Ⅲ.①长篇小说—中国—当代 Ⅳ.①I247.5

中国版本图书馆CIP数据核字(2018)第142432号

那年，军校

著　者：朱　光　　　　策　划：胡兴亮
责任编辑：李沫薇　　　　封面设计：佟　玉
吉林人民出版社出版 发行（长春市人民大街7548号 邮政编码：130022）
印　刷：长春市昌信电脑图文制作有限公司
开　本：787mm×1092mm　1/16
印　张：14　　　　　　　字　数：182千字
标准书号：978-7-206-15072-2
版　次：2018年6月第1版　印　次：2021年6月第2次印刷
定　价：50.00元

如发现印装质量问题，影响阅读，请与出版社联系调换。

毕业论文答辩

参观见学合影

目 录

楔子 /001

第一章 ☆ 报考军校 /005

第二章 ☆ 兵之初 /012

第三章 ☆ 新训风波 /028

第四章 ☆ 与教员过招 /040

第五章 ☆ 实习"战士" /057

第六章 ☆ 舍生忘死 /074

第七章 ☆ 藏不住的过往 /086

第八章 ☆ 不想再懦弱 /096

第九章 ☆ 幸福来得太突然 /108

第十章 ☆ 突出重围 /114

第十一章 ☆ 参加"奥运"安保 /127

第十二章 ☆ 风雨中成长 /141

第十三章 ☆ 当你的纤手离开我的肩膀 /154

第十四章 ☆ 保卫"全运会" /172

第十五章 ☆ 特殊的毕业考核 /187

尾声 /206

后记 /212

楔　子

"哐当……哐当……哐当……"

一列火车行驶在广袤的大地上,不知道它从哪里来,也不知道它将去往何处。

高原上生活的人们习惯了这样的火车,好像很久以前这里就通火车了,火车晃晃悠悠走过的样子早已和生活里的暮鼓晨钟一样平常。

可对于列车中间的一个车厢里的战士们来说,高原的景色却是他们生平第一次见到。

"排长,快来看啊,多么壮美的景色!"年轻的战士们兴奋地呼喊着排长到窗口看景色。

正在用煤气炉做饭的排长见状,笑了。这还是几天来他们第一次这么兴奋,他笑着把头转了过来,继续专注于自己的菜。

今天有战士过生日,没法买蛋糕,所以排长执意要自己做饭,给战士好好过一个战地生日。

战地生日,有没有搞错?是的,没有搞错,这节车厢就是他们的战场。

任务:押运。密级:绝密。

列车从富饶的江南出发,已经走了四天四夜了,不知还要走多少天。排长看了看战士们,他们很快看倦了高原单调的风景,有几个已经靠在一块打盹了。想到他们刚受领任务时的兴奋劲儿，他忍不住摇头笑了起来。

最后一个菜出锅。

"开饭！"排长喊道。

这样一顿稍微丰盛点的热饭热菜在现在的情况下是奢侈的，因为车很久没有停了，大部分的时候，大家吃的都是方便食品。那东西偶尔吃一点感觉良好，吃的时间长了，令人看了就想吐。

早已被饭香馋得饥肠辘辘的战士们迅速围了过来，或者言由心生或者拍马屁地说："排长的厨艺还真是厉害，专业级别的！"

排长笑道："拍马屁也不行，先唱歌，今天是我们排廖大宝的生日，就在这任务一线，让我们一起祝他生日快乐！没有蛋糕，歌更要唱好，我起个头，祝你生日快乐，一起唱！"

"祝你生日快乐……"生日歌也像喊出来的，被唱得鬼哭狼嚎，但却充满了纯真的战友情谊。

"廖大宝同志，祝你生日快乐！"排长端起盛满饮料的杯子和战士们一起碰了一下，然后一饮而尽。

"谢谢排长，我永远会记住这个生日的！"廖大宝哽咽了。

放下杯子，排长到车厢门口去换下警戒的哨兵来吃饭。哨兵说什么也不肯："排长也没吃，这怎么行！"

排长道："去吧，还和排长客气上了，知道你们早饿了！"

吃过饭，天已经黑了下来。没有娱乐项目，大家依旧围在一起聊天。

"排长，当兵是你从小到大理想吧？"

"排长这么优秀，给我们讲讲你当兵的经历吧！"

"是啊，听说排长是在岳泉市读的军校！我特别想考军校，想知道那里的生活是什么样子的！"

"毕业一年了，排长特想你们的军校同学吧？"

……

年轻的排长有些不好意思地笑起来："不怕你们笑话，其实我没当兵前很害怕当兵，当上了兵，开始的时候也糟糕得很！"

于是，战士们更有兴趣了，央求排长快点讲。

"好吧。"年轻的排长禁不住央求,终于答应。

战士们停止说话,车厢内顿时安静了下来,只有列车不知疲倦地"哐当、哐当",一如既往地向前奔跑,奔跑,就像青春的脚步,不知停息。

从哪开始讲呢?排长想了想,思绪像一滴染料掉进了水里,渐渐扩散开来:"先给你们介绍一下我上军校时班里的几个战友吧,那时候,我们一个班八个人:

班长叫刘星剑,出身农家,在部队当了四年兵才考上军校,他是一个特别认真的人,什么事都较真,工作标准要求很高,但为人很和气,心肠很好,生活中像个老大哥一样,对大家照顾得无微不至。

副班长苏智刚,东北人,当兵三年考上军校,总是理着一个短得扎手的发型,脾气火爆且一脸凶相,但我那时候不怕他,大家都是同学,毕业以后都是中尉,一个级别嘛,牛什么?

部队生冷柏,当兵两年考上军校,大块头,绝对硬汉,但却是个暖男,后来我才知道他是农村单亲家庭,由母亲一手带大,也就更加惊讶,是一个怎样温暖贤惠并且坚韧刚强的母亲,在那样贫苦的环境下,给他撑起了一个温暖阳光的成长环境,让他的性格如此和暖?

部队生石磊,当兵两年考上军校,我对他印象最深刻的是新训跑五公里时,他一边跑一边喊'晕过去吧、晕过去吧',这样他就可以上救护车,不用再遭罪了。他是南方人,父母是小市民,他也是小市民性格,来考军校就是想将来转业回老家当个公务员,平时什么事都得过且过但又往往难遂心意,所以爱发点牢骚。

部队生李之语,当兵两年考上军校,虽然父亲是县城里的老师,也算知识分子家庭,但他入伍前却是问题青年,高中时打架斗殴被学校开除,父亲托人走关系办下高中文凭才当了兵,后来竟然也考上了军校。在班里是'个别人',对什么事都冷淡,也没有什么朋友,所以经常被忽略。

地方生凌校,我军校时期最好的朋友,高中毕业直接考入军校,江南帅哥一枚,他在我们中入伍动机最明确、理想最坚定——想在部队轰轰烈烈燃烧自己的青春。他家里很有钱,父母在不惑之年成了'暴发户',在那之前,他也就是农村留守儿童,跟着爷爷长大。他是富人,但也仇富,和父母关系也不好，大致是因为他爷爷去世的时候父母在忙着赚钱，没回来。

　　地方生杨帆，军人和学者的'结晶'，父亲是武警大校，母亲是大学教授。他的高考成绩是我们地方生中最好的，我相信在他们省也是能够排上名次的，上清华北大没问题，结果被我们武警大校同志送到了军校，我们国家一个未来的高端学术人才就这样没了。在很长一段时间内，我们其实都很为他感到惋惜。

　　我啊，地方生，出生普通农家，我在高中时期虽然算不上天才级别的'学霸'，但好歹也是省重点高中名列前茅的高才生，考不上清华北大，但考个其他的国家985重点大学也还是有把握的，在我高中毕业前的19年人生中，对自己的未来有超过100种规划，但绝对没有当兵这一项，为什么当兵？说来话长了……"

第一章
报考军校

"妈,我爸呢!对于刚从高考前线回来的儿子,他是不是应该到村头去迎接一下呢!"林小洁一进门就开始抱怨。高考可是他到目前为止的人生中,最大的一件事,按他的想象,父亲应该蹲在村口,着急地等着他回来,然后不厌其烦地问他考试的结果。可是林小洁下了公共汽车以后,却什么人也没看到,最后不得不自己一个人提着沉重的行李走回家来。

母亲并没有回答林小洁,依旧不声不响地准备着午饭,一滴眼泪却悄悄地从她的眼角里流了下来。

林小洁并没有觉察母亲的异样,依旧沉浸在回家的喜悦中:"对了,妈,我姐姐工作忙,过年都没有回家,现在高考结束了,我打算去她工作的单位,看看她。"

听到林小洁提到"姐姐"两个字的时候,母亲终于控制不住自己的情绪,再也不掩饰内心的苦楚,坐在地上"呜呜"地哭了起来。

林小洁被母亲突如其来的哭泣吓坏了,赶忙跑上前去扶起她,惊慌失措地问:"妈,怎么啦?出什么事情了,你别吓唬我!"

"你姐姐生病了,你爸在医院里照顾她呢!"母亲强忍住悲痛,对林小洁说。

"妈,没事,病了咱们花钱治,现在医学这么发达!"林小洁安慰道,他以为母亲是因为心疼姐姐住院的医疗费。因为贫穷，母亲总是把钱看得很重。可是这一次，却是他想得简单了。

"可是医生说，这个病治不好，我和你爸跑了那么多家医院，医生都说，这个病要终生吃药的！"母亲放声哭了起来。大儿子在外工作没回家，这几天只有她一个人操持着家务，看到小儿子回来，再也忍不住内心的委屈。

听到"治不好"三个字的时候，林小洁感觉身体像被抽空了一样，慢慢地坐到了地上，眼泪簌簌地掉了下来，但还是强忍着没让自己哭出声来。问道："妈，什么病？"

"精神分裂症！"

林小洁听完以后，脑子里一片空白。良久，他才哭出声来，眼泪如泉水一样涌出来，就像伤口里面流出的血，怎么也止不住。

后来林小洁才知道，为了不影响他学习，小村善良的乡亲们对他隐瞒了这个秘密。姐姐在去年就住进了医院，背着家人逃离高中外出打工挣钱的她，在外面的生活并不如意，她开始后悔放弃学业，也经常想念家人，但因为和父亲的争执，性格要强的她即使想家也不回来。单纯的姐姐谈了个男朋友，结果男友偷了她的钱，消失得无影无踪，苦心经营的感情和辛辛苦苦攒了几年的钱一夜之间消失殆尽，长期的精神压力和突然的刺激让她的内心世界彻底坍塌了。

林小洁把姐姐生病的原因归到了父亲身上。他心里埋怨父亲，因为是他给了姐姐太大的压力。他也忘不了父亲打在姐姐脸上的那一巴掌，鲜红的掌印清晰地显示在姐姐清秀的脸上，倔强的姐姐嘴角渗出淡淡的血迹，若不是父亲把姐姐赶出家门，给了她这么大压力，姐姐又怎会患上这样的病？！

几天之后，林小洁的妈妈去医院换回了父亲。看到匆匆忙忙从医院赶回来收麦子的父亲，林小洁积攒了好多天的怨恨的话却怎么也说不出口。

这还是那个性格张扬的男人么？胡子没有刮，头发没有理，疲惫的眼睛充满了血丝，干瘦蜡黄的脸庞如同一个病入膏肓的人，身上的衣服一看就好长时间没有洗过了，脏得很。他这个样子，比大街上的乞丐好不了多少。

林小洁的心，疼得都痉挛了，不知道牙齿都在打架的嘴巴怎么把那声"爸"喊出了口，眼泪像断了线的珠子一样落了下来。

父亲看到林小洁掉落的泪，苦涩地笑了一下，算是安慰了。父亲笑得苍凉，也笑得无奈，能说善道的他现在也不知道怎么安慰自己的小儿子。他，已经是一个筋疲力尽的父亲了。

忙。

整个华北平原的农民在这个月份相继进入了一年中最忙的时候。小麦的收割晾晒，秋菜的耕种，田地的除草、施肥、灌溉，对于林小洁家来说，新一茬的大棚黄瓜也开始了育苗和嫁接工作。

父亲用手抓起一个麦粒，放在嘴里咬了一下，麦粒发出了一声脆响——晾晒场子上的小麦已经干了。他于是抓起木铲开始铲麦子，林小洁跟在后面扫，他们现在要做的是把晒干的麦子运回家。

当前国家鼓励农民多种小麦，不但保护价收粮，每亩地还给农民几百块钱的补助。现在种地也不是前几年的牛耕地、人播种，而是清一色的机器作业，播种机种上，联合收割机收获。但是，晾晒的过程还是很费体力，因为要将几千斤小麦摊开在场子上晾晒，晒干后收到袋子里，再一袋一袋搬上车，运回家。

父亲依旧有些舍不得让林小洁下地去干活。他怕儿子累坏了，毕竟林小洁以前从没干过农活，这样的天气，头顶着烈日干活，像他这样常年在地里干活的庄稼汉都有些吃不消。

父亲看了看林小洁晒得黑红的脸，对他说道："回家去吧，这活你干不了！"

林小洁也不看父亲，这两天他因为姐姐的事情一直赌气不爱和他说话。

见林小洁不搭腔，父亲便不再作声。农活他已经干习惯了，再多也不嫌多，可是现在老婆照顾女儿去了，身边连个说话的人都没有了。人上了年纪开始怕孤单，现在的他害怕一个人待着，于是便也不再赶林小洁回家了。

林小洁搬起一袋子小麦跟在父亲后面，一袋子接着一袋子地往车上扔，他心里埋怨父亲，但也心疼他。自己19岁了，他想为这个家、想为眼前这个憔悴的男人分担一些事情。

拖拉机装满了，林小洁坐在拖拉机上和父亲一块回家，然后将麦子从拖拉机上卸下来。一趟接着一趟，两个人一直干到傍晚。最后一趟的时候，搬着麦子的他双腿有些发软，不由自主地往前冲了几步，手腕处撞到了拖拉机的角铁上，一股钻心的疼痛立刻传了过来。

身后的父亲赶紧放下肩膀上的麦子，跑了过来，他抓起林小洁的手腕，伤口很深，殷红的血迅速渗了出来。

"我说过你不能干这活的！"他心疼地活动了一下林小洁的手腕，急切地问道："骨头没事吧，骨头伤了，就耽误上大学了！"林小洁不做声，转了一下手腕示意他没事，站起来继续去搬他的那袋麦子。

父亲急了，说道："不用你干了，你去包一下吧！"

林小洁并不理睬父亲的话，五指深深地嵌进了装满小麦的粮袋，伤口处传来的疼痛竟然让他有了一些发泄的快感，他开始理解那些用自残来消解内心苦闷的人了。

"怎么这么犟，听见没有！"父亲吼道，声音也严厉了许多。

"既然姐姐不喜欢，为什么逼着她去念高中！怎么活着不是活，哪怕当个种地的农民有什么不好，为什么一定要把她逼得走投无路！"

这些憋在心中好多天的刻薄的话，终于还是说出了口。林小洁将那袋麦子使劲举起，然后重重地摔到了地上。袋口开了，金黄的麦子撒了一地，就像喷涌而出的情绪。他往地上一坐，放开喉咙哭了起来。

暮色四合，周围终于只剩下了这对父子。傍晚的旷野荒凉而又寂寞。

林小洁的委屈、不甘、怨恨、无奈都混合进了伤心的眼泪里。19岁，他的天空不再蔚蓝。他迷茫，他绝望，他找不到生命中可以让他紧紧抓牢的把手，他感觉不到生活的希望。

父亲愣住了，半晌，叹了口气。他蹲在晾晒场上，从口袋里掏出了一盒皱巴巴的烟，点上一支，深深地吸了一口，然后重重吐出一大堆烟雾，烟雾里面有缭绕不断的心事。

过了会，父亲站起来说，先去消消毒吧。林小洁不再说话，他开始后悔刚才跟父亲发脾气，其实他知道，姐姐病了，当父母的比他更揪心。

父亲找来白酒，洒在了林小洁的伤口上，一股钻心的疼痛让他咬紧了牙关。

后来，林小洁右手腕处留下了一块圆形的伤疤，这段伤痛的记忆也永远留在了他的心上。

现在住的医院只能暂时控制林小洁姐姐的病情，没有很好的治疗效果。父亲打听到一家治疗精神病很出名的中医医院，没有在家里待到林小洁高考成绩发下来，便带着姐姐赶往了几百公里以外的医院。

父亲走的时候，林小洁恳求父亲说："爸，我姐才21岁，倾家荡产我们也要治好她的病，即使这个大学我不念，都行！"

其实已经家徒四壁，就连家里的亲戚也都借遍了，还谈什么倾家荡产！但父亲还是坚定地说："我和你妈不会放弃你姐姐的，书，你也一定要继续读下去！"

父亲看着林小洁，林小洁看着父亲，父亲眼里是不容置疑的坚定。林小洁郑重地点点头，说："爸，家里的农活你放心，我和妈会照看好的！"

父亲离开家几天以后，高考成绩在网上公布了，林小洁发挥正常，超出重点本科线几十分。父亲在电话里知道了这个消息，高兴得不得了，他对选择大学和专业一窍不通，也没有精力给林小洁出主意，他在城里的堂哥主动接过了这个任务。

林伯父曾经是县城的一名公务员，现在退休在家。在小村人的眼里，他是个很体面的城里人，也是令林家人感到骄傲的城里亲戚。伯父给林小洁选择的学校是军校，原因很简单，上军校期间国家会负担一切费用，并且每个月还有几百元的津贴。

林小洁从没想过报考军校，也从没想过自己会成为一名军人。自从高一的那次军训后，军人更加成了崇尚自由自在的他最不愿意从事的职业。他想去的地方从来就只是地方大学，那里有宽松的学习环境，巨大的图书馆，美丽的爱情。

"咱们报考军校怎么样，不花钱，毕业以后又直接安排工作。现在国家正着手提高军人的工资待遇，军人的生活条件马上会有很大的提高。"林伯父征求林小洁的意见。

"现在国家有助学金，我可以贷款和打工挣钱供自己读书，不用家里负担的！"林小洁没有直接说不愿意。在心里，他很敬重这个和蔼可亲的伯父。

林伯父看了看侄儿，目光中全是疼爱，丝毫没有责怪的意思，耐心地说道："其实我早就和你大妈商量好了，你们家经济条件不好，由我们负担你大学期间一半的费用。可是你有没有想过，你这个分数虽然过了重点本科线，但是上不了一流大学，毕业后找不到太好的工作，何况你要自己负担上大学的另一半费用，毕业以后挣的钱还要去还贷款，不能直接帮助家里。你姐姐的病不知道还要花多少钱，你爸眼看年纪大了，还能撑多少年？"

伯父没有讲下面的话，可林小洁却明白他的意思，自己还是自私地只想着自己了！姐姐的病要治疗，自己上大学不能给家里增加负担是一方面，还要想着大学毕业后能尽快帮助家里减轻负担才行啊。

想到这里，林小洁有些惭愧，做决定的时候心中像是有一个东西忽然碎掉了，那是他梦想破碎的声音。

林小洁低下头，忍住泫然欲下的眼泪，轻轻地对伯父说道："大爹，我报考军校吧！"

为了应付报考军校前的体检，林小洁必须摘掉一直挂在眼睛上的眼镜。

"眼睛，这是人最重要的也是最脆弱的器官，手术万一出现差池，自己怎样去和林小洁的父亲交代？可是时间紧急，为了孩子的前途，这个责任，自己这个做伯父的应该承担！"林伯父思忖再三，在林小洁的手术单上郑重地签上自己的名字。他一向和蔼宁静的脸上，眉毛紧紧蹙在了一起，担心之情显露无遗。

甚至没有来得及征求还在几百公里外求医的弟弟同意，林伯父就把林小洁送上了激光矫正视力的手术台。

术后，林小洁住在了伯父家。伯父承担了父亲的角色，他甚至比林小洁的父亲更细心，每天按照医生的嘱托搭配林小洁的饮食，定时提醒他滴眼药，监督他不准看电视。也就是在这期间，林小洁才明白，这个小村人一直仰望的县城里的"大官"伯父，也只不过是个普普通通的令人可亲可敬的长辈，不知不觉消除了内心的隔阂感。

一周后，伯父带林小洁去参加体检，顺利通过。

等待录取通知书的日子是难熬的,接到通知书的时候却是迷茫的。

如果林小洁曾经有个军人梦,此刻他会很幸福,再退一步说,如果他不惧怕当兵,此刻或许心中会充满庆幸。可是,林小洁并不属于前两者,但他也并不后悔,最终还是他自己选择了这条路,别无选择了不是吗?选择了,即使是苦的,自己也要硬吞下去,这才是他的性格。

林小洁拆开了信封,通知书上黄色的背景前是学校气派的校门,还能看到穿着军装站岗的帅气哨兵,金色的字印着学校响亮的名字:中国人民武装警察部队岳泉指挥学院。真威风,忽然间涌上来的虚荣心,竟让他对学校有了些许期待。

林小洁拿着通知书去医院看了父亲和姐姐。父亲看到录取通知书,高兴得眼眶子都红了。在这个不是很富裕的村子,能当兵都是一件光荣的事情,更别说他的儿子考上了军官学校。这个坚强的农村汉子,什么苦难都没能让他屈服,可是自己子女的前途和健康却总能轻松左右他的情绪。

父亲拿着那录取通知书,一刻也舍不得放下,看着信封上的"中国人民武装警察部队",他问:"这是什么部队?"林小洁是个军事盲,也不知道。父亲就说:"反正是解放军的一部分吧,这名字,真气派!"

吃饭的时候,父亲给自己倒上一大碗白酒,几口下去,就引出一大堆陈芝麻烂谷子:"儿子,你老爸年轻的时候就想当兵哪,那时候你姑姑他们还小,家里就我一个壮劳力啊,挣不够工分,大队说什么也不放人,呵呵,我儿子现在当兵了,还是个军官……"

林小洁没有听进去父亲的唠叨,他的目光全放在姐姐身上。姐姐并没有对自己考上军校有过多的反应,她的注意力全部集中在了饭菜上面,一筷子接着一筷子挑拣着盘子中的瘦肉,那个样子并不是以前那个文静漂亮的她。

"姐,慢点吃。"林小洁轻轻说了一句,眼睛涩涩的难受。

第二章
兵之初

林小洁走下出租车的时候,凌校正站在学校的大门外,出神地仰望着大门上方红底白字的横幅:"让青春和梦想在奋斗中闪光!"一脸无可救药的憧憬。

凌校听见出租车停下的声音,扭头往后看去。一个穿着便装的家伙从车上走了下来,一米七左右的个头,稚气未脱的脸庞,圆圆的脑袋上是那种很随意的短发,黑色的头发显然是没怎么经受过精心的打理,很恣意地长长短短,偏偏那头发又硬得很,虽然像一片荒芜了的菜地,却透露着一种生机勃勃的力量。

这样的长相绝对属于一个阳光年纪的高中新生,头发的主人显然不是一个太关注个人形象的大大咧咧的家伙。

林小洁并没有在意凌校的打量,一下车,他就被学校气势恢宏的大门给吸引住了。高大威武的青白色大理石建筑,构造简单却筋强骨壮,一派庄严的气象。门内一块巨大的影壁挡住了学校内部所有的精彩,但影壁上金色的楷体大字"忠于党和人民,造就现代警官",却无疑让人为之一振,更加增添了学校的神秘感。

大门右侧是白底黑字的让人感觉很震撼的学校名称:中国人民武装警察部队岳泉指挥学院。抬眼上望,红色条幅上是一句颇具有煽动性的口号:"让青春和梦想在奋斗中闪光！"连林小洁这样很怕当兵的人，读来都感觉热血沸腾，涌上一股想要沙场练兵的豪情。

"喂，小兄弟，以后好好学习，将来也考我们学校！"凌校得意扬扬，没进校门就已经以学校主人自居，并且还不忘卖弄一下自己的身份，教育旁边的林小洁。他真的把林小洁当成了高中生。

林小洁听到最后才反应过来，旁边那人好像是和他说话。于是一脸茫然地把头转向凌校，说话的家伙体态匀称，打扮入时，精致的脸庞让人感觉他是从青春偶像剧里走出来的男主角，左脚下还放着一个小巧的旅行包，非军用的，一看就是和自己一样，是从地方高中直接考入军校的新生。

没想到凌校却会错了意，认为眼前这个高中生是转过头来专心听自己的教导，越发地洋洋得意起来："男儿何不带吴钩，收取关山五十州，请君暂上凌烟阁，若个书生万户侯？书生论剑豪情多，携笔从戎保家国！不过，哥哥我不是自夸，军校的分数线可是很高的，你要好好努力才行啊！"

凌校眼睛看着学校，故作深沉地诵读着诗词，发着滥情的感慨，一脸陶醉地卖弄着自己肚子里的那点墨水，丝毫不在意路上不断经过的行人惊诧的目光。

门口站着的两个雕塑一样的哨兵，用眼睛的余光悄悄锁定了这个神经质的家伙。这两天来了这么多新学员，这个家伙绝对是最有特色的。

林小洁白了凌校一眼，却懒得理他，心里面暗暗骂道：白痴！接着，从口袋里拿出录取通知书向大门口的哨兵走去。

面对威武的哨兵，林小洁心中没来由地一阵局促。

想是见惯了战战兢兢的新生，还没等忐忑不安的林小洁开口，哨台上的哨兵很制式地转体，戴着素白手套的手往右手边的传达室一指，客气地说道："新来的学员吧，请到传达室签到。"

林小洁转头望去，传达室里一名军人正微笑着点头，示意他过去。他对哨兵说了声"谢谢"，便往传达室走去。

凌校不知道什么时候也提着自己的小旅行包跟进了传达室，想到刚才把林小洁当成高中生，还来了一通即兴演讲，脸上十分尴尬。他也一本正经地拿出录取通知书，给传达室的战士看了看。做好了登记，传达室的军人很热情地给两位初入军校的新生、同样也是初入军营的新兵,指引了他们要去的学员队所在的宿舍楼。

刚出传达室,凌校把小旅行包很随意地往肩上一搭,很有范的样子,加快步子跟上了前面的林小洁。

两人并排往前走,还是凌校先开口:"喂,兄弟,我们竟然在同一个楼上住呢,太幸会了!我叫凌校!"

傻乎乎的家伙,林小洁对凌校第一印象并不好,不冷不热地回道:"林小洁!"

说话间转过影壁墙,学校的全貌便尽收眼底。一条南北大道把整个学校分成了两部分,左边是操场,右边是整齐排列的楼房。除了第一幢楼房和最后一幢楼房造型不一样以外,其余楼房都是一模一样的,包括它旁边的篮球场也是一个模样,像极了一个队列,非常严整的队列。

林小洁和凌校都没有了声音。两个人不由放缓了脚步,睁大了眼睛左顾右盼,看路旁的松树,看远处的楼房,看往来于学校的那些穿着军装戴着各式各样不同肩章的军人,努力把真实的军校和自己想象中很神秘的样子做着比较,那样子像极了第一次进了大城市的农民,感觉脚下踩的水泥路都和村里面的不一样。

林小洁忽然很庆幸自己能考上军校,因为这身衣服真的很帅,这些人真的很威风,这个学校也很漂亮,心里充满了年轻人的虚荣感。

开学的日子,学校特意开着广播来营造氛围,广播里放的是军歌。林小洁是个音乐盲,但对中国人民解放军军歌太熟悉不过了,高中军训的时候,他每天都听着军歌在太阳底下晒着,忍受着黑炭一样教官的折磨,对这首歌可说不上有什么好感。可是此时此刻此景,当自己真的要成为这个绿色方阵中的一员时,才静下心来认真倾听这首歌的歌词,感受着它动人的旋律。

军歌,带着革命军人从战火硝烟中一路走来的那种坚韧与乐观,用这个时代很少会听到的红色词汇,迅速把林小洁的思绪带到了那些战火纷飞的年代。为了今天的和平生活,无数革命先烈一往无前地奔向了战场,牺牲了自己宝贵的生命。即使这首歌唱得带点摇滚味道的阳光与活泼,也让人听出了共和国带血的历史。

历史太厚重，只要肯回眸就会被感动。林小洁他们太年轻，年轻的思绪搭在了厚重的琴弦上，被感动了犹不自知。林小洁长舒了一口气，开始对军校的生活充满了期待。

"快看，那楼上金色的字！"

凌校对着林小洁高兴地叫了起来，他的声音毫无顾忌地吸引着四周走过的军人。军人们看着这两个身着便装、学生一样的家伙，知道他们是地方高中直接考入军校的青年学生，嘴角露出了善意的笑。刚刚当兵的时候谁都这样，看部队的一切都新奇。

感觉到四周投射过来关注的目光，林小洁皱了皱眉头，心道这家伙就不会低调点吗？但还是顺着凌校手指的方向望了过去。在一幢楼房的侧面，阳光洒在了那些镀金的字上，那些字更加金光闪闪：

"保卫国家安全，维护社会稳定，保卫人民群众的生命财产安全！"

部队的口号好像都是一个样，保卫国家人民什么的，林小洁没感觉出什么特别的地方。

凌校目光如豆，手指着那几个字，期望着能从林小洁脸上看到和自己一样兴奋的表情。后者还是一脸冷漠，一点温热的感觉都没有，没有什么比自己的热情贴到了冰块上更令人沮丧的了。

"这是我们武警部队的职责使命呢，难道不让人感觉热血沸腾吗？"凌校显然有些不高兴了，他停下脚步，一脸不悦地责问道，如同一个政治指导员责问一个思想有问题的士兵。

不过凌校显然高估林小洁了，现在的他连武警部队和解放军的区别都不知道，对于武警部队的职责使命又怎么会有概念，更别说升腾出自豪感来了。

"我也沸腾了，只不过没您沸腾的厉害。"林小洁站定，眉毛轻轻上扬，饶有兴趣地看着凌校，不明白自己沸不沸腾和他有什么关系，话语中满含讥讽的味道。

"胡说八道，眼睛像一潭死水，我看不出你的激情，你为什么来考军校？"

凌校收敛了周身年少轻狂的漫不经心，一本正经地问道。他本就是一个帅气的家伙，看保养良好的皮肤和时尚的打扮，就知道家庭条件很好，像个无忧无虑同样没有脑子的富家子。可此时认真起来，却自有一股子正气，和刚才神经质的样子立时判若两人，让人不得不重新去评价他。

"你期望我回答什么，志愿献身国防事业，就像我写在政审表上的一样？"林小洁反问道。

"难道不是吗？"凌校针锋相对。

"我不喜欢这个职业，我来这就只是为了份工作！军校生上学不花钱，毕业以后就是中尉，有工作、有前途而且待遇不错！呵，多好，虽然比不上公务员是铁饭碗，但生活好歹有了保障，是吧？"林小洁说话时满脸的市侩，但也确实说出了大部分人的入学动机。

今年是2006年，林小洁读大学。如果说2003年他们上高中的时候，大学还比较令人感冒的话，现在的大学生处境就有些尴尬了。每年毕业大量的大学生，可是等待他们的却是失业。有人讽刺说，现在走在大路的人，一半以上是大学生，现在社会上最不值钱的也许就是大学生了！

寒窗苦读12年，最后走到大学这一步的时候，却发现这个社会上的人不但不再重视大学生，反而开始轻视和挖苦他们，说什么"北大毕业生卖猪肉，清华大学生扫厕所，大学生不如个农民工"，着实让林小洁感到气愤。

"可人活着总要有追求，不能就为活着而活着，对吧？我觉得人活着不应该仅仅为了钱，应该为了追求理想而活。"凌校觉得军人是个高尚的职业，所以他才不顾家人的反对，不去地方大学的商学院而选择了这里，林小洁的话显然让他感到自尊心很受挫。

"理想？追求？我的追求就是钱，我的理想也是钱！有问题吗？"林小洁觉得他和凌校简直不是一个层次上的人，他也不太喜欢整天文绉绉地把理想挂在嘴边的人，优越的成长环境让他们只看到了生活的一面。

"有问题！你的思想是错误的！"凌校认真得有些倔强。

"别拿你养尊处优的哲学来给小市民讲高尚情操，穷人先得喂饱自己的肚子吧！"林小洁不高兴了。

"你不像那种会把钱看得比理想还重要的人！"凌校看着林小洁忽然露出的那种刻薄的棱角，怎么也想象不出这样一个长相和性格的人会是金钱的奴隶。

"谢谢你的肯定，我是什么样的人我自己最清楚！"林小洁想到自己贫困得难以为继的家庭，心下黯然。便不再和凌校说这些"不产粮食"的话，继续往前面的宿舍楼走去。

凌校无可奈何地摇了摇头，跟了上去。

学校其实并不大，甚至可以说太小，所以找到林小洁他们的宿舍楼并不是一件复杂的事情。

楼门口有专门负责接待的老学员，林小洁后来知道这些老学员是自己04级的师哥。登记后，老学员告诉了他们住在哪一个宿舍。没想到的是，凌校和林小洁竟然住在同一个宿舍里。凌校高兴地朝林小洁笑了笑，后者的嘴角礼貌性地翘了翘，心道：以后的日子恐怕不会太安静了。

推开宿舍的门，两道目光立马投射到凌校和林小洁的身上。这两个人都穿着军装，林小洁和凌校进来的时候，他们正在谈论着什么话题。

林小洁和凌校不知道这两位军人是领导还是同学，一时间愣头愣脑地有些不知所措。刘星剑站起来，笑着说："快进来，你们是林小洁和凌校吧！"

林小洁和凌校惊讶地看着刘星剑，疑惑他怎么会知道自己的名字。刘星剑看出了他们的心思，往床上的标签指了指，笑着说道："标签上都写着呢，欢迎你们加入中国人民武装警察部队战斗序列，以后我们就是舍友加战友了！"接着又指了指自己床上的标签，"我是刘星剑，在部队当兵第四年才考上咱们学校！那个是冷柏，当兵第二年考上咱学校，不怎么爱说话。"

林小洁和凌校看了看后面的冷柏。好大的块头，一米八五的个头，体重估计得有一百八九十斤吧，站在那就像一堵墙杵在面前，让人感觉到一种压迫感。

介绍完冷柏，刘星剑用含笑的目光看着两个人，林小洁和凌校会意，分别说了自己的名字和家乡。

刘星剑打量着林小洁和凌校，很奇怪地问道："你们的行李呢？"

凌校把自己小巧的和书包差不多大的旅行包往众人面前一晃，得意道："全在里面了，行走江湖哪能有太多的东西啊！"

接着，大家不约而同把目光转向了林小洁。林小洁把手插进了口袋，把学校的录取通知书掏了出来："这上面说的，部队什么都会发的！"

凌校看了看比他更潇洒的林小洁，脸上的得意顿时没了踪影，心道：怪不得自己会在校门口把他当成高中生呢，除去长相因素，这小子来学校报到，竟然只带了张通知书！

刘星剑和冷柏无奈地笑了起来。刘星剑说道："那也不至于一点个人物品没有吧？现在的年轻人真洒脱，看来我们真的是落伍了啊！别站着，咱们坐下聊！"

林小洁仔细打量起自己的宿舍来，一个宿舍只住四个人，上铺睡觉，下面是组合学习桌椅和个人衣柜，都是实木的，价格一定不会很便宜，没想到军校的条件这么好。

刘星剑顺着林小洁的目光看去，明白他的心思："条件不错吧，地方大学的研究生可能都没我们这么好的宿舍。可并不是每个学员队都和我们一样，刚才04级的班长介绍了，本科学员队才有这么好的条件，因为我们要用电脑学习英语和计算机，所以才配备组合学习桌椅，其他的学员队都是睡上下铺的。"

凌校听完，高兴地说道："学校还给我们配备个人电脑啊，太棒了！"

"想得美，我们自己买，并且只接内部网络，和外部的互联网是断开的！"刘星剑笑着说。

"班长是谁啊？"凌校问道。

"楼下04级学员暂时给我们代理班长。"回话的依旧是刘星剑。那个叫冷柏的大块头面带微笑听大家说话，看起来并不是很冷，但是有点呆。

正说着，班长推门进来了。班长戴的肩章是绿色的，上面光秃秃的没有杠也没有星，后来林小洁才知道那就是学员的军衔，除了夏天戴的绿色肩章，还有一副同样没有内容符号的红色肩章，是其他季节佩戴的。不知道是不是因为他是班长的缘故，林小洁觉得那副光秃秃的肩章反而比刘星剑和冷柏戴的红色肩章要好看。

想到以前军训时教官凶巴巴的样子，林小洁惯性地认为班长也一定会很凶悍。可是班长客气得很，简单而真诚地欢迎林小洁和凌校的到来，接着直奔主题："你们缺什么东西？"

林小洁和凌校同时摊了摊双手："什么也没带！"

于是班长匆匆忙忙离去了，一会儿带着毛巾被、枕头、脸盆、牙缸等东西走了进来，一共两套，分别发给了凌校和林小洁。林小洁试探着问了句：

"班长，要钱吗？"

班长和刘星剑他们都笑了起来。班长说："免费的，所有东西都是部队发给你们的。不过牙膏牙刷要自己买的呀，后面有个军人服务社，虽然不大，但东西还算比较齐全。"

班长的事情好像很多，没说几句话就走了。一天下来，林小洁发现这个代理班长基本上就是个保障人员，负责组织大家领被装物资，解答各式各样的疑问。他为人很和气，从来没有对大家发过脾气，这和林小洁听说的情况可有点不大一样。

事实上，林小洁的感觉也没有错。他自己上大四的时候也成了临时代理班长，学员队给代理班长安排的任务也就是搞好新学员的保障工作。

衣服鞋子不花钱，吃饭不花钱，所有人对自己又客气得很，特别是每顿饭都吃得那么好而且又不用付费的时候，林小洁真的感觉自己提前来到了共产主义社会。军校生活原来这么惬意，他开始高兴地憧憬起自己崭新的生活。

可好景不长，两天以后，几辆绿色的军卡拉走了林小洁所有的向往。新生们被拉到了离学校几十公里外的总队训练基地，令人难忘的新学员入学训练开始了。

军卡一直把新学员们拉出市区，开进了这座城市的南部山区。一片红顶的楼房出现在视线范围内，曾经来过这里的部队生说，这就是他们将要进行入学训练的地方——武警岳东省总队训练基地。

下车以后，新学员们睁大了眼睛，四处张望。尤其是地方生，这两天他们看到的新鲜事物太多，到现在也没有完全缓过神来。不知从什么地方传来一阵密集的枪声，如果是在地方上，这些声音无疑会被当作鞭炮声，但这是部队，那么肯定就是枪声了。

当兵最让人感到兴奋的一件事情就是可以摸到真枪了。于是，地方生们竖起了耳朵，脸上充满了向往，叽叽喳喳地向身边的部队生打听："这是不是在打枪啊？我们到底什么时候能摸到枪啊？"

部队生们很享受这种优越感，非常热情地给地方生解释："这肯定是在靶场组织打靶，至于什么时候能摸到枪，我们也不清楚。"

一名神色严峻的少校军官站在队列外面看着这支吵吵嚷嚷的队伍。他站了好一会了，却丝毫没有引起学员们的重视，他们还沉浸在入学这两天所处的轻松氛围内。

少校是今年这批06届生长干部学员的队长，他浓浓的眉毛挤在了一起，一脸的不耐烦。天已经够热了，眼前的这帮新兵蛋子显然增加了他的烦躁。终于，他对着稀稀拉拉的学员们吼了一句："都给我站好了！"

突然响起的严厉声音，像一盆冷水泼进了火堆里，一时间熄灭了新学员们讨论的热情。所有人这才注意到站在队列外的少校军官，他一脸冷峻的神色很让新学员们没有安全感。

"不要让我重复第二遍命令，要不然你们就惨了！"少校阴沉沉地对还在盯着他发愣的新学员们补充了一句，看着他黑乎乎的门板一样的脸，绝对不敢让人去怀疑后果的严重性。

队伍在一阵鸡飞狗跳以后，很快站得像模像样。部队生们站得昂首挺胸，完全没了这两天的稀拉样子，就连不知道军姿动作要领的地方生，也学着部队生的样子用力夹着腿，挺着胸脯，努力让自己的样子还看得过去。

少校凶巴巴的眼神扫视了一下队列，被他看到的人心中都没来由地一阵紧张，仿佛一不小心就会惹上麻烦。少校还算满意，给队列下达了"稍息"的命令，然后开始了他令人气愤的自我介绍：

"首先自我介绍一下，我的名字叫骆阳，骆驼的骆，阳光的阳，在以后相当长的一段时间内，我都是你们的队长，告诉大家这句话的意思是，千万别得罪我，要不然你们会非常痛苦的！"

"噢，忘了致欢迎词了，欢迎大家来到我们武警岳泉指挥学院，武警指挥这个专业是军队院校中最具男人味的专业之一，突出特点是：最苦最累最磨炼人的意志！还有一个好消息告诉大家，武警指挥专业不收女生，相信听到这个消息大家一定很高兴吧？"

骆阳用一番慷慨激昂的陈词表达了一个令人沮丧的事实——这个专业很累并且本校没有女生，看着他幸灾乐祸的表情，新学员们本能地产生一种想要打他两拳的冲动。别人的自我介绍是为了赢得喜欢和认可，他的自我介绍仿佛就是为了招致大家的讨厌和害怕，而且非常成功地做到了。

林小洁心中暗叹了一句：果然前两天都是假象啊，现在噩梦终于开始了！

"正好趁这个机会，我们选班长。"骆阳没有下达解散的命令，却说了一句令大家都比较疑惑的话。

还没和大家认识，骆阳现在选班长，他到底怎么选呢？地方生们对班长职务漠不关心，因为肯定不会选他们。部队生们就比较在乎了，能当上第一届骨干，这是在同期学员中表现和突出自己的好机会，对自己以后的成长进步很有好处。

"每个班的部队生，跑到对列中间整队然后向我报告，由一班至六班、排头至排尾的顺序实施，现在开始。"少校跑到队列的一侧，把队列中间的指挥位置让给了部队生。

地方生们并不明白整队报告和选班长有什么关系。后来当兵的时间长了，林小洁明白了，一个兵是否优秀，从他出入列动作和队列面前的一个口令、一个眼神，完全可以判断出来。像骆阳这样带兵时间很长的人，对一个兵的判断，一眼看过去，便有七八分把握。

甚至不到半个小时的时间，每个班的班长和副班长便被选了出来。他们大部分是士官，待遇就是拥有继续佩戴自己军衔的权利。而其他没有被选上骨干的部队生，当即就被要求卸下自己的军衔，变成和地方生一样的新兵服装，这是一件很丢人的事情。

落选的部队生们听到命令没有行动，看骆阳的眼神忽然就充满浓重的对抗色彩，他们的尊严受到了挑战。

一个士官喊了"报告"，他连副班长也没选上，原因仅仅是敬礼的动作不够标准。骆阳当场指出并纠正了他，结果他的下一个敬礼动作还是没有改过来。

"讲！"骆阳不动声色。

"我们还没有退伍，你没有权力要求我们摘下肩章和领花，这是对我们人格的侮辱！"士官说话的时候有些激动。

"我告诉你们，我绝对有这个权利！在新训期间，我可以支配你们的一切！现在感觉脸上挂不住了？尊严，你要个人尊严的同时想到了军队的尊严没有？想到了你头顶的国徽的尊严没有？想到了国家的尊严没有？所有人记住，军人的尊严，就是做到最好最强最优秀！军队是个强者的世界，弱者不配拥有尊严！"

士官被噎得一句话没有，骆阳用目光扫视了一下队列，问道："还有人有意见吗？"

队列很安静，没有回答。

"没有意见，把肩章和领花卸掉！"骆阳重复了一遍命令，队列里的部队生开始沉重地摘下臂章和领花，很快就和地方生在外形上无异了。

骆阳给部队下达的第一个任务是，利用上午剩下的时间迅速恢复内务秩序并且把个人军容风纪整理好，他看了看几个地方生个性鲜明的发型，不怀好意地笑了笑，说道："最好下午的时候，能让我看到你们像个兵的样子！"

中午吃饭前，骆阳检查了大家的头发，检查的结果令他非常不高兴，他特有的那种酸呼呼的腔调又盘旋在队列上空：

"大家还挺爱美的，各种发型，毛寸，长长短短的，有性格！平头，脑袋前面还故意留长点，挺帅气！呀，老兵同志，头发超过规定长度了，兵越老头发越长吗？看来我得留长头发了。中午所有人不许睡觉，头发按照最高标准理好！"

其实所有人都理过头发了，凌校也忍痛抛弃了跟随自己多年的海派发型，换了一个干练的平头，结果非但没受到表扬，还是被骆阳批评了。

凌校郁闷地问班长："什么是高标准？"

"头发越短越好！"刘星剑如是说。

凌校恍然大悟地点了点头，林小洁听到了，眼睛转了转，他是和凌校想到一块去了。

下午检查军容风纪的时候，四班的两颗光头格外扎眼。为了气一下骆阳，林小洁理完后对着镜子照了照，感觉不够亮，意犹未尽的请理发师用刀片又刮了一遍。

如果在黑夜里，林小洁和凌校这两个光头估计都能当电灯泡用。此时，在金灿灿的阳光照射下，更显得熠熠生辉。

骆阳将队列扫视了一下，所有人的头发都变成了短短的平头。看到四班这两颗光头时他停了下来，轻轻点了点头，并没有像想象中那样气急败坏地发火，反而笑了起来："今天是咱们新训的第一天，还没有和大家相互认识，敢问二位好汉尊姓大名？"

"报告，凌校！"

"报告，林小洁！"

"光秃秃，赤裸裸，一览无余，这是锃光瓦亮的光头呢，还是明目张胆的挑衅？"骆阳心平气和地问道。

林小洁和凌校站直了身子，并不说话。

"说'你们没有挑衅意思'，我就不罚你们。说'有'，你们可能就有麻烦了，我如果是你们，我会说'没有'，你们的选择呢？"骆阳的目光在队列里游走了一圈，然后又回到了两颗光头上。

"报告，有！"凌校将头轻轻一偏，眼睛直接迎向了骆阳此刻还算温和的目光，满脸的不服气倒是把内心的想法表达得淋漓尽致。

"报告，有！"林小洁答道。正常人谁会在大热天刮这么亮的光头，太阳晒得头皮疼。大丈夫做事，行不更名，坐不改姓，此时服软岂不更丢人，比起被人笑话来，林小洁宁可受点皮肉之苦。

"好！勇气可嘉，我喜欢！"骆阳收敛了笑容。这是要对他们"动刀"了，林小洁和凌校内心开始忐忑起来，还真不知道骆阳会怎么对付他们。

"罚四班全班跑五公里一趟，刘星剑带队，现在就去！"刘星剑面无表情地答"是"，其实心里长舒了一口气，这几乎算不上是惩罚的。

"报告，我有意见！"是凌校的声音。

虽然认识没几天，但刘星剑对凌校在队列里的无厘头发言，已经感到很头痛了，真希望他不要再节外生枝了！

骆阳："讲！"

凌校："一人做事一人当，你大可罚我们俩就是了，牵扯别人干什么！"

"别人？"骆阳真是无语了，这些新兵蛋子说的话真令他哭笑不得，只有他们才会把一句错到家的话说得如此理直气壮。

"记住我今天说的话，从你穿上军装的那一刻起，你身边的每个人都不是'别人',他们是战友,是兄弟。总有一天,你会心甘情愿为他们挡风,为他们遮雨,为他们挡住哪怕是飞来的一颗子弹!十公里,不是罚你们,就是为了让你们记住我今天说的话!"

骆阳的这番话,每一个当过兵的人都会明白,可对于队列里面的新兵蛋子们来说,这和宣传口号没什么区别。林小洁心道:你可真会说话,我们两个人理光头,你罚别人干什么,无非就想让别人怨恨我们俩,让我们在班内无法立足么?

所以,当骆阳偏过头假惺惺地问林小洁"你怎么想,兄弟?"的时候,林小洁非常委婉地回道:"报告队长,您的话令我非常感动,但您还是罚我们俩吧!"

"刘星剑,15公里!"骆阳终于挂不住脸上的伪善,怒气冲冲地对四班长吼道。

看到他气急败坏的样子,队列里不知谁笑了一声。骆阳马上阴森森地说道:"笑吧,估计几天后你们哭都找不着调!"

15公里,400米跑道跑37.5圈,别说是刚入伍的地方生了,有的部队生都没跑过这么长的距离。林小洁是第一个掉队的,他被副班长苏智刚和部队生石磊用一件迷彩服兜住腰部,死猪一样地拽着走,这让他感觉很难受,大口大口地喘着气,仿佛肺都要呼出来一样。

后来地方生杨帆也掉队了,刘星剑和冷柏负责推他。没想到凌校的身体素质却非常好,一路上都是自己照顾自己,甚至还能帮着部队生们推推人。

再后来,甚至第一个五公里没跑完,四班的整体推进速度就成了晨跑。林小洁已经变得不是很清醒,脑袋能想到的唯一一件事情就是迈步子,而每迈一步都很痛苦。更痛苦的是部队生,跑15公里他们自己都很吃力,何况还要一路拖着林小洁和杨帆。

一直跑到四班都忘了有终点这么一回事,骆阳不知从什么地方冒了出来,说是最后一圈了,其他人也来到了跑道边给他们加油。整个四班像一群逃难的人,步履蹒跚但好歹建制完整地冲过了终点线。林小洁把最后那丝精神放松了下来,眼前一黑,就再也不知道以后的事情。

后来,林小洁听凌校说,那天杨帆哭了起来,也不管什么形象不形象,坐在操场上就哭。他哭得歇斯底里,哭得撕心裂肺,丝毫听不进别人的安慰,那种哭法可不像是仅仅因为被罚了一个15公里跑才这样,只有绝望的人才会那么哭,好像心里藏着莫大的委屈。

凌校还叹息道,他哭得梨花带雨,倒还真像个女孩子,一看就知道他很不喜欢来部队,真不明白性格这样懦弱的人为什么来当兵。

林小洁听了,没说话,但心里感到很愧疚。

晚饭后,林小洁和凌校立正站在宿舍里面。林小洁垂着眼皮,一脸的平静。凌校却昂着脑袋,眼睛看向别处,并不屑于去看站在他们面前一脸凶相的四班副苏智刚。

苏智刚满脸暴戾地盯着两个光头,本来就生气,两个人犯了错误还理直气壮的样子更令他火冒三丈。"站好了!很有本事是不是?谁让你们偷着理光头的,觉得自己很了不起啊,敢去挑战队干部的权威!新兵蛋子,枪打的就是你们这些出头鸟!"

苏智刚说着,把脑袋拧向凌校,黑着脸批道:"一人做事一人当?你们当得起么!脑袋被驴踢到了,罚一个五公里不够你受的是不是?还非得说一些不着调的话,大家都跑到吐血,你就高兴了!"

说完凌校,苏智刚紧接着数落起林小洁来了:"还有你,还真是真人不露相,老实人办大事,平时不声不响的,关键时候惊天动地啊,怕别人忘了你啊!"

说实话,苏智刚发火的样子还真是挺吓人,不过林小洁和凌校都不怕他。虽然苏智刚比他们多当了三年兵,现在还是他们的副班长,但毕竟是同学,用得着这样拿自己当回事么!猪鼻子插大葱,装象!越是这样想,两人在心里越是反感他。特别是凌校,心里的逆反情绪故意不加掩饰地写在脸上,他从来就不怕事大。

若不是四班长刘星剑回来,估计苏智刚会罚他们站一晚上军姿的。直到刘星剑把他叫到宿舍楼后的草坪上,苏智刚还满脸怒气地向刘星剑抱怨:"看看这是什么认错态度?两个新兵蛋子!他们有什么资格在我面前牛啊,犯了错误毫无愧意,真想拉出去揍他们一顿!"

刘星剑也不说话，一直等苏智刚发完牢骚，才从口袋里摸出烟来，抽出一根扔给了苏智刚，自己也抽出一根点上，然后把打火机扔给了四班副，笑道："和他们发那么大的火干吗，他们来部队才几天，今天其实才算他们当兵的第一天，很多事他们都不懂，需要我们多点耐心。"

苏智刚余怒未了，撇了撇嘴说："不懂那更要虚心，你看他们俩那什么态度，想想就生气！我们当兵那会，看见班长干部多老实，大气不敢出一声！"

刘星剑无奈地笑道："你啊！他们可没把我们当班长和副班长看，我们和他们一块入学，在他们眼里就是同学，你这样管他们，他们心里肯定是不服气的，能没有逆反情绪吗？"

苏智刚想了想，还真是这么回事，可是和那两个什么也不懂的新兵蛋子妥协，他还真是做不到。看着心态平和的刘星剑，苏智刚语气缓和了许多："这俩浑小子害我们班跑了15公里，还一副理直气壮的样子，真不明白你为什么还能容忍他们，两个刺头兵！"

"其实来学校之前，遇见这样的兵，我估计会和你一样发火的。可这些天，看到这些稚嫩的脸庞，生动、单纯、叛逆、迷茫，让自己不知不觉有了很多感触。曾几何时，高考落榜的我也和他们一样，懵懵懂懂地走进军营，是战友、班长、队干部把消沉的自己从绝望的泥潭中拔出，让我重新振作，成为了一名合格的军人，最终考入军校，间接也算圆了大学梦！"

刘星剑顿了一下，看了一眼苏智刚，禁不住轻叹一声："如果真让我说为什么不生气，那就是因为我曾经也和他们一样年轻过。"

刘星剑这一声叹得柔肠百转，同样是老兵的苏智刚当然知道他在想什么，一直紧绷着的黝黑的脸终于露出了白色的牙齿："你才多大，就讲这么老性的话。想老部队了吧！人就是怪，死命地想考军校，来了以后又留恋过去的生活。"

两个人不说话了，静静地看了会远方的彩霞。回去的时候，苏智刚还是不放心地对刘星剑说："好心但不能给好脸色，你这个班长还得好好批评一下他们！"

"放心，饶不了他们俩！"刘星剑满脸的平和很快隐去，变成了一本正经的样子。

骆阳对四班的这次惩罚，让整个新训队安静了好一段时间。地方生们心下骇然，部队里果然是官大一级压死人，骆阳的一句话，就让一个班的学员跑到爬不起来。

部队生们其实私下也嘀咕，当兵这么长时间，这么狠的角色他们其实也第一次碰到，考入军校后产生的享乐思想，一下子就被骆阳折腾干净了。

第三章
新训风波

　　林小洁来部队之前，认为队列是最难的，因为他忘不掉自己高中军训时的悲惨经历。开始新训以后，他才绝望地发现，原来队列仅仅是众多新训科目中的一项，并且这是他到目前为止，成绩最好的一个科目。尽管他的队列动作仍然很差劲，但好歹凑合一下还能蒙混过关，其他科目可就不是那么好糊弄了。

　　练了这么久，林小洁的五公里武装越野还是整个中队的倒数第一，单杠引体向上和双杠杠端臂屈伸依旧一个也做不上去。高中军训的时候，自己还可以满不在乎，但当这些以前从来没重视过的事情成为专业时，他顿时感到手足无措，无从练起。差生必定会受到来自领导和同学的各种白眼，好在入学之前有充分的心理准备，他还顶得住。

　　令林小洁感到惊讶的是，富家子弟一样的凌校在训练上却毫不含糊，训练成绩名列前茅。他身体很协调，长得又匀称，队列动作非常好看。体能科目也不含糊，第一次做单杠的时候，就标标准准地做了20个引体向上，全训练场的人都为他鼓掌。五公里越野他更是出尽风头，竟然跑出了全中队第五的好成绩，地方生中他是第一。

　　但是，凌校的日子也并不见得比林小洁好过多少。原因很简单，做事不拘小节，说话也不拘小节，经常是学员队干部和骨干打击的对象，闹得与他走得比较近的林小洁也不得安宁。

"整理内务！整理内务！整理内务！天天整理内务！部队就爱搞形式主义，中午也不让睡觉！"凌校抱怨道，"你们说说，当兵的，训练累点也就罢了，为什么还要把被子叠成豆腐块，床单也要夹出棱角来！"

"天天整理内务，也没见你把标准提上去，不然怎么会大中午挨罚，让我们睡觉时间整理内务卫生！还有，袜子换下来不及时洗掉的人不是你吗？塞到作训鞋里面，以为别人就找不到是不是，臭味十里以外都能闻到！"想起上午检查卫生时的情形，苏智刚就忍不住火上眉梢。副班长主抓内务卫生，今天早上骆阳带着中队所有的副班长转了一圈，内务卫生情况着实让他们抬不起头来。

"这内务我还就不整理了你能怎么着！整天喊着一切为打赢的口号，内务标准高就能打胜仗么！形式主义就是形式主义，让我训练可以，整理内务，老子不愿意！"凌校想到自己当兵本是为了上阵杀敌、报效国家，可来了两周多了，枪还没摸到，倒是和扫把、电熨斗、内务板、抹布等这些乱七八糟的卫生工具混得脸熟，越发地气不过，说话也带上了火星子。

"把士兵职责抄十遍，好好学一下怎么和上级相处！"门外忽然响起了骆阳的声音，凌校刚才的抱怨他全听到了。

四班学员停下了手中的动作，起立站好，所有的眼睛都看着骆阳。他的手段四班人印象很深刻，还真不知道他接下来会怎样处理凌校。

骆阳不去看四班学员担忧的眼神，径直走到凌校的床铺前，坐在小板凳上，有板有眼地整理起凌校的被子来。四班人看着他，一时也不知道该干什么。

足足有十几秒钟的沉默。骆阳停下手中的动作，看了看四班不知所措的学员，第一次用比较和气的语气说道：知道这白床单的作用吗？我给大家讲一下吧。

雪白的床单，整齐地平铺在战士的床上，平整得没有一丝皱褶，它不仅是部队内务统一整齐的体现，还能在冬季拉练的时候披在身上作为伪装，不易被侦察到！

但还有一个最重要的作用，也许就算老兵们也可能不知道！

早在抗日战争和解放战争时期，为民族独立和祖国解放的热血青年们奔赴战场，奉献自己年轻的生命！战役结束，打扫战场的时候，有人死得很惨烈，鲜血淋淋……没有裹尸布，只能用稻草简单遮盖！裸露在外面的肢体，暴晒在炎炎烈日下，散发阵阵恶臭，这对为祖国奉献出自己年轻生命的烈士们太不公平，可是当时条件有限，无法为牺牲的战友们厚葬，简单的一块墓碑就是他们最终的归宿！

部队的床单是白色的，何时配发规定的已无从追溯，只知道军队流传这样一句话，部队的床单活着的时候躺在上面，死去的时候躺在下面！

军人就要时刻准备战斗，枕戈待旦，只要一声令下，战场才是我们最终的目标。男儿当战死沙场，马革裹尸而还，我们每天躺在白床单上，就意味着时刻准备着有朝一日躺在它的下面！

骆阳讲完了。他把脸转向凌校，对仍在回味着这个故事的他露出了一个太过难得的善意的微笑："部队的内务卫生，其实就是人的穿衣打扮，反映着我们的精神状态。至于你说当前整理内务过程中有些形式主义，我不能说你是错的，为了应付上级检查，被子里偷偷加上了帆布，床单熨得没有一点褶子，这些投机取巧的做法的确不符合'方便战备，利于生活'的规定，我也不提倡，但最起码，要达到干净整洁的标准。可能是习惯了，我挺爱叠这被子、整理这床单的，不把它当作应付上级检查的形式主义，就当缅怀一下逝去的英灵，整理一下浮躁的心绪，顺便打扫一下自己蒙垢的心灵吧！"

骆阳走了，在所有人都在回味他的话的时候，留下了一床方方正正的"豆腐块"，那绝对让人想象不出它在凌校手上时的样子。

看着骆阳离开，四班的学员忽然感觉队长其实并不坏，甚至有些和蔼。当然，那种感觉也仅仅是在脑海中的短暂停留。

回过神来再看床上素白的床单时，林小洁忽然闻到了些硝烟弥漫的味道。杨帆的手有些颤抖，骆阳"床单是裹尸布"的言论显然让他有些震惊。凌校呆了一会，坐在小板凳上开始有板有眼地整理自己的床单，如果那真是裹尸布的话，还真得把它熨得平整一些……

晚饭后，凌校把抄了10遍的士兵职责交给刘星剑，刘星剑问他想明白了没有？想明白了就给四班副道歉。

凌校脑袋一扭，说："什么也没明白！他有什么了不起，我宁愿再抄100遍士兵职责，也不给他道歉！"

刘星剑被噎得半晌没说出话来，心道这小子还真犟，抄了这么多遍士兵职责，他竟然一点心得也没有！

整栋宿舍楼陷在熟睡中。骆阳打开手电看了看手表，零点整。

一阵急促清脆的哨音忽然响起，安静的夜晚瞬时被撕裂，紧张的气氛像被打碎的玻璃散落到各个角落。宿舍楼内立时乱成了一团，黑暗中传来了各种声音。

"快起来，紧急集合哨！"

"别丢三落四，所有东西都带齐了！"

"谁拿错我的鞋子了！"

"快快，帮我一把！"

……

过了好长时间，最后一名学员终于从楼内边背背包边急急忙忙入列，一支稀稀拉拉的队伍总算列队完毕。骆阳按下手中的秒表，用手电照了照，然后宣布成绩："11分钟，仅仅是打个背包到楼下集合，你们用了这么长时间，恭喜你们，破纪录了！下面检验一下你们背包的质量，全体都有，沿操场跑步两圈！"

新学员绕着黑乎乎的操场跑了两圈，速度并不是很快。实际上也根本没法子跑得更快，因为很多人的背包跑散掉了，不得已抱着被子跑完了全程。

骆阳用手电简单扫视了一下狼狈不堪的队列，然后讲评："给大家提三点要求：一，打背包的时候声音不要太大，不要影响隔壁楼上的兄弟睡觉！二，速度要快，不要慢慢悠悠，我们不是去旅游，是去执行任务！三，背包的质量要打得好一点，如果刚才不是跑两圈而是真正的长距离奔袭，有的同志估计就要掉队了！解散！"

听着骆阳满带讽刺味道的讲评，学员们脸上却并没有过多的表情。他们已经习惯了，新训刚刚开始时学员们害怕他，后来是愤怒，到愤怒都懒得愤怒的时候，大家就学会了用冷漠来面对他。

接触的时间长了,学员们对骆阳的脾气再了解不过了,刚才的那一遍紧急集合他很不满意,今天晚上肯定会再拉一次的。因为是夏天,不怎么用盖被子,所以大部分人都在睡前将被子重新打成背包,以防他再次搞紧急集合。

果不其然,一个小时以后,在估计所有人睡熟以后,骆阳再次吹响了尖锐急促的哨音。这一次部队无声、迅捷、有序,整个队伍集合完毕,不到三分钟。

骆阳打着手电把队列里的背包情况检查了一遍,总算满意地点了点头,下达了"解散"的命令!

学员们松了一口气,终于可以放心地睡个安稳觉了。现在已经凌晨两点多了,训练这么累,骆阳再混蛋,也不至于折腾大家一晚上吧!

一个小时以后,当疲惫不堪的学员们再次进入梦乡的时候,尖锐的哨音却又响了起来。

几分钟以后,背对着队列的骆阳转过身子来,他没有看秒表,也没有检查大家的装备携带情况,什么也不做,除了静静地看着队列。

学员们不知道他在想什么,但是他们都在想着同一件事情,那就是一拥而上掐死他。

骆阳点了几个人,问了同一个问题:"为什么再拉一遍紧急集合?"

学员们的答案出奇的一致,带着浓浓愤怒的"不知道"!骆阳总是善于激起公愤的。

"那我告诉你们!你们今天晚上犯的最大错误就是太聪明,聪明让你们怀疑一切,包括我的命令,这不是士兵!让大家回去睡觉,你们却把背包打好了等着我再次拉紧急集合,你们猜得到我的命令,猜得到国家和人民什么时候需要你们出动么!"

他扫视了一下队列,继续说道:"即使你们猜到了我的意图,我希望你们做的是装作不知道,在下一次紧急集合的时候,扎扎实实再打一遍背包,而不是以逸待劳。你们想安逸?这个和平的国度,所有人都能享受安逸,唯独军人不能!军人安逸了,国家离战乱也就不远了。军人,宁可在冲锋中死去,决不能在安逸中溺死!"

本来认为只是个投机取巧的做法,学员们没想到竟然会让骆阳那么生气。生气的结果是:学员们在凌晨三点钟,背着背包跑了一个五公里。

骆阳永远把战争挂在嘴边，仿佛这个国家随时都会燃起战火。和平年代成长起来的学员们对他讲的话还是理解不了，但有一点林小洁他们却记住了，痛苦却深刻地记住了，那就是军人不能够享受安逸，哪怕在脑子里想想也不行。

第二天的起床号按时响起，折腾了一个晚上的学员们起床后就骂声一片。凌校起床后，使劲捶打着被子骂道："骆阳这个王八蛋！"林小洁很少讲脏话，但是头痛欲裂的他，连死的心都有了，真想直接从楼上跳下去，结束这令人痛苦的新训生活。

早操结束的时候，刘星剑看到班里三名地方生依旧半死不活毫无生气的样子，脸上堆着神秘的笑来到三人面前，对他们说道："你们不是一直想摸枪么，今天上午就能实现！"

"真的？"三人异口同声答道，兴奋之情立刻溢于言表。新训的日子里，他们听到的从来都是坏消息，这是这么长时间里他们第一次听到一件令人兴奋的事情。

第一次摸到真枪时，林小洁感觉像做梦一样。他们用的是81—1式自动步枪，由于长时间的擦拭，枪身泛着冷冷的青白色的光，就像一个久经沙场的老将。

凌校冒冒失失地捅了一下林小洁，后者正在满脸好奇与欣喜地看着自己的枪，小心翼翼地东摸一下西摸一下，仿佛一不小心枪就会走火似的。

林小洁转头看了看凌校，凌校鄙夷地说道："瞧你，一副没见过世面的样子，一把"81"就把你打发你了，怎么不是95式自动步枪呢？"

林小洁没好气地回道："我还真是没见过世面，那请问大哥您以前动过真枪啊？"

凌校回答道："这倒没有，但是人家解放军早就配备95式自动步枪了，你看网上的图片，那枪多帅！"

林小洁装作恍然大悟的样子说道："噢，原来您在网上见过啊，我还在电视上看见过飞机大炮呢！"说完他翻了翻白眼，不再理会凌校，继续一心一意研究自己的枪。

"其实这枪也挺帅的！"凌校给自己找了个台阶下，便学着电视上的动作端枪瞄了起来。准星、缺口、目标、扣扳机，没想到视线里却出现了一张愤怒的脸，苏智刚！

"站起来！不是强调过不准随意摆弄武器么，谁让你拿着枪瞎瞄的？"

刘星剑这周担任中队值班员，四班副苏智刚全面负责班内工作。他毫不客气地把凌校叫到了队列前面，罚站军姿。

凌校提着枪，面无表情地站着，内心却气得炸开了花，把四班副骂了无数遍。苏智刚绝对有心理疾病，以折磨他人为乐，上周因为他被子没叠好，竟然罚他一个人刷厕所一周。草酸加尿素的味道要多难闻有多难闻，这辈子他都忘不掉，但这种令人崩溃的味道远远比不上眼前的这个家伙更令人恶心。

林小洁坐在板凳上，枪靠在右肩上，现在也不敢乱摸乱动了。骆阳是大鱼，部队生是小鱼，他们地方生是虾米，大鱼吃小鱼，小鱼吃虾米，虾米是受气包。尽管地方生做什么都小心翼翼，还是老出错，挨批评。

上午的训练科目不是射击而是战术。刚开始时，地方生们还不知道战术是什么，不过很快他们就明白了，战术就是拿着枪在地上爬来爬去。新训时上的战术课大都是要在地上爬的，所以这种错误的印象跟随了他们很久。直到后来系统开战术课的时候，他们才明白，原来战术包含着那么多内容，远不仅仅是在地上爬来爬去那么简单。

随便选了一处还算平坦的荒地，简单捡了一下大一点的石子，就成了战术训练场。夏天的时候，学员们只穿一件薄薄的迷彩服，在地面上龇牙咧嘴地爬了几个来回之后，很多人的胳膊、腿就被磨破了。终于有人忍受不了疼痛，一个林小洁并不怎么熟悉的学员打了报告。

"报告，胳膊出血了，我想到医务室处理一下！"

"其他人休息，你再爬一个来回！"骆阳不假思索地回答道。

学员："你这是体罚，我受伤了，需要休息！"

骆阳："你可以拉起其他人的衣袖，看看有多少人的胳膊肘磨破皮了，可是做逃兵的只有你一个！"

学员："我不是逃兵！"

"训练也是战斗，战斗中蹭破点皮肉就退缩，你不是逃兵是什么？"骆阳冷冷的眼神，匕首一样扎进了对方的灵魂深处。

"报告！我有意见！"凌校喊了报告。

"讲！"

凌校："你这是在故意整我们，为什么不到沙滩地上去爬，非得故意找这么硬的地面让我们爬！"

骆阳："因为战争不会选择场地，子弹飞过来的时候，即使地面上面是玻璃渣，你也要趴在上面！"

凌校："可这不是战争，只是在练习动作，在沙地上训练和在满是碎石头的地上爬，没什么两样！"

"如果战士的意志力不够坚定，疼痛会让战术动作变形，战场上血腥的场面也会摧毁训练场上最漂亮的动作！战争是军人的以命相搏，拳头再硬，那只不过是血肉之躯，不可能比钢铁和子弹更坚硬，真正的军人在于心，只有心变得坚不可摧，才不会感觉到疼痛和煎熬。那是我真正想锻炼你们的，也是我带你们在这训练的原因！"

骆阳说完，眼睛看着凌校。他不随便给出解释，用他的说法是，廉价的解释既不便于记忆，也容易引导大家夸夸其谈，所以他给的每一个解释也需要用疼痛来换取。还有就是，大家将来都会是指挥员，而指挥员每一个错误的思路和做法都会给部队带来灾难和损失，所以，每一个人都必须学会谨言慎行！

凌校明白骆阳眼神的意思，趴到地下就按照匍匐前进的动作要领往前爬。一口气爬了几米远，他回过头来对那名依旧傻站着的学员喊道："估计这几天我们就要在这块硬地上爬来爬去了，多爬一个和少爬一个也无所谓了，一起爬吧！"

"杀！"那名学员用尽自己所有的力气吼道，然后义无反顾地卧倒，拼了命地往前爬去。

"一起爬！"队列里不知谁喊了一声，大家其实都疼得很窝火。

"杀！"

"杀！"

……

整个队伍像被点燃的鞭炮一样响成了一片,每个人都沸腾了起来。学员们一个接一个卧倒在坚硬的地面上,拼尽全力往前爬,喊着喊着,就真的忘记了骨头磕在石头上那种钻心的疼痛。

在那些歇斯底里的喊杀声中,有委屈、有疼痛、有愤怒,还有了些从骨子里爬出来的血性与凶悍,这些天所有的苦闷终于找到了宣泄的出口,一发不可收拾。

骆阳却丝毫不在意那些吼叫声中隐藏着的那些对自己的控诉意味,脸上的神态犹如在听一支美妙的曲子。这群一直让他感觉不顺眼的新兵蛋子,终于让他有那么点顺眼了。

刘星剑往电话室这边走来。虽然训练基地有电话室,但是直到今天,骆阳才第一次允许学员们来打个电话,给家人报个平安。

开学的时候,很多学员违反规定,把成群结队的家长带到学校一起报到,这笔账骆阳一直记着呢。骆阳说:"在我这里,只有狼崽子,而你们却像一群没有断奶的羔羊,新训期间禁止给家里打电话!"

之所以今天破例,因为今天是中秋节,本应该是合家团圆的日子。

电话室的门口,苏智刚依着墙站在那里。刘星剑问他为什么不进去,苏智刚偏了一下头示意他自己去看。刘星剑推门往里面探了一下脑袋,然后轻轻关上门,呵呵地笑了起来。

"走吧,估计他们一时半会打不完,找个地方聊会。"刘星剑对苏智刚说道。

"你说,我们刚刚当兵的时候也这样么?抱着电话哭得稀里哗啦的,听着瘆人,我刚进去,马上就给他们哭出来了,有那么夸张吗?"对自己的这些地方生同窗,苏智刚真的感觉很无奈。

"你是忘了吧,没准你刚当兵那会哭得比他们还厉害!"刘星剑笑了起来。

独在异乡为异客,每逢佳节倍思亲。握着电话的时候告诫自己要坚强,可是一听到家里人的声音,眼泪还是哗啦啦地流了下来。林小洁怕父亲担心,强忍着没让声音变调,不让父亲听出自己的情绪:"部队的伙食很好,顿顿四菜一汤。队干部很好,对我们要求很严格。班长很好,待我们像亲兄弟一样。"

林小洁一口气说了三个好。父亲听了,果然很高兴,说:"我就说吧,部队是好地方,在那好好干,多交往人,以后能用得上。当兵的任务多,关键时候别死心眼,自己别傻乎乎地硬往上冲……"

"知道了,我们这很安全,不执行任务,你不用担心。爸,以后再聊啊,我们一会还有活动!"怕自己哭出声来,林小洁找个理由挂掉了电话。其实所有的话他都只说了一半,伙食好,可是训练累得吃不进去。队干部很好,那怎么可能?班长待我们像亲兄弟,鬼才会相信,我哥可不会这样对我!

斜对面的凌校眼睛也红红的,天不怕地不怕的家伙今天也扛不住了。凌校见林小洁在看自己,小声说了几句,也挂掉了电话。

两个人一前一后走出了话吧。在他们前面,杨帆正一边擦眼泪一边往前走,刚才他可真是让大家长见识——哭得旁若无人、大雨滂沱,惹得好几个人忍不住和他一起哭了起来。

杨帆这副怂样让迎面走来的一班长梁向军很不爽,一伸脚便把无精打采的他给绊倒了。

梁向军很反感地说道:"看看你这熊样,别给军人丢人!"

杨帆坐在地上,很小心地叫了声:"红星哥……"

梁向军很不耐烦地打断了杨帆的唯唯诺诺,说道:"谁是你红星哥,在部队里叫我班长!"

林小洁和凌校把刚才的这一幕看得清楚,立马跑上前去把杨帆扶了起来。

凌校怪声怪气地说:"呀,谁家的狗啊,放出来乱咬人,怎么也没人管管!"

林小洁附和道:"没办法,人模狗样,混进人堆里不容易被发现!"

凌校和林小洁一唱一和地指桑骂槐,梁向军顿时气得七窍生烟,一拳朝林小洁打过来。凌校身子一晃,抢在林小洁面前,用手握住了这来势汹汹的一拳,很不服气地说:"部队可以打架么?想打架的话,要不我们选个没人的地方!"

想到先出手打人毕竟理亏,若是打架的事情被骆阳知道了,还不知道怎么处理自己呢!梁向军瞪了凌校一眼,看出他入伍以前应该也练过,心道你还差点呢！他把拳头撤了回来，看了看凌校全神戒备的样子，嘴角冷笑了一下走开了。

梁向军离开，杨帆便神色忧郁地向凌校和林小洁道谢："谢谢你们！"

凌校看着杨帆惨淡的样子，不高兴地说道："你就那么怕他啊！"

杨帆尴尬地说道："小时候他是我们大院的孩子头，经常欺负我，所以现在见了，心里还有些害怕！"

看到杨帆哭红的眼睛，联想到上次连累他跑了个15公里，林小洁就想和他好好聊聊，顺便表示一下歉意："没有别的事情的话，咱们仨找个地方聊聊天吧！"

找个安静的草坪坐下，凌校迫不及待地问杨帆他憋在心里好久的问题："你的高考成绩是咱们所有地方生中最高的，分数那么高，家庭条件也不错，全国很多知名大学都能去，为什么考军校，也没看出来你很喜欢当兵啊？"

这个问题好像勾起了杨帆的伤心事，他低下头，好长时间不说话。凌校急了："男子汉大丈夫，别磨磨唧唧的，愿意说就说，不愿意说拉倒！"

林小洁瞪了凌校一眼，说："他已经够难受的了，你没看出来吗？还在这里折腾他干嘛！"

杨帆抬头看了看他们俩，终于开口了："也没什么不好说的，被我爸逼过来的！"杨帆叹了口气，"我本来要报考北京大学的，那也是我一直以来的梦想，我妈一直支持我的决定，可我爸却从来只想让我来部队！"

"既然不想来，那就不来，听自己的就好！"凌校在一旁插话。

杨帆一脸无奈地说道："哪有你想的那么简单，为了我报考志愿的事情，家里都吵翻了天。在其他事情上，我爸都听我妈的，唯独这件事情上，他一点也不让步。我妈说当兵有什么好的，一辈子过不上正常人的生活，怎么也不让我当兵！我爸说，就是不当兵，他的儿子也不能没有军人的骨头！说急了，他一巴掌把家里的玻璃茶几给拍烂了，手上划了好几道口子，血淋淋的。我妈要给他包扎他也不肯，一个人坐在客厅里抽了一晚上的烟。"

杨帆顿了顿，接着说道："第二天早上，我爸同意了让我去地方大学，我妈却改变了注意……送我来的那天，我妈哭了，她悄悄和我说，你要是不去当兵，你爸会遗憾一辈子的！"

凌校由衷地感叹道:"没想到给首长们当子女也这么麻烦!"

杨帆惊讶地看着他:"你怎么知道我爸是首长?"

林小洁笑了起来:"怎么不知道,连我这种不关心八卦新闻的人都知道,整个中队还会有谁不知道你爸是咱们总队的副总队长?"

杨帆自言自语道:"我也没和别人说过啊?来之前我妈千叮咛万嘱咐,不要说自己是首长子女,要不然别人会欺负你的!"

林小洁翻了翻白眼:"那也得分人啊,你们院的那个梁向军也是首长子女,谁敢欺负他,他不欺负别人,就算不错了!"

杨帆想了想,仿佛恍然大悟似的:"也是!"

瞧见他这副傻样,凌校和林小洁都笑了起来,最后连杨帆也笑了起来。

天色暗了下来,中秋的圆月散发着柔和的光芒,像一只善解人意的眼睛温柔地看着草丛中嬉笑的三人。而他们,这些原本来自不同地方的家伙,终于感觉到对方不再是一副不怎么可亲的陌生的面孔了。

三个月后,在训练基地的小礼堂内,授衔仪式简短而隆重。每一个年轻的脸上都洋溢着幸福与自豪,被太阳晒得黝黑的新学员们高挺着胸膛,欣喜地佩戴上向往已久的学员军衔。这一刻,林小洁感觉,受再多的苦和累都值了。

还是那两辆军卡把大家带回学校,紧张而又痛苦的入学训练终于结束,学校的生活让学员们充满期待。

第四章
与教员过招

"毛主席说,一支没有文化的军队是愚蠢的军队,而一支愚蠢的军队是不能战胜敌人的。"上着高等数学课,高数教员忽然拽起文来了。死气沉沉的课堂气氛让他不得不停下来,用伟人的话敲敲警钟,激发一下大家的学习斗志。

讲台下的学员们,眼睛终于有了焦距。他们好奇,高数教员刚才还在兴冲冲地讲什么拉格朗日中值定理,现在怎么忽然冒出这么一句来?

高数教员挺满意这种效果,得意地说:"所以,为了能打胜仗,大家一定要重视高数学习,上课认真听讲。"

教员这么严谨的笑话,引得课堂一阵笑声。可是过一会,课堂又沉寂了,就只剩下高数教员动情的讲授。

大学本科的基础文化课是地方生的强项,大部分地方生听得比较专注,时不时还低下头演算一下。相当一部分部队生则感觉很煎熬,这课听的,比让他们跑个五公里还难受。

下课后,抱怨的人换成部队生了。苏智刚烦恼地说:"我们学的是武警指挥,我就想不明白了,以后下到部队带兵还用得着微积分啊?"

话虽这么说,可这是必修课,必修课超过几门不及格,并且补考还未通过者,是要做留级处理的。苏智刚踢了踢前位:"凌校,这个题怎么做!"

凌校回过头，满脸戏谑地说："哎呀，这不是副班座么，怎么问我问题跟罚我打扫厕所时一个口气呢！"

苏智刚黑下脸来："少废话，讲不明白再罚你打扫一周。"

苏智刚和凌校成了前后位。开始的时候凌校老大不情愿，时间久了，他发现苏智刚为人也没那么坏。苏智刚是个直肠子，有什么说什么，特容易得罪人，不过凌校还挺喜欢他这脾气，两个人前后位没几天就冰释前嫌了，竟然还成了好朋友。

林小洁的大学生活，远没有他在高中时憧憬的那样惬意。没有自由自在的生活，四面围墙决定了活动范围，一个月才能外出一次，而且只有半天。没有自然醒，每天5：50起床，每周只有星期天早晨能睡到6：30。也没有女朋友让他牵着手去风花雪月，意兴索然地在路上抄着兜，还会被纠察追在屁股后面说是违反军容风纪。

更不幸的是，一些林小洁从没重视过也不擅长的事情成了他的专业。生活把起点拨到了零的位置，他不得不专心致志地当差生，一砖一瓦地重新堆砌生活。

第一节擒敌术课，地方生都很兴奋。练了这么久体能和队列，终于有一节课能和武警的"武"字搭上关系了。擒敌术，听着就让人感觉很威风。相信练成了以后，就可以学到传说中可以打倒各种恶人的高超武艺了。

其实，大部分地方生心中的目标并没有这么高。林小洁就暗暗地想，以后能打得过社会上的小痞子，保护好自己的女朋友就OK了。

"上课还让我们一人带一条毛巾，这个教员挺不错的，训练这么累，是应该带条毛巾擦擦汗的，比较人性对吧？"凌校高兴地说道，显然心情极好。

部队生们懒得反驳凌校，前一阵子痛苦的新训经历难道就让他有这点觉悟？拿毛巾擦汗？亏他想得出来，学校的军事教员哪个不是恨不得他们死上十几次！但拿条白毛巾还让打湿了，到底是何意图？就连在基层部队学过擒敌术的部队生们也不知道。

三班长张然整队报告："教员同志，学员三队十中队参加上午操课，应到48名，实到48名，请指示！值班员，张然！"

"稍息！"一声浑厚的声音从队首传过来，让人有一种想过转头一识庐山真面目的冲动。

"是！"三班长半面做左转，抱拳提臂，跑到了队尾。一名中校以同样正规的动作跑到了队列的中间。这着实让学员们感到有点受宠若惊，在他们的印象里，中校应该是很有派地走到队列中间，出入列动作不用这么有板有眼吧。

动作这么标准！部队生们开始在心中暗暗嘀咕，当兵这么多年，仍然保持这么股子认真劲，这个教员对自己要求的严格程度是不言而喻的，看来往后的日子有苦头吃了。所有人都打起十二分精神站好，看似目不斜视却早用眼睛的余光锁定了教员的一举一动。

擒敌术教员的帽檐小角度地转动了一下，将整个队伍扫视了一遍，看起来新学员们的精神状态还是令他比较满意的："我是共同科目教研室的王志国，以后的擒敌术课就由我和大家一起上。这节课我们先学习擒敌术的基本姿势，首先由值班员带开活动身体，湿毛巾都带了没？"

这是林小洁听到的最没有含金量的自我介绍，基本上就告诉了名字，没煽情也没内容。但这样的自我介绍出自这样一种严厉与浑厚的声音，一点也没让人感到奇怪或是不妥。

"带了！"学员们立刻恢复立正姿势，声音短促而洪亮。

"每个人用脖子把湿毛巾夹住，两手冲拳围着操场跑四圈，毛巾掉到地上的人罚做拳卧撑50个！"说完，王教员转身对值班员张然说，"带开吧！"

十几分钟后，十几个人站在了队列前面。现在，大家知道为什么毛巾要打湿了，跑步过程中谁的白毛巾掉到过地上是显而易见的，上面很清楚地留下了泥土的污迹。

队列前面开始了高低起伏的拳卧撑。所谓拳卧撑，就是在俯卧撑的基础上双手握拳撑地。部队生还好说，地方生身子刚刚俯下去，细皮嫩肉的拳头上就传来了钻心的疼痛，哼哼呀呀地叫了起来。

林小洁幸免于难，凌校却在被处罚的行列中。对于体能条件比较好的他来说，50个拳卧撑好像也比较吃力，不一会儿,豆大的汗珠开始从额头上滴落。

凌校做完了的时候，还有五六名学员没有做完。他们都是地方生，显然已经精疲力竭了，每做一个都要费很大的力气，有的身子俯下去的时候全身都趴在了地上，休息一会后再用双拳艰难的把身子撑起来，要多狼狈就有多狼狈。

王教员眼神并没有落在起伏的人影上面，好像根本没看到似的。一个学员终于忍受不住疼痛，侧眼看了看教员，确定他没有看自己后，把拳头松开换成了手掌撑地。一个"手握成拳"的声音迅速地从王教员站立的位置传了过来，学员颇不情愿地换成了拳。

"报告教员，实在做不了了！"学员中有人喊了报告，虽然希望渺茫，但还是希望教员能够网开一面。

"加罚10个！"教员并不为所动。

"报告！"这个时候说话的人总让人想到凌校，多管闲事成了他的专利。实际上打报告的人也确实是他。

"讲！"擒敌术教员回道。

"我觉得教员的做法不对！"语出惊人，四下哗然。

王教员转过头来，帽檐下的表情看不出波澜，他轻轻点了点头，示意凌校往下说。

凌校便不再停顿："第一，大丈夫做人堂堂正正，我们一向挺胸抬头，不习惯缩着脖子夹着毛巾跑，所以掉了毛巾情有可原，惩罚已然欠妥，加罚是不是太不讲道理？第二，从来没听说练功夫要夹着湿毛巾冲拳，我也看过老学员们打过擒敌拳，简单的套路而已，教员直接教授动作即可，何必故弄玄虚。第三，纸上谈兵终觉浅，看教员也是练家子，我想和教员切磋一下！"

凌校第三句话一说完，队列里的学员们都被他惊出一身冷汗，前两点对教员的教学方法大加指摘已经令人心惊胆战了，第三句话的言外之意更是在贬低教员，说教员只是纸上谈兵，手上功夫并不怎么样。

"值班员，把队伍带到沙滩位置！"王教员对张然下了命令，声音的响度倒是降了下来，但是怎么听都让人感觉火药味十足。

张然面露难色，知道事情棘手了。忽然发现骆阳不知何时已站在队列的后面，便急忙用求助的眼神盯着他看。骆阳露出幸灾乐祸的笑，眼珠子一转，瞟到天上去了，一副事不关己的表情。无奈，张然只得将队伍带到了沙滩位置。

沙滩，平时的摔擒训练场。

天气还算暖和，气氛却冷得要命，很多人后背开始冒出了冷汗。王教员摘下了帽子，他的头发是中年人那种稳重型的中分，只不过比普通人多了个帽子的形状，一看就是常年戴着迷彩帽的结果。帽檐下的脸是一张被太阳晒得黝黑的典型得不能再典型的军人的脸，个头估计只有一米六八，体型偏胖，眼睛和想象中的那种李逵式的凶恶的大如铜铃的眼睛截然相反，他的眼睛眯成了一条线，仿佛是因为阳光强烈而故意眯着似的。虽然周身透着一股子武者的精干，看相貌却并不像什么高手。

擒敌术教员手叉着腰夸张地做着准备活动，然后边活动着手腕脚腕边往队列这边走来。凌校看着走过来的王教员，知道他是接受了自己的挑战，心里不免有些后悔。他好歹是个中校，好像岁数也有点大，如果把他打伤了岂不是算违纪，闹不好学校要追究，他还得背个处分。

"刚才那个说话的，叫什么名字？哪个班的？"看王教员说话的神态，好像并不因为受到顶撞而生气。

"凌校！四班！"凌校朗声答道，事到如今，他也只有硬着头皮应付的份了。

"勇气可嘉，打赢了我，就给你们原因！四班，出列！"最后的"四班，出列"四个字忽然加重了语气，四班的所有学员心头一震，愣住了。还是刘星剑最先反应过来，迅速跑出了队列，其他人紧跟着他，在王教员的面前列好了队。

一个班出列，学员们顿时感到糊涂了。原本想擒敌术教员要教训一下凌校，但现在，他总不会要和一个班的人打一架吧？大家虽然脸上依旧保持着严肃，其实心里面早已是面面相觑了，所有的目光都聚焦在王教员的身上，等待着他给出答案。

原本坐在队列斜后面小板凳上看热闹的骆阳，却好像忽然明白了过来，忽地一下站了起来。其他人背对着他，自然是没看见，王教员却看到了，轻轻抬高了一下下巴，用小得只有骆阳能察觉到的角度轻轻地摇了一下头。骆阳只得又耐着性子坐下，一向满不在乎的他忽然也多了几分难耐的神色。

"一个班一起上，能打赢我，既往不咎，打不赢我，等着受罚！"擒敌术教员的话无疑像一颗炸弹,让整个队伍都颤了一下。

"教员,我们知道错了!您看,这回就饶了我们吧!"刘星剑一脸正气的脸上竟也能变出溜须拍马的笑,他是在给王教员找个台阶下。虽然做作了些,但是四年老兵特有的老练与变通,绝对是那些总是惹事的新兵们做不来的。其实在刘星剑的心里,也认为王教员只是一时气愤,逞强罢了。

"你入列吧,把你们班带开,好好活动一下身体。"王教员并不接受刘星剑递过来的台阶,但是对他的处事风格非常赞赏,说话的语气缓和了许多。

刘星剑带开了四班。王教员命令剩下的学员席地而坐,又面向开始活动身体的四班,说:"八对一,打赢了理所当然,打不赢就说明你们这批学员的总体实力差。我们这是正常切磋,不分职务高低!规矩很简单,被打倒就算出局,你们队长和所有学员都在这作证,打伤我算你们本事,决不追究你们责任。愣着干什么,抓紧时间活动身体!"

王教员这一席话,明显是为打消四班学员的顾虑,让他们使出全力。可是四班这边却怎么也提不起斗志来,林小洁从来没打过架,也不会打架,本来想在擒敌术课上先学个一招半式的,没想到还没开始学就先被拖上了战场,而且是和"师傅"打。杨帆也不会打架,虽然个头比林小洁高,但是身材瘦削,一脸的恐惧早已写在了脸上,比林小洁更水的样子。其他老兵学员不见得有多惊慌,但是所有的不情愿却像是光滑的脸上忽然凸起的青春痘一样显而易见,只有傻瓜才会想着去得罪教员,除非他想在以后擒敌术考核的时候不及格。

最认真在准备的只有三个人:这件事的始作俑者凌校;总是一脸木讷的傻大个冷柏;还有办事从来一丝不苟的刘星剑。凌校看着大家情绪萎靡,硬着头皮停了下来,干笑了两声,说:"大家不要这么悲观么,我们基本上没有输的可能啦,哈哈……"

四班其他人自顾自忙着活动身体,凌校的话就像是泥牛入海,甚至连个泡泡都没浮上来,他尴尬极了,苦笑着继续活动身体。

刘星剑喊了声集合,简单给四班做了一下动员:"能有机会和教员过一下招,是个来之不易的机会,希望大家珍惜这次实战机会。同时,也注意不要出手太重,不要伤到教员。好了,现在分配一下任务……"

操场上，颇具戏剧性的一幕出现了。王教员被一伙子学员围了起来，四面合围是多对一最好的战术，在这个光秃秃的沙滩上，他并没有地形可以利用，一开始就处于明显的劣势。

场下坐着观战的学员们屏住了呼吸，眼睛一动不动地看着对峙的双方，生怕一眨眼就错过了精彩的瞬间，他们不知道该为谁喊加油，事态发展到现在，让所有人都感觉意外。

"上！"刘星剑一声怒吼，就是进攻的信号，四班的策略就是一拥而上的近身战，用最无赖的也是最保底的方法将擒敌术教员摔倒。

王教员动了，他并没有理会担任正面进攻的刘星剑等人，忽然转身暴喝一声"打！"左脚顺势往后迈出一步，接着虎虎生风的一拳，裹着挟风带雨的气势向从后面冲过来的杨帆打去。

杨帆顿时手忙脚乱地刹车，往后退，结果混乱间自己把自己给绊倒了。已经出局的他吓得顺势往一旁滚了一下子，接着努力往前爬了几下，感觉脱离危险圈的时候，才转过身子往后看，心仍然"扑腾、扑腾"地跳个不停。

王教员打开缺口，已然跳出圈外。离他最近的苏智刚回身横踢，想在他立足未稳之时打个反击，王教员轻松闪过。苏智刚动作不停，接着就是一记摆拳，王教员曲左臂格挡，左手顺势挡抓他的右手腕。苏智刚顿时感觉右手就像被老虎钳给钳住了似的，一阵生疼，刚使出全力挣脱，便见一只大脚当胸踢来，"死了！"他脑海中忽然闪过这两个字，身子已然不受控制地向后飞去。

刚一照面就有两人出局，让原本打算让着王教员的四班学员们明白了自己的处境。大家摆好格斗势成防守姿势，向后退开，慢慢地又将王教员围在了场中，却没有人敢再上前去进攻。

场外已经坐在观众席上的苏智刚坐不住了，忿忿地喊道："等什么呀，给我报仇啊！"他已然把王教员当成了敌人，话说刚才那当胸轻踹的一脚，王教员虽然已经脚下留情，但是摔到地上的时候，着实把他的脑袋震得不轻。

"我来！"凌校从正面向王教员发起进攻，他的步伐是典型的跆拳道路数，在左一脚右一脚的弹跳中寻找着攻击的时机。突然凌校左腿虚晃一下，右腿以极快的速度向王教员的头部踢过去，动作流畅迅速，场下学员只觉眼前一晃，凌校的脚已经接近王教员太阳穴的位置了。

王教员左脚跨一步，右手变掌迅速拍上了凌校的的脚掌。凌校早已知道此击不中，右脚迅速落下的同时左脚一个后旋踢已然杀到，行云流水中说不出的潇洒。

"好！"众学员被他的动作所折服，不约而同地喊好。

王教员身子往后一仰堪堪躲过这凶险的一击。这时，他背后的林小洁看准了时机，喊了声"一起上"！就向立足未稳的王教员冲过去。

决战的时候到了！这是个不容错过的机会，其他人自是明了。整个包围圈哗地一下子缩小，场外学员的心都提到了嗓子眼，马上就要有结果了，看来是王教员要丢面子了。

眼看林小洁就要抱住王教员的后背，没想到王教员忽然转身伸出胳膊，左手抓住林小洁手腕，右手抓大臂，借着林小洁的冲力，身子一抵一送，一个漂亮的过肩摔，林小洁飞出老远，重重地摔在沙滩上。顿时，林小洁眼中的一切，都在旋转。

凌校顾不上去看林小洁，起脚就不遗余力地攻了过去。王教员不退反进，抢到凌校面前。跆拳道本就是以速度取胜，没想到王教员更快，他胳膊一扬横向抢扫凌校胸部，凌校当即被一股巨大的力道重重地抡倒在地。王教员却再不停歇，一路杀过去，但凡交手，一击必倒！

说时迟那时快，瞬间沙滩场上腾起的烟尘散去后，呈现在众学员面前的是横七竖八趴在地上呻吟的学员。苏智刚对发呆的杨帆说了声"还愣着干什么，上去帮忙啊！"率先去场上帮助被打翻的四班学员，杨帆应了一声，也跑上去帮忙。

一会儿，四班的学员们灰头土脸地撤了下来，大家拍着脖子晃着脑袋和肩膀，显然是摔得不轻。林小洁扶着旁边的杨帆，感觉天和地已经不在原来的位置上，胃里翻江倒海般地难受，俯下身子来却只是干呕，什么也吐不出来。

刘星剑暗暗看了一下人员，还好大家都没受什么伤，却发现只有七个人。转身一看，冷柏还站在场上，这才想起刚才和王教员短兵相接的时候，这家伙一动也没动。

所有的人好像在同一时刻都发现了这一点，把目光又集中到了冷柏身上。

冷柏并不习惯这样的注目，木讷的脸上感到微微发烫。王教员看看眼前这个高1.85米，体重至少90公斤的精壮北方大汉，开口问道："你为什么不一起上？"

冷柏回答道："我习惯一个人打！"说着大吼一声，直震得学校的围墙都簌簌地掉墙皮，紧接着提着铜锤般大的拳头就朝着王教员招呼过去。王教员迅速左横一步，让过这一拳，起脚绊踢冷柏双腿，冷柏笨重的身体登时离开了地面，王教员挥右掌，重重地拍在他的背上，声音响得吓人，但部队生们知道其实那并不怎么疼。

"砰"的一声，果然是人高马大，摔倒的动作都这么有声势，王教员的面前腾起一大片烟尘。

操场上静了，冷柏趴在那不好意思起来。刘星剑晃了晃脖子，像是刚才摔得不轻，转过头来继续活动身体。凌校望着冷柏倒下的位置发呆。林小洁收回目光，躺倒在沙地上望着亮得有些眩目的天空喊头晕。骆阳坐在队列后面摇了摇头，苦笑了起来。

虽然打输了，但王教员非但没有惩罚四班，反而松下了紧绷的脸给了解释。他也和凌校一样分三点说的，第一点，夹着湿毛巾冲拳，是为了在第一节课时，让大家对格斗势中收下颚这个易犯毛病加深印象，只起个加深印象的作用，仅此一次。果然他说话算话，在以后四年的学习中，学员们再也没有脖子夹着湿毛巾冲拳。但他们无论何时拿起格斗势的时候，总是忘不掉含胸拔背收好下颚。第二点，罚大家做拳卧撑，是为了让大家看到自身体能上的不足，因为擒拿格斗，三分技巧七分力量，要想学好擒敌术，必须以很好的体能作基础。第三点是对凌校说的，小伙子很有勇气，跆拳道也很好，口才更好，不过以后和我说话不要拽文，我文化水平不是很高，不适应。

凌校红着脸说"明白了"，大家哈哈笑成了一片，对王教员陡生了些倾慕和亲切感。后来回忆起来，第一节擒敌术课基本上没学到什么动作，但林小洁却感觉，学到了很多很多。

下课的时候，骆阳屁颠屁颠地跟上了王教员，往办公室位置走去。

学员们在后面骂道："马屁精，还不知道待会回来，怎么处罚我们呢！"

值班员收拢人员，安排大家两人一组，相互放松身体。一天的训练结束了，这个时候是学员们感觉最惬意的时候了。

骆阳和王教员并排走在去办公楼的路上，接过了王教员手里的水杯。

"你跟着来干什么，我的水杯还用得着你个正营职队长来给我拿？"王教员板着脸说道。

"这还不是想和教员亲近一下么，老长时间没见了，怪想的！"骆阳一脸谄笑地说。

"你小子少给我打马虎眼，我们哪天不见面了？对了，刚才上课的时候对我使眼色什么意思，我老了吗，不中用了？几个青年学生和娃娃兵，怕我打不过？"王教员黑着脸问道。

"我哪敢，这不是怕您把学员打伤么，他们不能训练了，我可没法子和学院领导交待，可教员还真是偏心，当年揍我们的时候可没有这么轻！"骆阳赶紧岔开话题。

今天四班被揍这一节，和许多年前还真是有些像呢！当时王教员还是个年轻的教员，比骆阳他们那届优秀士兵提干学员，大不了几岁。优秀士兵提干学员那可是军中骄子，一个个傲气得很，哪里把这个从省武术队特招入伍、算兵龄都没有他们长的"新兵蛋子"教员放在眼里，上课期间说话、起哄的乱成一片。最后王教员跳上格斗场，用手一指，把几个调皮捣蛋的学员叫了出来。

想起那些陈年往事，王教员呵呵笑了起来，一转眼十五六年就过去了。那些个学生现在都成了岳东省总队的营以上干部了，混得快的都是团职干部了，想到此，王教员不禁感慨到："不经混呐，我都不惑之年了。我记得那次给你把胳膊打折了吧，当时年轻气盛，为这个事，被老教研室主任给批了个狗血喷头。"

"教员一定也是看了近期武警总部的通报吧，要不也不至于把一个班都叫上来，试探新学员们的擒敌术水平。某总队一监狱发生犯人越狱事件，在逃犯四人，我武警中队一名排长带着三人应急小组先期追捕，追是追上了，结果被四个犯人打趴下了。"骆阳说话的时候一脸严肃。

"算你小子聪明。四个武警竟然打不过四个罪犯，丢人哪！国家和人民花钱养着我们，这就是我们交上的答卷？放走了犯人，会给这个社会造成多大的危害啊！"王教员声音里满是沉重。

"我听说这四个犯人都是重刑犯，而且多是习武之人，又加上穷凶极恶，这也是客观理由吧。"骆阳接口道。

"借口！上了战场就只有胜负，吃了败仗就好好做检讨，夸大敌人的厉害不就是为了掩饰自己的无能么。自古称犯人为虎狼之人，不穷凶极恶，都和绵羊似的，要我们武警干什么，找个放羊的去看不就行了吗？！"王教员瞪了骆阳一眼，后者连忙点头称是。

王教员叹了口气，接着说："问题出在基层，根本还是在院校啊！我们是否能够输送合格的排长队伍，直接关系到基层一线的战斗力。虽然这件事发生别的总队，但是如果发生在我们身上，我们的排长和战士能不能处置得了？总队日益完善的监管执勤设施使我们过度依赖硬件了，许多中队的训练就松懈了，干部、战士军事素质大不如前，出现突发情况手忙脚乱，处置不了，我们应该好好审视和检讨一下自己了！"

骆阳郑重地点了点头，暗自惭愧自己想问题不够深入。王教员把杯子从骆阳手里接过来，说道："回去吧，这些学员的条件很不错，四年后能不能成为栋梁，能否担当重任，我们这些教员肩上有着不可推卸的责任哪！"

学员中队48名学员肃然地站在操场上。骆阳回来了，看他一脸的春风得意，就知道又给了他挖苦的机会。

"精彩！太精彩了！一个班八个人群殴一个人这不算什么，八个人被一个人殴打那场面才叫壮观呢，是不是，凌校？跆拳道练了不少年了吧，什么级别了？"

"黑带！"凌校脸上一热，红着脸答道。

"大个子冷柏倒是勇气可嘉，只可惜一身蛮力，笨蛋一个啊！还有，什么叫习惯一个人打，我听错了吗，好像没有吧？你当你是中世纪的骑士呢，你是个兵，下次把自己的行动放到团队里面，听到没有？"

"是！"冷柏高声答道。

"林小洁站直了，还晕着吧？机会把握得不错，只不过本事确实是不敢恭维，苏智刚时机把握得也很好啊，果然是老兵，倒功那么漂亮。更让我长见识的，还有被吓趴下的，是吧？"

骆阳的眼睛看向了杨帆，没有点他的名，声音少了调侃，多了些冷冷的严厉。杨帆的脸唰地一下红了。

"军人连敢出手的勇气都没有还算什么军人！我送大家一句话，在战斗面前军人只有两种选择，胜利，或者，阵亡！"骆阳冷峻的眼睛扫视了一下队列，厉声道："明白没有！"

"明白了！"

"再告诉大家一件事，不要以为我们学校庙小容不下你们这些大佛，就你们那点本事差远了，夹着尾巴做人就行了！用你们那文绉绉的说法就是，浅处无妨有卧龙！王教员曾经代表我们武警部队到过很多国家教过擒敌术，据我所知啊，挑衅的家伙真不少，但不管他是警察、宪兵还是内务部队出身，好像都被打得很惨呢！以后该怎么练，自己看着办吧！解散！"

骆阳终于结束了他的长篇大论，这个简直比苍蝇还要烦人的家伙。

凌校喊着四班的兄弟等一下，四班的学员们悻悻地回头看着他。凌校满脸讨好地说："今天让大家吃苦了，我请大家吃东西，咋样啊？"依旧没人回答他，大家转过身继续往宿舍走去。

过了一会，凌校还真从学校的军人服务社买回了一大堆饮料小吃，笑呵呵地敲响了对面宿舍的门。苏智刚开的门，伸手接过小吃，然后毫不客气地把他关在了门外。

凌校回到了自己宿舍，那几个人正在装模作样地看书写字呢，见他来了也不搭腔。凌校说请大家吃东西，林小洁转过身把东西接过来，和刘星剑、冷柏三人凑到一块没心没肺地吃了起来，依旧不理凌校。

凌校笑道："我道歉，还不行么，以后肯定不犯浑了，还不行？"

林小洁不满地说："就你？这么能惹事，我还真以为你是武林高手呢，结果骗本少爷跟着你被打得鼻青脸肿的！"

"呵呵，吃一堑长一智，以后我会老实点的。"

"但愿如此，今天给摔死了多少细胞啊，吃很多肉也补不回来的！"林小洁说着，狠狠地咬了几口手中的香肠，其他三人呵呵笑了起来。

熄灯号一吹，灯光明亮的宿舍楼马上黑了下来。

熄灯熄声，所有人员都躺到床上去这是要求，但还有几个拖拖拉拉的家伙刚刚洗漱完，急急忙忙地往宿舍赶，拖鞋的声音急响了一路。

一个声音说："让你早点去洗漱，打个提前量，你倒好，每次都压着号声回来，快点上床，队长马上要来查铺了。"

另一个声音嬉皮笑脸地说了声"是"！然后迅速爬上了床。

骆阳上来时，走廊上的鸡飞狗跳总算及时变成了鸦雀无声，这令他比较满意。可过了一会，又响起了他不满的声音："值班员！"

于是，本周的中队值班班长从某个房间里穿着拖鞋慌慌张张跑过来，骆阳挑剔的声音紧接着传到了这个楼层每个人的耳朵里："洗漱间积水太多，厕所味道太大，走廊上怎么还有碎纸屑？睡前你们班长们自己不检查卫生吗？"

过一会，骆阳拿着手电筒把每个宿舍都转了个遍。帽子腰带没摆好，鞋子没摆正，衣橱里的衣服太乱，宿舍味道太大，但凡是他看不顺眼的，当事人就得从床铺上爬下来整理好，顺便被他数落一顿。好在几分钟后，他终于在大家的期盼中下楼去了，有些宿舍里的地方生牢骚话又开始了，班长和老兵及时做思想工作，说习惯就好了，部队都这样。

四班今天并没有被点到的问题，每个人都很认真地把睡前的内务按照规定整理好了。大家都害怕骆阳借题发挥，而他却好像根本没有这方面打算，拿着手电草草地转了一圈就走了。

林小洁已经睡过去了，这家伙是国宝级别的人物，每天床上一躺，不到五分钟就睡过去了，再大的声音也吵不醒。凌校轻轻从铺上爬起来："班长，我去个厕所！"

"去吧！"刘星剑并没有像其他班长一样责问为什么刚熄灯就上厕所。他是中队六个班长中，最受地方生们喜欢的班长了。虽然当兵第四年才考上军校，是个老兵，但他对每个地方生都很和气，不像有些班长牛气哄哄，自觉多当了几年兵就瞧不上地方生。

过了一会，冷柏也起来了。"班长，我也上个厕所！"然后，像头大笨熊一样从床上下来，穿上拖鞋，从宿舍出去了。

又过了一会，刘星剑自己也悄悄从床铺上下来，他没有去厕所，直接往晒衣场去了。

晒衣场就是露天的楼顶，视野开阔，从这里可以看到整个学校，大家有心事的时候都会不约而同地到这里坐一会。今天晚上的月色很好，明亮的月光把晾衣场照得一片银白。果然不出所料，除了林小洁以外，四班的家伙们都在这了。

刘星剑走过去，什么也不说就坐到了他们中间，对他的到来，其他人并不意外。苏智刚给他递过一支烟来，接着抱怨："我一拳打过去，就像被老虎钳夹住了，骨头都被王教员捏疼了。被他蹬那一脚，我现在都感觉胸闷！"

其他人深有同感地点头，冷柏右手摸了摸硕大的脑袋："这是我头一次被揍得这么惨，现在还没反应过来咋回事呢！"

凌校摸着下巴失落地说："我从小就学跆拳道，在学校里也是一等一的高手，本来感觉自己挺厉害的，今天却被他一巴掌给拍倒了，产生心理阴影了！"

杨帆羡慕地说："你多厉害啊，我们中你与教员过的招数最多，还差一点伤到他。"

凌校叹了口气："我一开始也这么想，可后来才发现他是逗我玩呢，你们没发现么，大家一起上的时候，我被他一掌给撂倒了！"

"告诉大家点'内部资料'，咱们王教员出身于武术世家，自小练武，也是因为这个特长从省武术队特招进入部队的。我们武警部队当前使用的这套擒敌拳，他是主创人之一。当时，编这个擒敌拳的单位有好几个呢，总部一看这么多套擒敌拳，用哪一套好呢，你们猜总部用了什么方法啊？"刘星剑说到这，故意吊一下大家的胃口。

"用什么方法啊？"大家着急地问道。

"摆擂台，几个单位各派一个代表参加，看谁的擒敌拳最能打就采用谁编的擒敌拳！当时代表我们总队打擂的就是咱们的王教员，结果大家都知道了！"

虽然没有看到王教员打擂时的英雄形象，但是四班的学员们已经感觉到热血沸腾了,想想华山论剑,咱们王教员独占鳌头,何其英雄也!

"真是帅呆了!"大家开始由衷地感叹,这些好胜的家伙不再感觉丢人了,相反还有些与高手过招后的那种沾沾自喜。

"王教员的故事多了,我还听说他年轻的时候,遇见一伙持械歹徒,一共五个人,被他不到一分钟给打趴下了。所以呢,大家也不要感觉太没面子,回去睡觉,养足精神跟着教员好好训练,绝对会学到真功夫的,都回去睡觉吧!"刘星剑借机把众人劝回去睡觉了。

四班的学员回去了,刘星剑自己蹲在地上,借着月光捡着地上乱扔的烟头。忽然发现苏智刚又折了回来,便摊开手里的烟头给他看看,摇头道:"这帮小子一点自觉意识也没有,乱扔烟头,破坏了别人的卫生区,本周开班务会的时候要讲一下这个事。"

苏智刚却好像并没有听见刘星剑的话,顾自问道:"到底是班长,思想工作有一套,听谁说的,不会是自己编的吧?"

"我们04级师哥中有我的同年兵,说来惭愧,虽是同年兵,人家学习好,比我提前两年考过来了。"刘星剑笑着答道。

"有没有想过,如果今天我们是去执行任务,王教员是站在敌人的位置上。"苏智刚问道。

"今天只是切磋,切磋就会有输赢的!"

"这不是切磋,切磋是一对一。这是执行任务,我们一个分队全军覆没,尽管舍生忘死却死不足惜,八个人却被一个人打趴下了!"

"其实,并不是每个歹徒都这么厉害的。"

"不是每一个,那就是肯定会有这么厉害的歹徒了,我知道你想过,把答案告诉我,想不明白我睡不着!"

"如果技不如人,那就把脑袋赔上!队长不是给过我们答案了吗,在战斗面前军人只有两种选择,胜利,或者,阵亡!"刘星剑顿了顿,像是在回味骆阳的这句话,半响语气一转,不知道是在安慰苏智刚还是在安慰自己:"不过,现在我们有时间,可以好好地强化自己的能力,不是吗?"

"明白了,睡觉了,不会再有今天这么丢人的事情了,明天要好好训练!"苏智刚手插着口袋,往回走去。

"喂，把手拿出来，军容！我发现你有插口袋的习惯，赶紧改了，给班里同志做好榜样！"

"你这个班长，太死板，怪不得那些新兵蛋子发牢骚逆反呢，我也得抱怨！"苏智刚把手从口袋里拿了出来，笑了笑，回去了。

刘星剑苦笑了一下，看了看四周没有烟头或是纸屑了，也下楼睡觉去了。

下午的体能训练时间。科目是五公里，地点是学校操场，组织人是骆阳。他此刻正在无关痛痒地说着风凉话：

"我们今天的五公里训练测班集体成绩，第一名的班今天下午休息，第二名罚跑一趟400米，第三名两趟，依此类推！我知道你们会在心里骂我训练没方法，就知道罚，自认倒霉吧，谁让你们摊上我这么个队长呢！"

看到所有人痛恨的目光，骆阳终于开心了，接着说道："给你们十分钟时间，活动一下身体。"

凌校拍了拍林小洁的肩膀，把背包绳从迷彩服口袋里掏出来，在他面前晃了晃，嬉笑道："班长把你交给我和冷柏了，待会儿，不要让我们太累噢！"

林小洁的脸阴了下来，不理凌校，转过身去继续活动身体。尽管面上不好看，但他其实不怪在跑步中拖他的凌校，如果不这样的话，全班都要挨罚，那是他更不愿看到的事情。

集体五公里的成绩评定，是以班里最后一名通过终点线的时间为准的，其他人跑得再快都没用，只要有一名掉队，就是不及格。这是林小洁最讨厌的一个科目了，全班属他跑得最慢，所以跑集体五公里的时候，他也最痛苦，每次都被像拖死猪一样强拉硬拽，跑完后上吐下泄，要抑郁好几天。

"预备，跑！"骆阳按下秒表，痛苦的旅程开始了。

林小洁深吸了一口气，迈开了步子……

十几分钟过去，不知跑了几圈。林小洁呼吸变得沉重，眼前变得模糊，抬头看着天，还是一如既往的遥远。他忽然发现，原来自己很熟悉这种疲于奔命的感觉，因为他从小到大一直在奔跑，从来就没有停下过。

他看到自己在慌张地奔跑，后面有一个凶恶的农民在追赶自己。农民拿着一根小木棍，嘴里喊着："臭小子，不上学我就打断你的一条腿！"他不想上学，更不想被打断腿，所以卯足了劲往前跑，鞋子跑丢了也不去捡。

农民终于不再追赶自己，他坐在破旧的门槛上，吧嗒吧嗒地抽着旱烟。林小洁看到了，因为姐姐私自放弃了学业，这个暴躁的农民刚刚打了她一巴掌，很重的一巴掌，以至于姐姐嘴角上都渗出了血丝。他感觉心疼，好疼姐姐，也心疼父亲。

画面再次转变，熟悉的高中教室里，他正安静地坐在位子上，一丝不苟地做着习题。一个女孩子忽然打断了他，很漂亮的女孩子，一颦一笑都让他心动。他看着她，清澈的眼光里带着些留恋，但最终目光还是毅然离开了女孩。女孩垂下眼睑，一滴眼泪迅速从眼角滑了下来。那一滴眼泪，冰冻了他的整个世纪。

画面转变得越来越快，最终连成了线，林小洁在这条线上一路狂奔。终于他停下了，在一个荒凉、空旷的荒野，他哭了，哭得很伤心，对着那个曾经暴躁现在有些凄惨的农民，刻薄地吼道："既然姐姐不喜欢，为什么逼着去她念高中！怎么活着不是活，就算当个种地的农民有什么不好，为什么一定要把她逼得走投无路！"农民愣住了，从口袋里掏出了一盒皱巴巴的烟，点上，深深地吸了一口，然后重重地吐出一大堆烟雾，烟雾里面有缭绕不断相互缠绕着的心事。

"姐！"想到患上精神分裂症的姐姐，林小洁的心忽然剧烈地疼痛了起来，撒开了步子往前冲去。

"你打鸡血了，怎么突然跑这么快！"原本扯着林小洁往前跑的凌校，被忽然加速的他差一点拽倒，不满地喊道。稍一停顿，凌校又加快步子跟上了林小洁。

终于走出了高中校园里那些曲折芬芳的林荫小道，满怀信心地以为高考就是终点线。路的尽头，却没有答案，等待林小洁的依旧是远行的背囊。青春，走失在岳泉市高大松柏的木色香气中，淡淡的味道，浓浓的迷茫。

跑着跑着，林小洁还是把自己跑丢了……

第五章
实习"战士"

2007年6月。

空气干燥而沉闷,炎热蒸发掉了每一丝凉爽的风,整座城市都懒洋洋的凝固在烤箱一样的天气中。

阳光打在林小洁的脸上,灼灼的痛。他摸了摸嘴角,看了看手上淡色的血迹却并不恼怒。他使劲抹了一下脸,擦汗的同时更想让自己清醒一下,但把那张挂满灰尘的脸涂抹得更加狼狈。

拿好格斗姿势,林小洁对一脸担忧神色的凌校说:"没关系的,我们接着训练!"

擒敌术课上的躲闪训练,两个人配合练习以增强攻防能力和反应速度。理论上来讲,这样的训练也属于空动作练习,配合好的话并不会攻击到要害部位,所以学员们并没有佩戴护具。

凡事都有意外,如果你的对手心不在焉的话,受点皮肉伤也在所难免。这已经是今天上午的训练中,凌校不知道第几次把拳头打到林小洁的脸上了。

凌校下意识地握了握拳头,拳锋上仍然残留着刚才打在林小洁脸上的那种感觉,好像滴上了酸性腐蚀剂,正在慢慢灼伤自己的皮肤,一点点消减着拳头的力量。

今天的训练注定索然无味,一个漫不经心地应付,另一个看着被自己打得鼻青脸肿的脸再也不忍心挥拳相向。但是训练必须继续，就像这沉闷的夏天，心烦得似乎让人找不到尽头。

终于，擒敌术教员在所有人期盼的眼神中结束了他其实并不冗长的讲评。学员们太累了，教员一说解散，原本强打着精神杵在训练场上的他们，便将疲惫相尽显出来，稀里哗啦向宿舍楼走去，就像一群逃离热锅的蚂蚁。

林小洁如释重负地叹了口气，正打算返回宿舍，听见身后的凌校在喊自己的名字，一脸愕然地转回头去看着他。

凌校不语，一直等到偌大的训练场就剩下他们俩个人，才开口说道："你有心事，说出来或许我可以帮你分担！"

"我一向反应速度比较慢，被打伤了也不关你的事，不用放在心上！"林小洁躲过凌校的问题，露出几丝倦色，他以为凌校在为打伤了自己而烦恼。

"别回避我的问题，我不是在向你道歉！"凌校的表情很认真，他想要一个认真的答案。

"我可以不回答吗？"这是林小洁能给的最认真的答案。

"林小洁！一年了，你迷茫得像只找不到家的羔羊！"凌校盯着林小洁，问道："相处一年了，难道换不回一个你的答案？"

林小洁看着凌校，默然。

是啊，一年了。不知不觉自己的大学生活就过去了四分之一。答案？自己何尝不想要一个生活的答案！

在过去的一年里，父亲带着生病的姐姐继续艰难的求医之路，姐姐的消息也是林小洁最关心的事情，为了方便联系，父亲还花了几百块钱买了部手机。每隔一段时间打电话问一下姐姐的病情，成了林小洁生活中的习惯。然而，最近林小洁忽然和父亲失去了联系。父亲的手机关机，一连几天都是如此。

林小洁已经习惯了不给亲戚们打电话，问也是徒劳的，为了不分散他的精力，他们通常报喜不报忧。胡乱的猜测，引起了林小洁内心的惶恐，那些刻意淡忘的记忆却越发的清晰了：父亲瘦削的身影，母亲伤心的眼泪，姐姐小时候那种清澈正常的样子，现在想起来却是那么奢求，这是多么令人心痛的一件事情。眼泪，总在不经意间模糊了他眼前的世界。

凌校仍然在看着自己。林小洁不是不想给他解释，每个人都有一些事情只想放在自己的心里，更何况和他说了又有何用呢？

"迷茫的人给不了你清晰的答案！"林小洁也认真也无力地回道。他再也无法掩饰自己伤感的情绪，泪盈于睫，不想让凌校看到自己的狼狈，说完这句话便转身离开。

"林小洁！"凌校在身后气急败坏地大声喊道："拳头打在兄弟脸上的感觉，很心痛！"

林小洁站定，然后走开。或许是凌校的喊声太大，竟然洞穿了他厚厚的心绪，夏季的阳光也随着这声音射进心房。林小洁眯着眼看了看头顶上白花花的天空，这个夏天，竟然和高中时的盛夏一样的炎热。

身后的凌校，望着林小洁走开的背影，失落的神色一点一点结满了眉宇。

车轮和铁轨有规律的碰撞，发出持久、单调的声音，"哐当""哐当"，不知何时才会停息。

暑假下部队实习，学校给学员们定了最便宜的慢车车票。于是，原本并不是很远的路程却要停靠好几个站，变得漫长而煎熬。

车厢外是热闹的夏天，车厢内也比往常更加拥挤和闷热。正是大学生放暑假的日子，旅客中多是学生，放假回家的兴奋劲让车厢的空气中一直传递着欢快的声波。

车厢内有一组旅客格外引人注目，他们的行李是统一的军绿色背包和迷彩包，身着淡绿色的短袖夹克，橄榄色的军裤，更特别的是他们的肩章上什么符号也没有。臂章的中间很醒目的"内卫"两个字，也让人猜不透具体意思。

坐在走道那边的女学生终于忍不住问道："请问你们是什么兵种啊？"接着，好奇的旅客们就一拥而上，纷纷提问。

"你们袖标上的'内卫'是什么意思？"

"肩章上怎么什么符号也没有啊？"

"你们这是干嘛去？"

刘星剑有些应接不暇，但还是尽量回答着旅客们的问题：

"我们是武警。"

"内卫是担负国家内部守卫的意思。"

"我们是军校学员,所以肩章上没有任何符号。现在正利用暑假时间下部队实习锻炼。"

下一个波次的问题接踵而来:

"武警是不是都会武功?"

"你们是不是一个人能打好几个?"

"军校学员是不是很累啊?"

……

刘星剑讪讪地笑了起来,有些问题并不怎么太好回答。

终于闲下来的时候,刘星剑无奈地看了看靠在内侧窗户相对而坐的林小洁和凌校。前几天还兴高采烈地计算实习的日子,巴巴地盼望着离开"岳泉市第二监狱"——他们给学校起的外号,说是要"看广阔军营,抒无边豪情"!现在可好,不知道两个人怎么就不高兴了,上车后都抢了个靠窗的座位。林小洁在睡觉,凌校一声不吭地看外面的风景,都已经看了一路了。不然,这和女孩子们搭讪的事情哪还轮得到他去呢!

没有任何征兆,关系一直很好的两个人,忽然间就开始了冷战,一副"鸡犬之声相闻,老死不相往来"的架势。原本热热闹闹的宿舍变成了战场,刘星剑和冷柏两个人每天生活在夹缝中也难受。想给他们做个调解人,两个人都是脑袋一甩,扔下一句"我们之间没事!"就不再说话。别人吵架都是借坡下驴能和好就和好吧,本就没什么大不了的事情。这两位可好,谁都不肯先让步,简直就是两个"大孩子"。

乘务员推着售物车从过道上走了过来,刘星剑从口袋里摸出钱来买了四瓶绿茶,对其他三人说:"喝点饮料,咱们聊会天,一路上闷着不说话,多无聊!"

凌校转过头来,拿起一瓶饮料拧开了盖,小口地抿着。

林小洁睁开眼睛,也从桌子上拿了一瓶,却一口气喝了个干净,头一歪,闭上眼睛接着"睡觉"去了。他不是不知道刘星剑的用意,可是他这几天犟脾气也上来了,自己本来正为家里的事情心烦,凌校还一副不依不饶的样子,和自己怄气,他索性谁也不搭理,爱咋地咋地!

凌校看到林小洁死不认错的样子,怒气冲冲地瞪了他一眼,把手中的绿茶使劲地杵在桌子上，头一歪，又看风景去了！

刘星剑和冷柏对视了一下，不约而同地苦笑了起来。这两人，都当兵一年了，怎么还这个样子！

四人又陷入了沉默，只有单调的"哐当"声依旧不厌其烦地向远方延伸。

一栋楼房，不大的营院，稀稀拉拉只有40几个兵，这就是林小洁来到的实习单位。

去掉哨位上哨的、炊事班值班做饭的，能剩在训练场上训练的也只有三个班的兵力。尽管营房前练军姿的战士们都很认真，但林小洁怎么看怎么觉得他们像一群散兵游勇。

哨兵很热情地指引林小洁来到中队警官办公室，林小洁喊声"报告"推门进去。

"武警岳泉指挥学院，大一实习学员林小洁报到！"林小洁向办公室的两名上尉敬礼，自报家门。他还分不清谁是中队长，谁是指导员。

"早就听说这几天要来一名实习学员！你好，我是中队政治指导员张明瑞，那位是中队长董天。"指导员回了个礼，做了自我介绍。

林小洁赶忙喊了声"指导员好"！到底是政工干部，一看就和蔼可亲。

"中队长董天！"中队长走了过来，说话声音没有半点温度，但脸上礼节性地挂上微笑。也许是不常笑的缘故，林小洁仿佛都能听见他把脸上的肌肉强扭得咯吱咯吱响。

"中队长好！"林小洁喊道，脑子里却把中队长的名字跟"冬天"联系了起来，的确够冷的。

"看起来挺年轻的，地方高中直接考入军校的？"中队长问道。

"是！"

"哪年出生的啊？"

"1987年！"

"不错啊，这么年轻就成干部了，学历又高，比我们有前途多了！"中队长忽然话锋一转，"不过，既然来实习，就要把自己当成普通一兵好好锻炼，不能因为自己是准干部就搞特殊！"

"是！"林小洁答道。中队长说"准干部"的时候故意放慢了语速，林小洁机警的感觉到，自己的实习生活并不会太舒服。

执勤中队的任务就是站哨，哨位就是战场，执勤就是战斗！

第二天晚上，经过简单的岗前培训，林下洁就被送到了"战场"的最前线——背上"81－1"上岗楼站哨。虽然心里千般不愿，但现在既然是中队的"普通一兵"，就必须无条件服从中队的命令。这就是部队，军人以服从命令为天职。

每年的实习任务都不同，大一实习战士，大二实习班长，大三实习排长。一般来说，即使是实习战士，因为实习时间只有两个月，实习单位也会适当照顾一下实习学员，让他们站一下任务较轻的内卫哨，坐在岗楼里就行。

以上是正常情况下的推测，如果学员的表现让中队主官不满意了，比如自视甚高看不起战士、不爱参加中队日常工作或是其他什么惹中队首长不高兴的事情，那么事情就可能有很大不同了。最糟糕的结果就是林小洁现在遇到的情况，完完全全的列兵生活。

其实来之前，他们这些从来没到过部队的地方生，特意去找04级的师哥们请教了一番经验，总结起来是处理好"三个关系"：团结好战士，配合好班长，搞好与中队长、指导员之间的关系。思考了一下自己的表现，林小洁并没有发现他有做得不妥的地方。自己昨天下午刚到中队，说了就没几句话，也表现得很谦逊，怎么可能这么快就把人得罪了？而且得罪得这么透彻，直接就给派上了最苦最累的哨。

想到这，林小洁苦恼地皱了皱眉，轻轻调整了一下背在身上的枪。他不敢做太大的动作，在他斜上的位置，高清云台监视器一天24小时监控哨兵的履职尽责情况。所有监视器都接入了武警内部网，从中队到总部各级首长只要一点鼠标，任何一个执勤哨位的情况都一目了然。

监视器上红色的指示灯在黑夜里显得格外明亮，就像是一只不怀好意的眼睛。林小洁被它盯得很不舒服，鬼使神差地想到了中队长的眼睛，于是恶狠狠地瞪了监控器一眼，心道："可恶的中队长，一定是嫉妒我们这么年轻就成了干部学员，所以才故意折腾我们！"

中队长正站在勤务值班室中，通过监控观察林小洁在哨位上的表现。从林小洁刚刚走上哨位开始到现在,他已经在这里站了半个多小时了。看到林小洁不耐烦的样子,中队长的嘴角露出几丝坏坏的笑。

林小洁猜对了,中队长还真是有点故意折腾他的意思,但是绝对不是因为嫉妒。支队上午转发了指挥学院传来的函件,中心内容很简单:"不予照顾,从严磨砺!"其实就算没有学院的要求,他也会这样做的。作为三年后武警部队的基层带兵排长,不知道当兵的滋味,又怎会理解他的部属呢?

"近几天,要特别注意实习学员林小洁的哨位表现!"中队长临走时丢下一句话。

"是!"负责监控哨兵的网络查勤员很干脆地回答。

训练、站哨,这是大部分地方总队武警的真实写照。林小洁每天至少两班哨,白天一哨,晚上一哨,一哨就要在监控下面一动不动的站两个小时,走下哨位的时候腿都不会打弯了,腰又酸又痛。更可气的是,下了哨位以后,按照规定只能休息15分钟,超过一秒钟就会有人来催他到训练场上训练。

有时候林小洁会怒形于色,眉毛一扬,瞪一眼来催他训练的战士:"不去!"

战士于是苦笑,为难地说道:"排长,我们也只是奉命行事!"

虽然林小洁实习的岗位是战士,但是出于礼貌,战士们还是管他叫排长的。林小洁看了看战士委屈的样子,暗自责怪自己不应该迁怒于人,对于战士的难处也心下了然:奉命?奉谁的命,还不是中队长故意整自己!要怪就怪自己运气背吧,碰上这么个一肚子坏水的中队长!

如果说白天站哨只是一种肉体上的折磨,晚上站哨则可以说是肉体和精神上的双重折磨。

夜寂寂,月婆婆,人正在酣眠深处。林小洁却被人轻轻推起:"排长,该你站哨了!"

林小洁一向嗜睡如命,再加上他心怀愤懑,每天晚上夜半时分被从熟睡中叫起来的时候,都让他有种极度崩溃的感觉,对中队长的怨恨又增加了几分。

哨位是安静的,安静得让你感觉时间都是静止的,而你已经不知道在这里站立了多少年,没有过往也没有来生,有的只是那一片关押着嫌犯的四角围墙。林小洁于是想，很多哨兵是不是就这样忘掉了自己，把本该色彩纷繁的青春都站成了雕塑，等有一天脱下军装的时候，却发现时间已经过了两年，五年，八年，甚至十几年，而这么多年自己只干了一件事——站哨。

想到这里的时候，林小洁浮躁的心绪终于宁静了下来。考入军校快一年了，直到现在，他才有些理解自己所从事的职业。没有先进的武器装备，没有师团建制集中居住的热闹，没有军事小说里说的那么铁血峥嵘，一把钢枪就是伙伴，一个哨位就是青春。孤单的时候，想想同样坚守的战友，想家的时候，看看天空中的明月，想不通的时候，就摸摸头顶上的那颗警徽，安慰自己的永远只有那一句话："什么也不说，祖国知道我！"

也有好消息，父亲的手机终于打通了，原因只不过是父亲手机坏了，一直奔波忙碌的他，过了好长时间才腾出时间去把它修好。姐姐病情好转，过一阵子可以出院，医生说只要坚持服药，不受大的刺激，就能和正常人一样生活。林小洁听了，心下稍安。

林小洁还真成了一个好兵，积极、乐观、谦逊，很快就得到了中队官兵的认可，实习生活也就不那么煎熬了。

四班的另一个宿舍，苏智刚、杨帆、石磊、李之语四个人要去实习的支队远比刘星剑他们近得多，只用了几个小时，他们便到达了岳坊市车站。

武警岳坊市支队派出的车辆已经在出站口等候他们了。

这是李之语入学前所在的支队，碰巧的是，来接站的警务股长竟是他的老中队长。

李之语老远就一个标准的敬礼。警务股长见了，几个大步走过去，两只手按着李之语的肩膀，仔细打量了一番："小子，出息了！"

李之语平时不苟言笑，但这时也顺风顺水拍了个马屁："还不是中队长培养教育得好！"

千穿万穿，马屁不穿。警务股长听了，脸上立刻洋溢起笑容，很爽朗地笑道："虽然是拍马屁，但听着还挺顺耳！"说完，便把目光投向其他三个学员，"你们好，欢迎来到岳坊市支队实习！马上到饭点了，先带大家去支队教导队吃饭！"

在教导队吃了顿便饭，警务股长便宣读了实习分配方案。今天是勤训轮换的日子，实习学员可以跟随中队的车一起到实习单位。所谓勤训轮换是武警总队经常使用的军事术语，受分散执勤和训练条件的影响，单独的执勤中队无法独立开展系统的军事训练，每个中队会定期选派一部分官兵来教导队参加集中训练，完成训练任务后再换另一批人来训练，如此反复轮换，最终达到提高全部人员军事素质的目的。

既然是实习锻炼，肯定会把学员都分到相对艰苦的中队，这一点大家其实心里早有准备。

但是读完分配方案以后，四个人还是陷入了沉默。除了杨帆脑袋里一团浆糊以外，三个部队生心知肚明，杨帆要去的地方，是一个艰苦得在全总队都能排上名的地方——农场中队，不知道哪个有才的家伙还写了首广泛流传的打油诗，把农场中队的艰苦描写得淋漓尽致：三个蚊子一盘菜，五个老鼠一麻袋，买瓶酱油百里外，帅气的武警没人爱。

苏智刚把李之语扯到一边，悄悄说道："那警务股长不是你老中队长吗？去走走后门，给杨帆换个实习的地方！"

李之语不说话，他对老中队长的脾气很了解，一种说法是讲原则，换种说法就是死板，他是绝对不会帮这个忙的。

苏智刚看李之语不搭腔，急了："你小子的心是冰块做的是吧，成天脑袋挨着脑袋睡觉，现在见死不救！他小子在学校就成天受打击，郁郁寡欢，真把他放到那个地方，还不搞出心理疾病来？"

李之语听了，犹豫了一下，转身往警务股长身边走去。

警务股长心下了然，还没等李之语开口，就当着大家的面把他想说的话都堵了回去："想要换实习地方的话就不要说了，大家来实习就是为了当兵锻炼，仅仅待两个月就心不甘、情不愿，是不是太矫情了？你们知道吗，很多官兵在艰苦偏远的基层一待就是几年、甚至十几年，把自己的青春甚至热血都留在了岗位上，他们没有一点怨言，你们作为准干部、未来的武警军官，不会连这点觉悟都没有吧！"

这些话在情在理，让人觉得，再说一个字也显得多余。

李之语愣了一下，随即笑道："股长，以前在特勤中队，每当我们抱怨训练累的时候,您就说,感觉训练累的时候,就想想农场中队的战友,从那时候起,我就特别想去农场中队看看,正好有这次实习机会,您看我能不能和杨帆换一下?"

警务股长略显意外,随后答道:"小子,知道主动锻炼,说明成熟了,很高兴你能有这样的想法,实话给你们讲,这个名单是支队首长亲自审定的,高中入伍的青年学生一定要让他去农场中队锻炼一下!这样吧,我打电话给你争取一下!"

过一会,警务股长给了答复:杨帆和李之语都去农场中队。

一辆军卡载着杨帆、李之语行驶在去农场中队的路上,车上还有返回中队的5名战士,除去行李所占的地方,剩余的空间全部堆满了米、面、鱼、肉、油等食材。

杨帆看着车上堆在一起的整片猪肉,一个战士正时不时驱赶飞上去的苍蝇,便悄悄问李之语:"中队的伙食看起来不错,竟然一次性采购这么多东西!"

李之语不知道怎么回答他,想了一会,压低了声音回道:"如果你家门口有个菜市场或是超市的话,你会不会一下子买好多天都吃不完的东西?"

杨帆明白李之语的话外音,很认真地对他说:"谢谢你陪我来这里,我知道,本来你可以不来的!"

李之语听到这话,很紧张地看了看坐在对面的战士,接着用手把杨帆往身边扯了扯,悄悄说道:"不要谢我,我真的想来农场中队锻炼,来这里实习对你我以后的发展都是好事!这是件好事知道不,千万不能让农场中队的人感觉你不愿意来,也别让别人看出你的不适应,要不然我们的实习生活就不仅仅是物质条件艰苦,可能精神上也要倍受折磨了!"

怕杨帆不明白自己的意思,李之语又强调了一下:"反正不要让人感觉你太娇贵就对了!"

考入军校之前,杨帆的生活除了学习就是学习,还从未离开过岳泉市,现在换了个新鲜的环境,尤其是离开学校近乎苛刻的管理环境,内心忽然充满了自由的感觉,不知不觉也开朗了许多。

看了看慢慢远去的市区,杨帆深吸了一口气,小声回道:"农场的位置不就是偏僻了点么，其实我挺喜欢田园生活的，像陶渊明'采菊东篱下，悠然见南山'。"

李之语微微叹了口气，把身子靠在车板上，心里想，看来他还是不明白啊。

经过几个小时的颠簸，军卡终于停了下来。

车还没停稳，中队的战士已经围了上来，热情地和集训回来的战友打着招呼，帮忙搬运行李。

李之语和杨帆的行李也不知何时被搬走了，杨帆有些担心地四处望了望，李之语扯了他一下："放心，丢不了！我们去认识一下中队主官！"

中队长和指导员脸上洋溢着由衷的热情。刚做完自我介绍，指导员已经开始对两人表扬上了："听警务股长打电话说了，你们俩人是主动要求到咱们中队锻炼的，思想境界很高啊，不怕你们笑话，我刚刚被分到农场中队的时候，这个思想也很长时间没转过弯来，我得向你们学习！不过你们放心，咱们中队虽然硬件设施差了点，但是官兵的军事素质、工作作风和精神面貌在整个支队甚至总队都是屈指可数的，在这里实习，绝对会让你们收获很大！"

李之语被夸奖得有些不好意思，连忙向中队长和指导员表个态："指导员太过奖了，中队官兵抛家舍业，常年战斗在一线，你们才是我们学习的榜样，我们既然来当兵实习，就一定会把自己融入中队，以中队为家，和大家一道建设好中队！"

中队长听了，咧开嘴笑了："表扬的话都被指导员说了，我就代表中队官兵对你们的到来表示最热烈的欢迎！说实话，当前各种集训、培训、学习都攒到一块了，我们现在兵力还真是紧张，正是用人的时候！李之语我知道，原来是机动中队的训练尖子，各方面素质信得过，杨帆也在军校学习了一年，论兵龄也是第二年的老兵了，我看也可以直接放到哨位上！指导员你觉得呢？"

指导员点了点头表示同意，却感觉现在就开始谈工作有点不合时宜，很委婉地岔开了话题："开饭时间到了，我觉得我们现在的第一要务是填饱肚子！"

吃过晚饭，杨帆打听了一下厕所的位置，自己先离开了。

过了一会，中队长和指导员带着李之语参观一下营区，刚好看到了杨帆蹲在地上干呕，李之语赶紧跑过去问他是不是身体不舒服，杨帆缓了好半天才抬起头来，回了两个字："旱厕！"

中队长和指导员身边，早有一名中士凑了过来，一脸不屑地看着不远处的两个学员："说是用不惯旱厕，嫌太脏太臭，一看就是从小娇生惯养的'关系户'，另一个戴眼镜的，说是我们支队特勤中队考上的，我看文绉绉的也不咋的！"说话的是一排二班长，当兵八年，三等功立了三个，各方面都很优秀，尤其是军事素质没的说，支队和总队军事比武上都拿过名次，在部队长期发展的愿望也非常强烈，中队连续两年推荐他参加优秀士兵提干选拔，但因为文化水平比较差，一直都没有选上。

二班长不久前刚刚知道了自己落榜的消息，眼前这两个年轻的干部学员无疑刺激了他有些过敏的神经，这样的都能当干部，凭什么自己当不了。

指导员知道他带有情绪，也不好直接去批评他："二班长，干部成长的途径不一样，还是要客观地去发现他们身上的优点！"

二班长对指导员有些官腔的话很不以为然，但也不能直接反驳，笑道："指导员说得对，我就是觉得不管哪个途径培养起来的干部，总应该有点吃苦耐劳的精神，要不然他们也不用到咱们这实习了，您说对吧？"

话在理，但出发点不对，指导员笑了下，没有说话。

中队长可没指导员那么好的脾气，腿一抬，就给二班长屁股上来了一脚："就你小子弯弯肠子多，是不是要我把两位学员排长补充到你们班里去？"

二班长拍了拍屁股，笑嘻嘻地说："还是中队长了解我，我们班不是勤训轮换刚走了俩么，工作还是那么多，难干啊！"

中队长道："想得美，让你选一个！"

二班长毫不犹豫地答道："就选那个不习惯上旱厕的！"

过会，李之语跑了过来，尴尬地说道："今天坐了一天的车，他有些晕车了！"

两位中队主官也不点破。中队长笑眯眯地问道："李排长，对于分班的事情，你们有没有什么特殊的要求啊？"

李之语道："没什么意见，服从中队安排！"

杨帆和李之语被分别安排到了一排二班和二排六班。

离开了李之语，杨帆忽然感觉有些无助。好在班里的战士比较热情，已经在帮他拆开背包，整理内务了。

二班长不知道何时走了进来，不冷不热来了句："哟，自己的内务还叫别人整啊，这是下来当兵还是当爷？"

杨帆转过脸看着二班长，不知道他说这话是何用意。

二班长也不理会他，喊了一句全班集合，所有的战士便急急忙忙在班内站成了一列，杨帆也站到了队列的最后面。

二班长喊了句稍息，说道："今天，我们班迎来了一名新战友，想必大家已经看到了，他的名字叫杨帆，来我们中队实习战士，希望大家相互团结！同时，也希望杨帆同志严格要求自己，既然是战士身份，就应该放下准干部的架子，扎扎实实履行好普通一兵的职责！从明天开始，我们班厕所卫生区由杨帆打扫！解散！"

刚才还很热闹的宿舍忽然静了下来，班长的话外音大家都清楚，没有人再敢过来帮杨帆整理内务了。杨帆默默地整理着自己的内务，心中有万般委屈却无处诉说，实习生活的煎熬，从这一刻开始了。

了解一个人，也许真的用不了很长时间。

还不到一个月，农场中队就对两位实习学员有了比较清晰的了解。地方生杨帆娇生惯养，军事素质比较弱。部队生李之语是个书呆子，每天工作训练之余就只是闷头看书，几乎从不与人交流，军事素质也配不上特勤中队的名号，只能称得上一般。

其实杨帆已经很努力了，但依旧没有得到大家的认可。

普通一兵的辛苦远远超过杨帆的想象。农场中队的硬件条件很差，生活用品匮乏，这里距市区很远，自来到中队他就没有出去过。官兵们的生活用品基本都是"代购"，往往几个战士外出，光牙膏、牙刷、洗发膏每个人要带回一大包。卫生条件也不是很好，特别是方圆几十公里就住着他们这么一群人，杨帆怀疑整个地区的蚊子都嗅着官兵们身上的血味聚集到了这里。尽管挂着蚊帐，但每天早上一睁眼，总能看到一群脑满肠肥的蚊子很惬意地在蚊帐里飞来飞去。执勤训练和工作任务异常繁重，每天睁开眼睛就开始忙碌，甚至到了熄灯就寝也睡不踏实，因为半夜还要爬起来到岗楼上站哨。

但对杨帆来说，最困难的还是去打扫厕所，看到爬来爬去的蛆虫，闻着粪便的恶臭，好几次他都把胃里的饭菜给吐了出来。他赌着口气，一定不能让中队官兵看扁了自己，硬是咬牙坚持了下来。

二班长，是杨帆实习生活中最大的阴云。杨帆确定自己和班长素昧平生，这也让他更加搞不明白为什么二班长对他说的每句话都带着别有用心的针对性。班长这样的态度，让班内的其他战士对杨帆也敬而远之，甚至个别爱拍班长马屁的家伙，偶尔也用些轻蔑的态度来对待杨帆。用点书面语的说法，杨帆遭遇了"冷暴力"。

同样是实习学员，李之语过的日子要潇洒多了。当了两年兵考上军校，让他再回到基层实习普通一兵，其实是最简单不过的事情了。只不过他凡事不爱出头，各项表现平平，"不争"的性格在学校里可能没什么，但是头顶着"准干部"和"特勤中队尖兵"两个光环，无论如何都没办法让他不受瞩目，于是表现一般也成了"罪过"，中队有几个爱惹事的家伙竟然敢时不时调侃他几句。每当这时候，李之语通常的表现是，扶一扶自己的眼镜，有些无可奈何又有些意味深长地笑笑。有时他也会想，若是苏智刚那种脾气火爆的家伙在，该多好。

对于没有什么娱乐项目的农场中队，除了一些平常的球类运动，有一项活动是他们最喜欢的——实战对抗。

在很多基层部队，实战对抗已经被明令禁止，激烈的对抗既容易引起安全事故又容易引发内部矛盾。可是，在一些单位，这项运动却被作为传统保留了下来。

在训练垫铺成的简易擂台，农场中队的官兵兴致勃勃地观看场上对战的双方。没几下，三班的上等兵徐亮就把对方给撂倒了，在同年兵中，徐亮长得人高马大，加上体能素质又好，在实战对抗中总是所向披靡。

杨帆看得有些心惊胆战，尽管对战双方都穿戴着护具，但那些硬邦邦的击打声却好像打在了自己的心上，不一会，他的手心就冒出了汗珠。

这个时候，二班长阴阳怪气的声音在他的耳边响了起来："杨帆，你代表我们班上去打一次吧！"

杨帆一听，脸一下子变红了，连忙推辞道："不行，不行，我不行！"

二班长终于找到了戏谑的机会，哪里肯放过杨帆，对着场上的老兵徐亮喊道："徐亮，敢不敢跟我们军校来的杨排长过过手啊！"

那徐亮此时正得意着呢，想也没想就回了一句："怎么不敢！"

中队官兵的眼睛马上聚焦到杨帆身上，杨帆更慌了，一时间感到手足无措。二班长把杨帆往前推了推，故意提高了嗓门："咋啦，不敢吗？"

杨帆是真的害怕打架，但当着这么多人的面他又不能说不敢，不争气的眼泪就开始在眼眶子里面打转了。

"军校……杨排长……"李之语把二班长话里面的关键词重复了一遍，他当然知道二班长在挤兑杨帆，甚至把他也一块挤兑了。他静静地看着杨帆，心道这小子千万别掉下眼泪来，要不然人就丢大发了。就在这时，杨帆忽然抬起头来，愤怒地盯着二班长，狠狠回答道："我和他打！"

李之语长舒了一口气，脸上露出一丝笑意，眼睛转向场上的徐亮，喊了一句："我来跟徐亮打！"说完摘下眼镜，走到傻愣愣的杨帆面前，抓起他的手，把自己的眼镜放到他手里，然后往擂台上走去。大家惊奇的目光又转向李之语，印象中这个文绉绉的排长，自打来到中队就没说几句话，时间长了，常常让人忽略了他的存在。

杨帆感觉肩上千斤重的压力，顿时卸了下来。他感激地看着李之语的背影，和徐亮比起来，李之语的身形要小许多，不由为他担心起来。

几个战士把护具拿了过来，李之语摆摆手说不用了。场外的指导员关切地喊道："李之语，戴上护具，受伤了就不好了！"

李之语一向冷淡的脸上忽然露出了很善良的微笑，朝着指导员喊道："没事的，指导员，我会手下留情的！"他这话乍听起来很真诚，细品一下却挑衅味十足。

场上的徐亮看着比自己小一号的李之语，也不知道他到底哪来的自信，双手抱拳说了声："李排长，得罪了！"李之语直接摆开格斗架势，意思对方可以进攻了。

徐亮身经百战，一点也不含糊，左拳一个虚晃，虎虎生风的一记右直拳就往李之语的面门上招呼过来。李之语却丝毫不见惊慌，待到拳头快到跟前才轻轻一偏头，趁徐亮一招用老、新力未生之时，早已蓄势待发的左勾拳狠狠的打在徐亮的小腹上，徐亮吃痛不过，脑袋无意识往前探了一下，却直接遇上了李之语快速打来的右直拳。几招下来，徐亮已经被牢牢摁在地上起不来了。

台下官兵哪里料到李之语会有这般身手，一阵沉寂之后，四周便响起了由衷的鼓掌和赞叹。李之语却没有理会这些，冷冷地看向了二班长，不冷不热地道："欺负新兵蛋子算什么本事，有本事和我打一场！"

二班长哪受过这般挑衅，三两步便蹿到擂台上，对李之语喊道："那我就和你过两招！"

被当着全中队的面数落，二班长还是第一次遇到，本来心里就有一股邪火，这下简直是火山喷发了。没有任何征兆，他的一拳已经往李之语脸上打过去了。他其实并没有指望这一拳能打到李之语，却没想到李之语并没有躲闪的意思，自己虚晃的拳头竟然硬邦邦的打在了李之语的脸上。二班长一愣神，李之语更加大力一记右拳也打在了他脸上，接着整个身子压了过来，密密麻麻的拳头铺天盖地地招呼过来。

中队官兵哪看到过这阵势，瞠目结舌地愣在那。空气凝结了几秒钟，就听到中队长气急败坏地喊："都傻愣着干什么，赶快把人拉开！"

大家终于把李之语扯开，却看到倒在地上的二班长，鼻子和嘴角都被打破了，满脸都是血迹。

在农场中队的实战对抗中，李之语下了狠手，二班长受了轻伤，紧急到医院处理了一下。碍于李之语的实习学员身份，中队并没有对此事进行公开处理，但中队长和指导员分别与李之语谈了话，进行了严肃的批评。

李之语多次找中队长和指导员协调，说是想让杨帆帮自己补习一下英语，要求和杨帆一个班。两位中队主官知道他是怕二班长为难杨帆，本着多一事不如少一事的想法也就同意了。

李之语其实也挺后悔的，打了一架，当时倒是痛快了，但是中队官兵对他的态度明显疏远了很多。好在日子过得飞快,距离实习结束的日子还有一个月多一点的时间了。

第六章
舍生忘死

转眼间临近 8 月,今年的雨水特别充沛,倾盆大雨一连下了好几天,还是没有一点停歇的意思。

午饭后,林小洁所在班里的几名战士领回了战备干粮和矿泉水。班长特意凶巴巴地向这几名战士交待了一下:"谁要是敢提前把战备干粮吃掉了,我就把谁当干粮给吃了!"

领到战备干粮的战士高兴地答了声"是",像是得到了莫大的荣耀,乐滋滋地把干粮和矿泉水塞到挎包里面去了。

林小洁问班长:"为什么没有我的?"

班长说:"这是应急出动的战备干粮,雨下得这么大,很有可能会参加抗洪抢险任务,根据预案参加出动任务的人员才会发的。"

林小洁不再和班长说话,急匆匆地找中队长去了。他经常看到电视里抗洪抢险的场面,现在任务来了,岂能放过这个锻炼的机会。

"报告!"林小洁敲门。

"进来!"中队长抬头,看是林小洁,开口问道,"什么事啊?"

"我对中队长有意见!"林小洁开门见山。

中队长一愣,这一点他早就看出来了,可没想到这小子说得这么直接:"说说看?"

林小洁："为什么不让我参加抗洪抢险任务，我的表现比别的战士差？"

"没有为什么，这是命令！"林小洁的表现很不错，中队长心里自然知道。可是抗洪抢险毕竟是一项危险的任务，万一实习学员在任务中有什么闪失，对支队首长和学院两方面都是无法交代的。

"既然我不比别人差，那就是因为学员的命就比普通战士的命金贵？"林小洁是铁定了心要去，自然是哪句话惹火说哪句。

"胡说八道！"中队长一听这话登时火了。

林小洁站直了身子，毫不示弱地看着中队长："如果中队长认为我是个好兵的话，那就请中队长给我一名好兵的尊严和认可！"

中队长看着林小洁，没想到这小子说起话来这么噎人。他铁青着脸皱着眉头看了林小洁十几秒钟，终于从嘴里蹦出几个字："去找司务长领战备干粮吧！"

林小洁听到了中队长松了口，立刻开心地笑了起来，说了声"谢谢中队长"，一溜烟跑出门去。

中队长看他走了，松开了一直紧绷着的脸，摇了摇头笑了起来，"这小子，激将法都用上了！年轻真好，这么有棱有角的性格，话说起来，还真是像极了自己刚当兵的时候！"

两天后的雨夜，尖锐的哨音响了起来，执勤中队按照预案迅速行动。

十几分钟以后，军卡已经在开往抗洪一线的路上了。中队长在车厢内给战士们做简短的动员："同志们，连日暴雨，使西平湖水位暴涨，超过警戒水位一米多。今天夜里，湖堤多个地段发现管涌，时刻面临溃堤的危险，影响下游近百万人民群众的生命财产安全！现场已经有多个武警中队参与抢险，现上级命令我部火速增援，同志们，考验我们的时候到了，大家有没有信心？"

"有！"

明明只有20几个人，林小洁却听到了千军万马的气势。不知道从什么时候开始，他已经不把中队的这几十个人看成散兵游勇了，真正的部队在于气质而不在于人数。他们是真正的军人，也是过得硬的连队，容不得任何小觑！

到达大堤的时候，刚好赶上一个地段出现了大的险情，抗洪指挥部正全力组织人员进行抢险，中队长带领中队人员冲了上去。

除了一个探照灯照亮的区域，看不见周围的任何情况。风吹着湖水冲击着大堤，洪水怒吼的声音强烈震撼着每一名官兵的心灵，只有身临其境的人，才会感受到大自然的威力竟然如此可怕！脚下的大堤痛苦地呻吟着，似乎随时都会被撕裂。一旦溃堤，身后的千顷良田和繁华城镇都将变成汪洋泽国，百万群众将流离失所。

运送沙袋的道路早已被踩成稀泥，一脚踩进去就像被粘在了地上。林小洁跑了几个来回，腿就像灌了铅，沙袋里面可不是柔软的沙子，多数时候是泥土和石块的混合物，石头尖锐的棱角卡在肩上，每走一步都带来疼痛，不知什么时候肩上和背上就磨出了血。

险情不断出现，林小洁所在中队随着人流奔走了一夜。在黎明时分，雨势终于停歇了下来，劳碌一夜的官兵横七竖八地躺在大堤上进行短暂的休整，大家拿出挎包里的战备干粮狼吞虎咽起来。还有一些战士实在累坏了，几个人挤在一起就昏昏沉沉地睡在了泥水里。

跑动时还觉不出来，现在停下来休息，清晨的风吹在湿透的衣服上，就很有点凄风苦雨的感觉了。林小洁被冻得直打哆嗦，想站起来活动一下，却没有一丝气力，只好抱紧了身子少散发点热量。

林小洁以前没有看到过湖，以为湖只不过比水库大了一点。此时从大堤上看去，却一眼看不到边，而自己所在的湖堤竟然也绵延几公里长。临近几个支队也在昨天夜里集结增援到这里，在大堤上抗洪的也应该有上千名官兵了，可散布在这么长的战线上，却感觉稀稀拉拉的没什么兵力，面对不时出现的险情，只有疲于奔命的份。

"管涌了！"不知谁喊了一声，犹如吹响了集结号，官兵们背上沙袋就向声音来的方向冲过去。

洪水像一个狡猾的敌人，在官兵松懈的时候悄悄蚀成了一个巨大的管涌。这是真正的战斗，不是你死就是我亡，容不得丝毫懈怠，紧绷的神经让官兵们忘记了身上的疲惫和伤痛，全力以赴冲向管涌位置，就如同去抢占被敌军占领的阵地。

正当林小洁一脚深一脚浅往管涌位置跑去的时候，一股强烈的水流却把他裹了进去，世界翻转了几个来回之后，就没了色彩……

不知过了多长时间，林小洁感觉到别人的拉扯，很费力地睁开眼睛，首先映入眼帘的却是一张熟悉的脸，他不禁诧异地问道："凌校？怎么回事，你怎么会在这里？"忽然想到自己被洪水冲走的事情，喊道："溃堤了！"一念闪过，他一骨碌爬起来，往大堤的方向看去。

凌校却一下子把林小洁抱在了怀里，勒得他几乎喘不过气来，说道："没事，口子堵上了！支队长参加过1998年抗洪，提前准备了几辆装满沙袋的卡车，及时开进了口子里，不然我们就一起埋葬在这洪水里面了，我还以为你不行了呢！"

凌校一口气说了很多话，说到最后一句话的时候，声音变得哽咽。

"其他人有事吗？"林小洁用力掰开凌校的肩膀问。即将溃堤的时候，很多人正站在管涌的上方。

凌校潮红的眼睛落下眼泪来："等我们堵上口子回来找你们的时候，好几名战士已经埋在泥浆里，没了气息。"

旁边的其他战士听了他们的对话，又小声哭了起来。大家都太年轻，从来也没有经历过生离死别，怎么也接受不了刚才还在自己面前有说有笑的兄弟，在下一刻却变成了冷冰冰的尸体，大堤上的气氛压抑而沉痛。

凌校把林小洁拉到一旁，悄悄说道："听我说，我们这么千百号人，肯定守不住这大堤。过会军医来给你包扎脑袋的时候，就说你头晕得厉害，那样他就会带你到后方医院！"

林小洁这才感觉到头上的疼痛，手一摸全是鲜红的血，想是被卷在洪水里的时候碰上了石头。林小洁回说道："我不晕，皮肉伤而已，你什么时候也变得这么婆婆妈妈？"

凌校着急了："你怎么这么死心眼，这里多你一个不多，少你一个不少，干嘛非得留下来送死！"

林小洁眼睛盯着凌校的眼睛，说："我问你，如果换作是你，你会离开吗？"

凌校沉默了。

集结的哨声响了起来,林小洁往自己实习中队的位置跑去。凌校忽然在后面大声喊道:"林小洁!我后悔跟你吵架,我们是兄弟吗?"

林小洁转过身,看着那个满身泥水的家伙,大声回道:"我也后悔!如果我们不是兄弟,还能是什么?"转过身来,他在心里骂道,这家伙,命都要没了,脑袋里怎么还想这些没用的,一滴眼泪却忍不住落了下来。

不是军人不爱惜自己的生命,是因为他们有比自己生命更重要的东西需要守护。阵地上是自己的兄弟,身后是生我们养我们的父老乡亲,林小洁这一刻才明白,为什么很多人誓死不离开阵地,为什么很多人会累死在抗洪大堤上,因为军人其实是没有选择的,除了向前,还是向前!

整个支队两三百人集合在了一起,支队长是个黑瘦的上校。扩音器里出来的一声"同志们",沙哑得仿佛能扯出血丝来,显然是一夜指挥部队的结果,但是这声音仍然具有很强的穿透力。

"同志们,现在情况万分紧急,刚刚接到通知,今天上午将会有大暴雨,下一个洪峰很快到来!这里的情况,总队首长已经知晓,直属支队增援的兵力已经在路上了,只要我们能够再坚持几个小时,胜利一定是属于我们的!

同志们,今天是八一建军节,80年前,人民军队在战斗中诞生,今天,我们就用战斗来庆祝我们军人的节日!绝不能让洪水夺走无辜的生命!绝不能让下游百万群众流离失所!绝不能让我们逝去的战友白白牺牲,誓与大堤共存亡!"

"誓与大堤共存亡!"几百名将士一起将这句话喊得震天响,洪水咆哮的声音都被压了下去!

雨,不知何时却又纷纷扰扰地下了起来。

直属支队是受总队直接调派的一支机动部队,也是各个武警地方总队中唯一整团建制集中居住的部队。他们平时以训练为主,时刻准备着应对各种突发情况,是总队手中直接掌握的一支重要的处突力量。其作战范围不仅仅局限于省内,在发生大的自然灾害或是突发事件时,甚至远距离机动行军,实行对兄弟总队的千里驰援。

"倚剑不出,无与争雄!利剑出鞘,所向披靡!"

未见其人,先闻其声!杀气腾腾的声音,像一支离弦之箭,带着尖锐的啸音穿过雨幕直奔大堤而来，这是直属支队的队训！

近水楼台先得月，用着总队最好的武器装备，受到总队首长的青睐，经常挑走最好的干部，其他支队自然对直属支队很不服气。若是平时听了他们的口号，大堤上各个支队的官兵多半要骂他们牛气哄哄，可是此时听来却让大家精神一振，让人充满了希望！

总队长和直属支队一起赶到了一线，迅速投入到堤坝的加固中去。洪峰如期到达，全体官兵却像一堵铜墙铁壁，把滔滔湖水挡在了堤坝下。

休息的时候，总队长亲切接见抗洪官兵。林小洁第一次见到了将军，遗憾的是并没能挤到前面握个手，不然的话，回学院就可以好好给学员们炫耀一下了。直属支队不但带来了人，还带来了野战炊事车和帐篷。大家终于能吃上热饭热菜，躺在防湿的垫子上美美地睡上一觉了。

直属支队并不是最后的援军。一天以后，黄河一段溃堤，大量的黄河水注入西平湖。由于灾情进一步扩大，牵动了党中央和军委首长，解放军某军区一个师开到了西平湖，他们来的时候喊着："首战用我，用我必胜！"冲向大堤的样子都像是在攻打阵地。

直属支队来的时候像一支箭射到了大堤上，解放军某师来的时候则像一发炮弹打在了大堤上。那么多的连队迅速把自己的连旗插满了大堤，好像这就是他们攻占了的山头，先期到达的林小洁他们倒成了局外人。

在以后的一周时间里，几公里长的大堤被里里外外加高了两三米，洪水被彻底制服了。太阳占领了天空，强烈的日光把大堤上的抗洪官兵晒成了木炭的颜色，大家却很享受这种暴晒，心里终于松了口气。

晚饭过后，凌校一瘸一拐地到林小洁住的帐篷来找他，他的腿没事，只不过裆部由于湖水的浸泡起了疱疹。抗洪中磨破裆部、肩部、手指是很正常的，这些小伤存在于每名抗洪官兵身上，大家都习以为常了。

林小洁和凌校的帐篷相隔不远，这几天背沙袋的时候他们都是在一块行动的。

在湖边找了一处僻静的地方躺下，两个人出神地看着夕阳下宁静的湖水。湖面微微涌动着波涛，把晚霞晃动得千光闪烁，煞是美丽。无论如何也让人想象不出，前几天这里还在进行着惊心动魄的生死拼杀。

★ 第六章 舍生忘死

"那群土八路比直属支队还嚣张！"凌校忽然冒出这么一句，打破了这短暂的宁静。

"人又怎么得罪你了，刚来增援你那会，是谁在大堤上扯着嗓子喊'我爱人民解放军'的？"林小洁笑道。

"那是被他们朴实的外表蒙蔽了双眼，没想到他们这么小气，你知道么，来找你之前，我想溜进他们营区参观一下，竟然被一个新兵蛋子拦在了门外，枉我把他们当革命战友！"凌校越说越气愤。

"得了吧，你不也是新兵蛋子，你家的哨兵敢把外人随便往里放？我是哨兵也绝对不会让你进去的。"林小洁倒是十分理解哨兵的难处。

"算了，原谅他们了。不过他们还真是大部队，一来就这么多人，看看人家这气势！"凌校语气一转，又充满羡慕。

"也不要妄自菲薄，没有我们的先期工作，湖堤早垮掉了，他们来再多人也没用。职能不同的两支部队，怎样的存在形式都是为了这个国家，真正的部队不在于人数，而在于部队的气质！"林小洁想到了实习中队那几十个兵，他一点也不觉得他们就比解放军或是直属支队逊色。

"行啊，成哲学家了，很少见你说这么多话，没想到一开口就这么深刻！"凌校由衷地赞道。

"没办法，我在实习单位每天站在哨位上，除了思想能活动以外，其他的都不能动弹！"林小洁自嘲道。

"我也好不了多少，在机动中队，每天除了训练就是训练。其实机动中队有很多紧急任务，像什么突击抓捕、武装押运、解救人质等处突任务都有，可那个中队长嫌我是'地方青年学生'干部，什么任务也不让我参加！"凌校气呼呼地说道。

"我看未必，抗洪这么重要的任务都让你来了，说明他还是蛮看重你的！"林小洁觉得是凌校误会了中队长。

没想到凌校更生气了，说道："我自己偷偷爬上车的好不好！中队留守人员里，除了老弱病残以外就多了一个我。我当然不肯，夜里集结的时候偷偷混上了车。到了大堤上以后中队长才发现我混进来了，差点没气死！"

林小洁感觉自己脑袋开始冒汗了，"你还真是有魄力，这种事情也只有你能干得出来！"

凌校得意道："那是，没有魄力，我连军校都进不来！我爸是个公司老总，为了让我以后接他的班，坚持让我考商学院，不然就断掉我的一切经济来源。我还是选择了军校，军装是我的理想，穿不上它我会遗憾一辈子的！"

林小洁点了点头："有理想是幸福的。"

凌校把头转向了林小洁，表情变得认真："但军装不是你的理想，所以你不幸福？你为什么选择了军校，我知道并不是像你说的那样，就只是因为你的家庭贫困，你不是那种会把自己的理想轻易向贫穷妥协的人。"

"还真是因为贫困。"林小洁望着远方渐落的夕阳，轻轻感叹道，"我问你，'寒门贵子'是喜剧还是悲剧？"

凌校看着林小洁，不明白他的用意，没有回答。

林小洁看着有些不解的凌校，眯着眼睛笑了，笑着笑着就伤感了起来："寒门贵子，对于家族来说是喜剧，他年功成名遂了，还乡，醉笑陪公三万场；对于个人来说是悲剧，因为你是一个家族的全部未来，而那个未来里什么都有，就是没有你自己！"

生命里总有这样的时刻，你愿意把你的一切都讲给你的朋友听，不管是痛苦的还是甜美的，甚至是那些你曾经认为会永远埋藏在心底的事情。

那天晚上，林小洁给凌校讲了好久，那是一个很长很长的故事。

在岳东大地的另一个角落，雨水也已经歇歇停停下了好几个来回了。好不容易停了几天，现在又稀里哗啦地下了起来。

今天晚上，李之语、杨帆和班里另一名上等兵程子兴担任中队的"三人应急小组"，李之语任组长。所谓的三人应急小组，就是三个人在备勤室24小时和衣而卧保持警惕，确保发生突发状况时，能够迅速增援处置。

已经是午夜时分，尽管窗外雨声大作，但是房间内早已轻鼾阵阵，大家都睡熟了。

毫无任何预兆，一声枪响透过雨幕传来，紧着警铃乍起，对讲机里哨兵急促但是沉着地报告情况："北监墙犯人越狱！北监墙犯人越狱！这不是演习！"李之语一个翻身起来，冲着另外两个还有些发木的家伙喊道："愣着干什么，跟我来！"说完率先冲入了雨中。杨帆和程子兴随即反应过来，跟着李之语跑了出去。

防逃演练中队已经搞过很多次了，李之语他们冲到北监墙不过几分钟的事情，但是雨夜漆黑，哪里还见得到逃犯的身影。李之语用手电扫视了一下地面，一排凌乱的脚印依稀出现在泥泞的地面，随着倾盆的大雨，正在悄悄隐去。

没有更多的时间给李之语去思考，大致判定了方位，李之语就带着杨帆他们一路狂奔。魅影重重的黑夜，他早已听不到风和雨的咆哮，只有砰砰的心跳敲打着奔跑的身体。

对讲机里依稀传来了中队长的声音："三人应急小组报告方位和逃犯动向。"

李之语边跑边从腰带上抽出对讲机，回复道："我们现在正往监狱西北方向追赶，现在还未发现逃犯踪迹！"

"继续追踪，逃走的是四名重刑犯，注意安全！"中队长声音坚定，但却透露着担忧。

"明白！"李之语回道，随即加快了步伐。

直到天空泛白，李之语他们仍然一无所获。大雨在凌晨时分才停歇，水洼洼的乡间小路早已没有了脚印，哪里还看得到任何踪迹？不知是被雨淋了还是超过了信号范围，对讲机安静了好一阵子了。

上等兵程子兴沮丧地问李之语，"排长，五六个小时过去了，咋一点动静都没有，过了前面的山岭，可就有村庄了，逃犯把衣服换一下，劫持一辆车，再想抓到他们可就难了，咱们中队十几年都是先进，可不能砸在我们这里了啊！"

程子兴说出了大家的心事，李之语脑子飞快地运转，像是回答又像是自言自语道："不对啊，罪犯明明是往这个方向跑的，是方向错了，还是他们跑得比我们还快？"忽然，他脑中灵光一闪，对程子兴和杨帆喊道，"爬到前面山岭上去！"

到了山顶，李之语让大家就地隐蔽，程子兴急了："排长，咋不追了？再不追来不及了！"

李之语探出脑袋往山下看了看,方圆几公里的景色一览无余,然后转过身子来对程子兴讲:"你觉得他们会跑得比我们快?"

程子兴想也不想就回道:"不可能!"

李之语嘴角噏动了一下:"那就对了!"

程子兴还想问,杨帆抢先把话头截了过去:"你有几分把握他们被我们落在了后面?"

李之语沉默了一下,然后回道:"理论上讲,有十分把握,实际上,我心里也没底,但如果他们已经抢在我们前面进了村庄或城区,以我们三个人的力量是无法组织搜捕的,再往前追捕已然失去意义,而且我肯定,我们的前面,支队甚至是整个总队已经派出兵力设卡堵截了。"

程子兴惊讶地喊道:"你是说总队首长都知道我们这跑了犯人?"

李之语苦笑了一下:"都这么长时间过去了,武警总部的首长肯定也知道了!"

程子兴不再言语,心里顿时感到万分失落,本来全中队官兵憋着一股子劲想争创总队"基层建设标兵中队",这下全泡汤了。好事不出门,坏事传千里,闹不好还要被在全武警部队范围内通报批评。

李之语看出了程子兴的失落,却不知道如何劝解,索性把目光转向山下,一心一意守株待兔。只不过这种未知的等待太过煎熬,就连一向淡定的李之语,脸上也结满了冰霜。

就在同一时刻,农场中队中队长乔飞手里正握着保密手机,手机那头是支队长满腔的怒火:"六个小时过去了,逃犯找不到,三人应急小组联系不上,你干什么吃的!把两个实习战士的学员蛋子和一名上等兵编在一组,这样的三人应急小组能打得过罪犯,处置得了情况?乔飞我告诉你,如果三人应急小组出了'洋相',你就等着上军事法庭吧!"

中队长听着嘟嘟的忙音,心里别提有多不是滋味。但他知道,此刻不是他难受的时候,支队长要杀要剐,也得等着他把逃犯先追回来。他回头看了看正在用对讲机呼叫三人应急小组的二班长,问道:"联系上没有?"

二班长神色凝重的回道:"还没有!"

中队长咬了咬牙,狠狠喊道:"追!"

杨帆推了推李之语："看，山下的玉米地里出来几个人！"

李之语的心一跳，目光如箭射向杨帆所指的方向：几个穿深灰色衣服的家伙正跌跌撞撞的往这边跑来，再仔细看一下，穿的竟然是警察的衣服。

程子兴几乎要哭了："排长，是警察，警察都搜到这里了，看来逃犯真的已经溜走了！"

李之语两眼放光，坚定地说道："就是他们！衣服的型号明显不合身，发型和走路的姿势都不像警察！待会他们从我们这里走，我们突然袭击，他们都是死刑或是重刑犯，一定不能手软，下手就是狠招，争取一下撂倒两个，剩下两个就好对付了！"

逃犯却并没有走李之语他们潜伏的这条路，在几十米远的位置从另一条小路往山上去了。李之语握了握手里的警棍，压低声音说道："看来只有硬拼了，狭路相逢勇者胜，跟我冲！"说完率先跃起，朝罪犯逃走的方向冲了过去。

走在最后面的罪犯听到后面脚步声传来，转身一看，正好迎上了李之语迎面打来的一棍子，闷哼一声就歪倒在路边。李之语掏出手铐，反手将其铐了起来。

其他几个逃犯看到武警来了，撒腿就跑出去十几米，定眼往后一看，只有两个武警，为首一名逃犯脸上立马露出狰狞的凶相："搞死他们，要不然没得跑！"

李之语看了看身边的程子兴，却并没有看到杨帆，顾不上多想，便迎着罪犯冲了上去。他入伍前和社会上的小痞子、小混混打过不知道多少架，再加上在部队锻炼了三年，也算是打架的行家，可一交手便知道这些逃犯有两下，任凭他警棍抡得虎虎生风，就是打不倒对方。

逃犯们看出了门道，一个人对付程子兴，另外两个人便围住了李之语，其中一个大汉手握着一把钢筋打磨成的刀具，时不时划到李之语的身上，虽然不致命，但是李之语的身上已经鲜血淋漓。李之语暗暗叫苦，再这样下去，他的小命就算是交代在这里了。

"杨帆，发射红色信号弹！"李之语急中生智，大声喊道，抡了一下警棍便往回跑。罪犯稍一迟钝便又追了上来，岂料李之语转身就是一棍子，正中一名逃犯的胳膊，罪犯惨叫了一声。李之语动作并不停歇，一脚往对方裆下踹过去，趁逃犯一弯身，右手的警棍已经往逃犯的脑门上打了过去。罪犯一声闷哼，已然没了声音。

"排长，小心！"程子兴惊叫了一声。李之语闻声后迅速回身，却感觉腹部一阵疼痛，是那把钢筋磨成的刀具刺中了自己，不规则的刀锋割开了血肉，大片的鲜血顿时涌了出来。还没来得及反应，逃犯的第二刀已经刺入腹中。

逃犯见刺中了李之语，心中暗喜，刚想再补一刀，却发现拳头已经被紧紧握住，抬眼看去，李之语嘴角露出一抹凶狠的笑，警棍已经朝自己脑袋上打了过来。逃犯惨叫一声，整个身子压在了李之语身上。李之语哪里还能承受这么大分量，身子径直往后倒去，抽出一点来的刀子，又扎了进去。

李之语感觉自己已经被那把刀子刺穿，意识也慢慢变得模糊。"该不会要死了吧？"程子兴跑过来翻开了犯人，带着些哭腔呼喊李之语，他已经制服了另一名罪犯，虽然也受了伤，但看起来问题并不大。

这时，一枚红色信号弹升空。李之语看了看天空中升起的红光，精神终于松懈下来。看着眼前的程子兴，他嘴角费力地扯了一下："我可能撑不住了，杨帆没有跟上队的事情，不能跟任何人讲，东北人是讲诚信的，对吧！"

程子兴转过身，恶狠狠地看着几米外早已哭成泪人的杨帆，很不甘心，但看了看李之语又于心不忍，只得重重地点了点头。

李之语见了，如释重负，沉重的灵魂终于变得轻松，悠悠地想到："就这样睡去不也挺好么，不再醒来，不再思念，不再困惑，不再悲伤，不再难过。"

看到李之语渐渐发散的目光，老兵程子兴使劲呼喊了几声再也听不到应答。蓦地，他像只受伤的野兽似的，撕心裂肺地哭了起来。

第七章
藏不住的过往

校园，杨柳依依。傍晚的时候，一对小恋人坐在夕阳下。

"之语，他们都说，我们的爱情，终究是一场无疾而终的烟花，也美丽，也热闹，但很难结出果实。"欧阳兰兰有些忧郁地说道。

李之语搂住欧阳兰兰，满不在乎地回道："谁说高中生谈恋爱就一定是个错误，我爱你，你爱我，谁也管不着，等我们大学毕业，我就娶你！"

欧阳兰兰听了，心里像吃了蜜，嘴上却不愿承认："那得看你表现，谁说一定要嫁给你啦！"

李之语笑了，看着远处的彤云，温暖而舒适。可看着看着，那些云彩却变成了一张气得通红的脸，是父亲，他正怒不可遏地训斥着自己："我们李家的脸都被你丢尽了，你个逆子！"说完，手里的皮带一下接着一下朝自己打过来。

李之语感觉不到痛，心里面木木的。青春期的叛逆和倔强，终于忍受不了双方父母的不依不饶。为了宣誓他们的爱情，他带着欧阳兰兰离家出走，没想到不到一周便被双方父母追回。欧阳兰兰是被拽走的，白皙的脸上印着一个血红色的大手印，虽然强忍着，但两颗泪珠依旧流了下来。离开时，她说："你不娶，我不嫁！"

从此，欧阳兰兰再也没在学校里出现，听说是转学走了，一点消息也无从循迹。可她伤心的样子，却一直浮现在李之语的眼前，渐渐变成心头一场滂沱的大雨，无论外面的阳光多么明媚，可李之语的眼里却无论如何也看不到晴天。

喝酒、抽烟、逃课、打架，曾经优秀的李之语很快与一小痞子无异，以前看得很重的学业也变得没有意义。堕落似乎只为了消遣忽然变得没有色彩的人生，还有些报复父亲的快感。

因为打架被学校开除的那天晚上，李父再一次暴怒，下手比任何时候都狠，李之语坐在那里，不哭泣也不躲避。他家住在六楼，视野还算开阔，看着窗户外面亮闪闪的万家灯火，心头的愤怒与沉闷终于无法遏制。

李之语迎着父亲的鞭子站起来，跑到窗户边一拳打烂了玻璃，纵身就往下跳。一股巨大的力量从身后抱住了他，接着就是母亲恸哭的声音："小语，你是要妈妈跟你一块去吗？"

李之语的身子僵住了，母爱是温暖的阳光，为什么却让他这么难过。内心的一切都在坍塌，活着这么痛苦，难道连死也这么难么。算了，他木然地坐了下来，再也没有了折腾的力气。

再后来，父亲托人走关系把高中毕业证办了下来，他应征入伍。从此，与繁华隔绝，但也难得清静。只不过那句"你不娶，我不嫁！"却时常萦绕耳边。他不能上网，也没有要好的同学可以电话联系，他终究还是找不到欧阳兰兰了。

可这一刻，李之语终于见到了欧阳兰兰，那么清晰，那么真切，她站在自己身边，一笑嫣然，胜过世间一切美好。李之语慢慢把手伸向她的脸庞，却无论如何也够不着。欧阳兰兰调皮地对他眨了眨眼，身上的色彩却慢慢淡去，最终变成了一片空白。

李之语不甘心地转动脑袋，却哪里还找得到欧阳兰兰的身影，但是这素白却越来越真实，他费力地动了一下手，接着手就被紧紧的握住，一声再熟悉不过的呼唤传入耳畔："小语，你醒了吗？"

他循声看去，竟然是妈妈，从当兵到现在，三年多未见，恍如隔世，妈妈的满头青丝，何时生出这么多白发。李之语的眼泪顿时夺眶而出，使劲点了点头，吃力地说道："妈，我又让你伤心了！"李之语的妈妈听了，握着他的手，再也忍不住内心的疼痛，既开心又伤心地哭了起来。

李父听到了李之语昏迷中呼喊"欧阳兰兰"，原本以为是小孩子之间的儿戏，却原来在儿子的心中刻得这么深，再看母子俩哭得这么伤心，后悔与懊恼便从心底泛起。

李之语也看到了父亲，这个一直在他眼中如山的父亲，此刻竟也如此苍老与憔悴，内心的千种怨恨再也找不到理由。他用尽全力，从嗓子眼沙哑地挤出了多少年没有喊过的"爸爸"。

李父的身子一震，再也忍不住，顿时老泪纵横："爸爸不对，可我怎么知道你的脾气这么犟呢！"

很快，肃静的房间变得嘈杂，整个医院似乎都像过节一样。中队的官兵、支队甚至总队的领导都来看望了李之语。从他们的言语中，李之语知道了越狱事件的原委，六个重刑犯趁雨夜高压电网断电摸出牢房，翻越围墙的过程中一个坠落受伤，一个被哨兵击伤不治身亡，四个逃犯被李之语他们截住，无一人漏网。中队的荣誉不仅没受到影响，还在全总队电视会议上受到点名表扬。

在此事件中，公安方面，两名狱警被袭身亡，两名狱警重伤；武警方面，上等兵程子兴浑身多处刀伤，缝了十几针但不严重；李之语重伤，送医院的时候因失血过多，一度心跳停止，经抢救后仍昏迷不醒。也就是这个时候，医院下达了病危通知书，他的父母从老家赶到了这里，昏迷三天三夜后，他还是醒来了。作为三人应急小组小组长，李之语处置得当，表现突出，荣立三等功一次。

事情到这里算得上是圆满解决了，但李之语还是有些惴惴不安，因为自始至终他都没见到杨帆，是不是程子兴乱讲话了，如果这样的话，组织上会不会处理杨帆？

看李之语满脸心事，床边陪护的李妈妈会错了意："小语，还想着那个欧阳兰兰呢，那个小女孩子就真的那么好？"

李之语苦笑道："妈，没有的事，好多年没有联系了，高中时候的事情早就翻篇了。"

李妈妈嗔怪道："如果真翻篇了，为什么考上军校这么大的事也不给家里讲，为什么休假也不回家？你这个孩子，知道那么长时间没消息，忽然接到病危通知书，我和你爸爸是什么感觉么？养个儿子养这么大，妈妈在你心里的位置，连个小丫头也不如？"说着说着，妈妈又碰到了伤心处，眼泪"扑哧、扑哧"落了下来。

李之语最怕妈妈伤心，赶忙赔笑道："妈，我知道错了，以后不会再让您和爸爸操心了，您看儿子都是准军官了，没给你们丢脸不是？"

李妈妈听了，脸上立刻多云转晴："这倒是，你看你爸爸头发都花白了，你从重点高中的优等生沦落到街头成天打架的小痞子，你以为他不后悔？他说早知道这样，还不如由着你们去了！"

李之语笑道："妈，高中的事就甭提了，儿子那时不懂事，被别人听见，该笑话我了！对了，你们在这待了快一周了，家里那么多事，该回去了。"

李妈妈立马回绝道："那可不成，三年没见面，妈可舍不得走。"

李之语劝道："妈，学校有年假，今年我回家过年的，我的伤也不重，皮外伤，差不多好了！"

李妈妈一听，狠狠地掐了李之语一下："还不重，小命都快没了，你知不知道那刀子再偏一寸，妈妈就白养你这么个儿子了！"

李之语龇着牙喊疼，没脸没皮地笑了起来。

这时候早已在门外多时的李爸爸推门进来了，接上话茬道："儿子部队有事，别耽误他工作，我们明天就回去！"

李妈妈仍不甘心："人都这样了还能有什么事，我不管，我要留下陪儿子！"

李之语握住妈妈的手，撒娇道："妈，学校安排了作业我还没完成，你们老在这里，会干扰我思路的！我一军校同学和我一起在这实习，明天让他过来陪护好了！"

李妈妈将信将疑道："哎哟，这还是我儿子么，什么时候这么爱学习了，你们军校还布置作业？"

李之语一本正经，故意说得严重点："我们是重点本科好不好，完不成作业要给纪律处分的！"

李妈妈一听"处分"两个字，终于紧张了："部队完不成作业都要处分？那叫你爸订票吧，今年过年一定要回家啊！你今年也老大不小了吧，部队不好找对象，我们小区里老王家的闺女你还记得吧，现在考上重点大学了，人也出落得水灵灵的，回去妈帮你张罗一下！"

李之语这下悲催了："妈，这事高中的时候你们怎么不急啊！"

这下子，就连一直严肃的李父也笑了起来，这个冷战多年的小家庭终于迎来了春天。

几天以后，警察方面为在此次越狱事件中牺牲的民警召开追悼会，岳坊支队部分领导、农场中队官兵也到会参加。

李之语大病未愈，但前几天就托中队官兵把军装带到医院，早上巡诊结束之后，他拔下手上的针管，换上军装就溜了出去。无论是公安还是武警，都是自己的战友，尽管不认识，李之语还是想去表达对英雄的敬意。

李之语走进肃静的礼堂，悄悄站在武警中队的后排。公安局领导正在致追悼词，讲的都是警官生前默默无闻工作的小事，可听着听着就让人心生悲怆与敬意。当悼词最后讲到，一名警官的儿子今年刚刚考上大学，已经两个月未回家的警官，本来承诺儿子陪他去学校报到的时候，很多官兵的脸上早已挂满泪珠。

"穿上警服，我们对祖国和人民许下誓言；不怕牺牲，我们定当踏着英雄的足迹，守护一方安宁！全体人员脱帽，默哀！"

在没有人注意的时候，李之语戴上帽子，悄然退出会场。

连日大雨后的晴天，天空异常清新蔚蓝。李之语抬头看看天空，心中无限感怀，原来和平安宁的日子来得是这般不容易。

回过神来的时候，却发现骆阳站在自己的面前，李之语想到学院里会派人来，所以并不意外。他立正站好，举手敬礼。这个被学员们称作"骆疯子"的人，他从来不曾害怕。但这一刻四目相对，却让他有些紧张与警惕。

骆阳很干脆地回了个礼，说道："去医院看你，得知你溜了，我想你肯定会在这里！来这里有两层意思，一是代表学院对你表示慰问，二是来了解一下事情的经过。我不绕弯子，任务你们完成得很好，但三个人去追逃犯，两个人身受重伤，一个人毫发未损，太有疑点。"

李之语迎着骆阳的眼睛看过去："我也不绕弯子，杨帆在此次行动中表现得很勇敢，没有值得审查的地方。"

骆阳稍显意外："你知道世界上没有不透风的墙，事实就是事实，你能够让战士程子兴缄口不言，但是那几个罪犯却没有什么好顾虑的。一个堂堂的武警战士，在面对歹徒的时候，竟然临阵脱逃，导致战友身陷绝境，何其耻辱！"

李之语面不改色："你知道敌人的话为什么不能被当作证据么，因为他们看到的只是表象，而事实往往在表象下面。"

骆阳倒有些惊讶了，没想到在学员队里从来沉默寡言的家伙，心思和言语竟然如此机敏。他带着好奇的眼光看着李之语，等着他给杨帆编一个可以令人信服的开脱理由。

"作为三人应急小组小组长，我有分配任务的权利，杨帆本人战斗能力太差，我安排他在小队后面担负通信联络和发信号的任务，如果是我指挥失误，导致小组陷入困境，我自愿接受组织任何处分！"

骆阳哑然失笑："并不中肯，也不令人信服，你以为我会信？"

"事实如此，不管你们信不信，如果罪犯的话真那么可信，学院派来的就绝对不会是学员队队长，肯定是保卫部门的人。"李之语面不改色，回答道。

"你确定不后悔，把立功改成处分也无所谓？"骆阳扬起了眉毛。

"一人做事一人当！"李之语神色坚定。

骆阳听完，不置可否，却反问道："你不觉得懦弱是军人的大罪，一个连战友性命都赌不上生命去保护的家伙，难道还配穿着这身军装？"

李之语迎着骆阳的目光回道："懦弱不是他的错，一个可以上清华北大的优等生，前20年的人生就只是一张安静的书桌，连只鸡都不敢杀的人，让他在一年的时间内学会杀人，难道不是苛求？"

骆阳："没让他去杀人，要的只是他冲锋陷阵的勇气！"

李之语："他有这勇气，只是还没这能力。"

骆阳的脸色有些缓和，问道："需要多久，让懦弱长出凶狠的牙齿？"

李之语抿了一下嘴，很诚恳地请求道："成长或许就是下一秒，也或许会等很久，请队长您给他次机会。"

骆阳盯着李之语看了好一会，好像第一次认识他，明明是个热心肠，却偏偏冰冷得没有一点温度。他终于还是松了口："我这个人耐性不怎么好，最好别有下一次！"

"谢谢队长！"李之语听了，喜形于色，标准地给骆阳敬了个礼。

骆阳郑重回礼，转身离开。走了几步，他回过头对李之语说了句："你小子还不错，没想象中的那么差劲！"

看他慢慢走远，李之语如释重负，自言自语地回了句："你也是！"

一周以后，李之语返回中队。

官兵们一看是李之语，迅速围了上来，左一个排长右一个排长地嘘寒问暖。二班长看了看李之语，把手伸了出来："排长，以前得罪了！"

李之语握住他的手，笑道："都是兄弟，不打不相识！"

李之语来到中队办公室外，打了个报告，进去。

中队长、指导员见了，关心地问道："怎么不在医院多住几天，把伤养利索了！"

李之语笑道："医院里躺着，心闷得发慌！队长、指导员，学校快开学了，我想和杨帆去市区转转，不枉来了一趟岳坊市。"

中队长一拍脑门："哎哟，也怪我们，你们来了这么长时间，还没安排你们外出过，去吧，注意安全！"

李之语找到杨帆的时候，他正在看书。一段时间不见，一脸的憔悴。

看到李之语，杨帆放下书，一时不知道该说什么。两个平时习惯沉默相对但和谐相处的人，忽然就被一堵无形的墙隔离开来，多了些尴尬。

李之语打破沉默，开玩笑道："我都被打成这样了，怎么也不来医院看我？"

杨帆心中的羞愧立刻涌上心头，讷讷地回道："去了，没好意思进病房。"

李之语轻轻拍了一下杨帆："我和中队请了一天假，我们去市区逛逛！"

杨帆说，算了，不想去。

李之语却不理会他，丢了一句，赶快换便装，10分钟以后在楼下集合。

农场中队隔着市区太远，等两个人磨磨唧唧到了市中心，已经到了午饭的时间。哪里没逛，就先去了饭店。

杨帆说这顿我请，庆祝你出院。李之语说随便吃点，不喝酒，下午到市区好好逛逛。哪知道点的菜还没上来,杨帆直接叫了两瓶白酒,拧开一瓶,哗啦啦就把自己杯子倒满了。

李之语有些愣神,看着杨帆不知其意,这两斤白酒下去,哪里还出得了饭店的门。

杨帆端起酒杯向李之语示意了一下,一仰头先干了一杯,然后使劲抿了下嘴说道:"第一杯酒我向你赔罪,我看着你被捅了那么多刀,却见死不救!"

还没等李之语说话,杨帆第二杯就已经端了起来:"第二杯酒,我谢谢你,谢谢你伤得那么重还不忘替我开脱,更谢谢你能活着回来,要不然这辈子我都不会好过!"

李之语一看氛围不对,赶忙把住了杨帆的酒杯:"小子,都是兄弟,说什么赔罪感谢多见外!"

杨帆情绪激动了起来,使劲挣脱李之语的手:"我不配和你做兄弟,我这样的人有什么资格和你做兄弟!你知道吗,在你病房外,看着你老妈撕心裂肺哭着喊你名字的时候,我的心有多痛,我宁愿当时我再有出息点,被那歹徒一刀捅死了,就不会像现在这么难过!"

杨帆的眼泪落了下来,李之语倒有些不知所措了,他轻叹了口气,拿起酒瓶倒满自己的杯子,和杨帆碰了一下杯子,安慰道:"我知道这段时间你也不好过,我真的没怪你,这件事其他人也会很快淡忘的,重要的是你自己也放过自己吧!"

两人一饮而尽。李之语顿觉五脏六腑都在燃烧,本来虚弱的身体哪里扛得住这么烈的酒,他苦笑了一下,劝道:"杨帆,缓一下,这酒度数不低,三杯就是半斤,再喝一杯,饭也甭吃了!"

杨帆是第一次喝白酒,脸上已经泛出醉意:"你知道你躺在医院的时候,中队的官兵怎么看我吗?原来我以为让我打扫厕所是恶意,可是现在我明白了,那是善意的恶作剧,真正的伤害是冷落,就是所有人都厌恶你、冷落你,甚至话都懒得和你说半句!我知道这是我咎由自取,革命军人临阵脱逃、贪生怕死、苟且偷生,电视里的反面典型无非就是我这样吧,但就是我这样的人想和你醉一场,你陪不陪?"

"陪!"李之语看了看杨帆,他理解这种苦闷,如果真的一醉就能释怀,那么何妨一醉？他再不啰嗦，倒上酒，端起酒杯和杨帆碰了一下，一口干掉。

辛辣的味道从食道一路滑下去，却不知为何也灼热了眼眶。看着杨帆难过的样子，李之语仿佛看到了那些年的自己，坚硬的内心忽然被撬开了缝隙，那些剪不断理还乱的小情绪也开始潮涌。

趁热菜上桌，他赶紧给杨帆夹菜，劝道："今天下午哪也甭去了，我就在这陪你喝酒，不着急，你先吃点菜垫垫，别把胃烧坏了！"

杨帆夹起菜，在自己眼前晃了晃，看着李之语痴痴地笑道："我现在真搞不明白了，你不是什么事都漠不关心么，同一个宿舍一年，就没见你和其他人聊过天，为什么关心我？是不是你知道我老爸是总队副总队长，想巴结我？"

李之语看着有些醉态的杨帆，并不介意他的冒犯，低着头自顾自吃菜，似乎是没听见。

"不说话，噢？对了，你习惯沉默和伪装，戴着个没度数的假近视眼镜，每天躲在角落里读书，冒充文化人，其实是暴力男！我拿一杯酒，换一个关于你的答案，换不换？"杨帆说完，也不啰嗦，端起酒杯又要往嘴巴里倒。

李之语一伸手握住他的手腕，另一只手把杨帆的酒杯夺了下来，一脸无奈。

杨帆："一杯酒不够，两杯？"

李之语："别闹了，胃会难受的，吃点东西吧！"

杨帆："不吃，口口声声说是兄弟，却藏着一堆过往，这饭我吃不下！"

李之语愣了一下，接着把自己的杯子倒满干掉，眼神里升腾起雾气："没有藏着的过往，只有不堪回首的往事。我高中谈恋爱，带着女朋友离家出走，被双方父母抓回来拆散了，然后看什么都不顺眼，旷课、打架被学校开除，最后当了兵。这就是全部，虽然就只是几年前的事情，但好像已经过了一辈子。"

杨帆由衷地赞道："精彩！这样的青春才叫青春！"

李之语白了他一眼："精彩什么，伤的都是至亲至爱。"他忽然想到欧阳兰兰，内心一阵绞痛，自己倒了杯酒喝掉，酒入愁肠泡开了浓浓的思念。

杨帆却不在乎李之语言语中的无尽感伤，醉眼迷离地眼睛亮了一下："我羡慕你，敢想敢干，过的都是自己想要的生活。而我不同，我就是用我的人生，来延续别人的梦想。"

李之语对杨帆为什么会来军校的事情也听说过，他听出了杨帆的小情绪："可能方式方法不对，但父母的出发点永远是为了我们好。既然选择了军旅，就要勇敢地走下去。没有一个人的青春是轻松的，至少我们八零后一代是这样，你的迷茫、你的困惑、你的委屈、你的不甘，我也经历过。走过去，总会迎来彩虹！"

杨帆想也不想就反问道："那为什么你不听父母的话？"

"所以才留下一身的疲惫和伤痛！"李之语像是回答，也像是劝导。

杨帆："那个女孩子呢？分手了？"

李之语苦笑："那样子我也就安心了，没分手，她被父母拽走的时候，说'你不娶我不嫁'，然后就从我的生活里消失了！"

杨帆："为什么不去找？"

李之语有些无奈："找了，她转学了，我当兵了，等我再回到起点的地方，他们家都搬了，一点讯息也找不到。"

杨帆："就那么好，还想再续前缘？"

李之语："我们之间有承诺，就算是结束，我也要找到她当面说清楚！"

杨帆终于有些心满意足了，举起杯子："这下子我们是兄弟了，来，喝杯兄弟酒！"

李之语苦笑了一下，这几天说的话比这三年加起来都多。但吐露了心事，心情好像不那么糟糕了。回头再看杨帆，已经趴桌子上了，也难怪，空腹喝这么多酒，不醉才怪。

第八章
不想再懦弱

从实习单位回到学校,学员们见了面都是一脸欢快地打着招呼。两个月没见面,大家的高兴是发自内心的,以前明明相互之间有点小矛盾,现在也都全部忘得一干二净,聊得津津有味,好像真的是许多年未见的老友一样。

想到这些同窗以前的种种作为,刘星剑有种感觉,那就是不应该相信眼前暂时的和平友爱,这帮家伙好得快,翻脸更快,不定哪天又会尥蹶子骂娘呢!比如凌校和林小洁两个"国宝",去实习的路上,针尖对麦芒死不让步,回来的火车上两个人又和好如初,你来我往地吵嘴开玩笑。好像两个月前"老死不相往来"的并不是他俩,当初竭力给他们从中调解的刘星剑和冷柏倒成了多余的人。

"还真的无法用军人的标准来揣度他们呢!"他们行事的风格太不像军人,以致刘星剑特别想用骆阳的一句经典的话来归纳自己的这些地方生战友:"不要以为穿上了橄榄绿,你们就真的是光荣的中国人民武装警察部队的一员了,你们还差得远呢!"

林小洁和凌校给新学期总结的第一句口头禅是:"我们现在是第二年的老兵了!"

面对着那么多兵龄比他们长许多的部队生,这两位其实刚刚当兵满一周年,理论上还差一天才到第二年的家伙竟然把这句话说得义正辞严,毫不脸红。

他们把这句话送给的第一个人是四班副苏智刚。

大学的前两年，基础文化课排得比较紧，特别是大二，学员们面临全国统一的计算机二级和英语四级考试，这两项考试只要有一项考不过，学校就不授予军事学学士学位，上几届就有好几位师兄在毕业的时候只拿到了毕业证。上了四年本科，最后走的时候却没有学位证书，你说遗憾不遗憾！

很多部队生对此表示压力山大，学习成绩不好的苏智刚压力尤其大。以前看到英文字母就头痛的他，现在被逼得每天拿着英语课本死啃。开学的第一天，四班的人都集中在一个宿舍里吹牛，他笨鸟先飞，身在闹市心在学习，抱着英语课本忘乎所以地背诵。

林小洁和凌校不识趣地跑过来打扰他："老家伙，看到我们有什么感想没有，我们现在是第二年的老兵了，你再欺负我们啊！"这两人都很记仇，绝对忘不了新训时苏智刚曾经对他们龇牙咧嘴地指手画脚。后来虽然知道自己那时做得不对，也发现苏智刚人不坏，但他们还是愿意拿这事来开苏智刚的玩笑。

班内的其他兄弟哄笑了起来。苏智刚却并不理林小洁和凌校，依旧装模作样地读书，他想看看这两个臭小子能嚣张到什么程度！

凌校使劲拍了一下苏智刚的肩膀，林小洁则快速伸手合上了苏智刚的书，凌校说道："喊声'老兵好！'今天就放过你！"

苏智刚终于忍不住了，像拍苍蝇一样往书上拍了一巴掌！凌校和林小洁知道风向，没等到他站起来，早一溜烟跑掉了。

苏智刚使劲揉了揉短得扎手的头发，一脸凶恶的表情。其他人笑着劝道："行了吧，要学习还差那几分钟？好歹向组织汇报一下实习的情况！"

"也没记得你这么爱学习啊，该不会受什么刺激了吧？"

"屎壳郎戴眼镜，充当大学士！别装模作样了，好半天就只盯着一行在看！"

兄弟们集体讨伐，苏智刚终于招架不住了，呵呵地笑了起来："刚毕业的这批师兄们，又有好几个没拿到学位证，我能没压力？不过你们这么吵吵，我还真学不进去！算了，今天就放自己个假吧！"

苏智刚说得真事似的，宿舍里又嘘声一片。这时，凌校和林小洁两人从

第八章 不想再懦弱

门外把脑袋探进来看看情况,见苏智刚不再龇牙咧嘴,便放心地加入了四班集体吹牛的行列。

教室里,林小洁边用纸巾拂去课桌上的灰尘边向同桌钱书行抱怨:"就欺负咱们俩脾气好,我们两个头也算中等,排位子老把我们挤到最前面!"

同桌比林小洁大两岁,家里也三个孩子,只不过林小洁是老小,人家是老大,典型的大哥形象。看林小洁满脸不情愿,钱书行笑着劝道:"算了算了,都是兄弟嘛!"

林小洁嘴巴一撇:"切!关键时刻,坑的就是兄弟,下次谁喊我兄弟,我跟谁拼命!"

同桌看着林小洁恶狠狠的样子,学着他的样子,说道:"那行,我和你一块去拼命!"

林小洁听同桌这么说,自己忍不住咯咯地笑了起来。

也难怪大家对座位问题这么上心,军校课堂可不像地方大学一样来去自由。林小洁他们走着队列喊着口号来上课,除了卧病下不了床的不用来,就是训练中断胳膊断腿的也得打上石膏给搀扶到教室里来。上课期间也不轻松,学习嘛,就是要在一种学术的氛围中进行,所以学校也不要求学员们像开会一样正襟危坐,但也不能往桌上一趴就呼呼睡大觉!可是每天起得那么早,训练又那么累,再加上很多学员对学习实在是不感冒,犯困走神、课堂上看看课外书是不可避免的。

坐在最前面的学员就惨了。在教员眼皮子底下,教员讲课激情四溅、唾沫横飞,你怎么好意思干别的事情?再者,遇到小气一点的教员,把课堂听课情况也算进你的结业考试成绩中,你不认真听课就可能凭空少了十几分,谁敢给自己找麻烦?

林小洁问同桌:"下节课上什么?"

同桌回道:"高等数学!"

林小洁叹了口气:"这个定理那个定理的真烧脑子,这日子没法过了!"

同桌听了,笑了起来:"感觉实习了一下,开朗多了,怎么着,心结打开了?"

林小洁拿出课本和听课笔记，回道："恢复了，总不能老把自己的心关在笼子里吧。"

同桌："那就好，当兵其实挺好的！"

林小洁："我也开始有这种感觉了！"

大一的生活，要学的东西太多，不懂的东西更多，每天忙忙碌碌却不知道自己在忙什么。直到经历了两个月基层部队的实习生活，回来后才豁然开朗，学校的生活其实是简单而安静的：每天上午学文化，下午练体能，晚上看看新闻上上自习，仅此而已！

终于死去活来熬过大一的苦难，让自己看起来有几分军人的样子，军校也欣然接受了这些依旧爱抱怨的新兵蛋子。林小洁真正的军校生活，从大二开始了。

学员中队的足球队员们，直到大二才想起应该买一身统一的足球服，买队服的事情被交给足球队长来办。

林小洁的同桌钱书行被推选为足球队长，一是因为他球技好，最主要的原因还是他人缘好。不过，这个足球队长打死林小洁他也不会愿意当的，出力不讨好，只有干活的义务，没有作威作福的权利，哪里是队长？服务员还差不多！

钱书行忙着统计大家想要的号码。林小洁喜欢踢球但不是球迷，所以对号码没什么研究，不知道哪个号码是哪位球星的，但是他还是想在球场上拚搏一番，显示一下自己作为"天才后卫"的与众不同。

林小洁问钱书行："队长，有没有球星用过的号码是零号？"

钱书行回道："好像没有。"

林小洁若有所悟地说道："好像没有那就有可能有，我的号码给我印上负一号！"

钱书行瞪大了眼睛看着林小洁："负一号？"

林小洁得意地说道："这就是创意！比尔·盖茨和爱因斯坦都是因为思路和常人不一样，才变得举世闻名的！"

钱书行没有打击别人的习惯，凡事都是正向思维，听林小洁吹牛，却由衷地点了点头，赞道："你别说，还真有那么点意思！"

林小洁于是得意的找不着北了。

这件印有"-1"号码的球服，还真让林小洁在球场上举"场"瞩目了一把。中队踢足球时，投在后卫线的目光竟然比前锋线还多。林小洁感觉很扬眉吐气，他兢兢业业干了这么多年后卫，终于让大家看到自己了，尽管说不清这些目光的褒贬成分。

比赛刚结束，凌校就跑了过来。林小洁很得意地炫耀自己的球服，却没想到凌校正是冲着他这身球服来的："咱们把球服换一下吧，我这件可是球星贝克汉姆的号码，好不容易才抢到的！"

"不换！再说我都穿过了！"林小洁正自我感觉良好呢，说什么他也不肯换的。

凌校："我不嫌弃你！"

林小洁："我嫌弃你！"

"不换也得换！"凌校看软的不行直接来硬的，用手扯住了林小洁的衣角，自己则坐在了地上，不让林小洁走。

林小洁挖苦道："您这样还真不像是中国武警！"

凌校话也赶趟："事实上我还真就是中国武警！"

林小洁于是朝着正往宿舍走的钱书行喊道："队长，这里有耍无赖的，你也不管！"

其他兄弟一起往这边瞅了瞅，笑了起来。钱书行乐呵呵地喊道："足球队长可管不着队员的赛后生活！"

林小洁没辙了，对凌校说："这衣服上有我们各自名字的代号！"

凌校："那正好，交换球服说明我们友谊地久天长！"

林小洁白了白眼："一边去！脑袋被驴踢了才会想和你友谊地久天长！"

下一场比赛的时候，林小洁引以为豪的球服穿在前锋线上的凌校身上。每当看到那闪亮的"-1"，林小洁都忍不住感到肉痛，那毕竟是他的创意啊！

杨帆一向安静，但是实习回来后，他太过安静了。等到从开学的喧嚣中渐渐沉静下来，林小洁和凌校不约而同地把目光投向了杨帆。

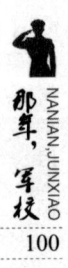

晚饭后的黄昏，夕阳斜斜地投射下余光，围墙下的草坪因为远离训练场而安静得有些诗意。草坪上很随意地散布着三个人，一个慵懒的斜卧在草坪上，一个看着围墙上绿茵茵的爬山虎发呆，另一个低着头摆弄着手中的草叶似乎摆弄的是自己满腹的心事。

林小洁把目光从爬山虎上收了回来，对着低头顾自想着心事的杨帆说道："有心事你可以说出来啊，闷在心里多难受！"

杨帆抬起头，笑得有些惨淡："是班长让你们来找我谈心的吧？"

林小洁："这倒没有！"

杨帆知道林小洁不会说谎话的。沉默了一会，忽然眼睛直视着林小洁的眼睛："问你个问题，我适合当兵吗？"

林小洁语塞，他明白杨帆的意思。当兵的生活太煎熬，感觉扛不住的时候，同样的问题他问过自己好多遍，可是不管适不适合，既然已经当兵了，他们还有别的选择么？

"我觉得你这个性格挺好的。"林小洁不忍心直接去否定他。

"但不适合武警指挥这个专业，对吧。"杨帆轻叹了一声，重新陷入了自己的心事中，不再言语。

凌校从斜卧的姿势中坐起来，问道："所以你的意思是？"

杨帆："退学！"

凌校："你选择放弃？"

杨帆："不是放弃，是找不到坚守的理由！"

凌校："借口！你填志愿的时候想什么去了？"

杨帆："我那时不懂事。"

林小洁："现在就懂了？你退学退哪去，去高中复读当大龄复读生？你难道不明白就此退却会伤害多少亲人，让你的军人老爸抱憾众生，还是让你妈妈为自己当初的决定嗟叹流泪？"

"不要说了！"杨帆打断了林小洁，对于他来说，这近乎粗鲁，"为什么？！我告诉你们为什么，你们实习的时候学习过岳坊市监狱处置越狱事件的情况通报吧！通报上说，监狱的重刑犯杀死了狱警越狱，武警中队应急小分队成功追上并制服逃犯。可通报没说，一名实习学员被浑身沾满血污的重刑犯吓破了胆，让实习单位的官兵歧视了整整一个月！"

林小洁和凌校讶然，现在终于有些理解杨帆的心情了。在基层部队实习两个月，他们知道那种被人不待见的感觉。

杨帆惨然一笑："我快窒息了。如果有一天我决定放弃，请你们原谅我的懦弱，那是因为有一种东西比生命更重要，它叫作尊严，在这个队伍里我感觉不到尊严！"

"你现在做个逃兵就有尊严了？被别人看扁一辈子，那些人中甚至包括自己的父亲？"凌校的话戳到了杨帆的痛处，也堵死了杨帆逃跑的道路。杨帆茫然的脸上闪过痛苦的神色，他其实自己也不知道何去何从。

"如果你真的觉得没有尊严，为什么不改变自己！"凌校的眼里透露着不容质疑的认真。

杨帆颓废地说："尝试过，可性格就像诅咒一样刻进了我的骨髓，我想过了，要想成为一个合格的武警指挥官，我从骨子里就不适合！"

"没有人一生下来就适合当兵，如果你真的感觉尊严比生命更重要的话，那就割碎了血肉，打碎了骨头，重新塑一个自己！"林小洁说这句话的时候很平静，他也没看杨帆，更像自言自语，却无疑震动了杨帆。

杨帆愣了一会，半响点了点头，依旧迷茫地说："可我还是不知道该怎么办。"

凌校："这个我在行！"

凌校和林小洁的行动很快，第二天就为杨帆制订了训练计划。

还是那个僻静的角落，在训练之前，杨帆要按照约定宣读保证书。凌校从口袋里把保证书拿出来，煞有介事地交给了杨帆，保证书只有寥寥几句，是他和林小洁共同起草的，内容如下：

我保证，无论训练多么痛苦，决不放弃，也不会生凌校和林小洁的气！

保证人：杨帆
2007年10月11日

读完后，杨帆郑重地签上自己的名字。凌校从口袋里掏出印泥，打开盖子，说道："按手印！"

杨帆毫不犹豫地把食指按在了印泥上，然后在保证书的名字上按上了红红的手印。凌校三两下把保证书折了起来，和印泥一块塞到口袋里。

"下面宣布训练计划：实战训练，每天半小时，时间30天，地点这个草坪，方法是六亲不认地打架，完毕！"凌校神色严峻地宣读完计划，然后给林小洁使了个眼色，他们的训练计划从这一刻开始。

林小洁问道："我先来？"

凌校："当然是和级别低的对手先打了，一开始就和我过招，还不直接把他的信心打没了！"

林小洁恶心地看了看凌校，并不说话，从地上捡起一副拳击手套和头部护具丢给杨帆，自己戴上另一副。

杨帆戴上护具，有些紧张地站在草地上，他从来没动手打过架，所以得知训练的内容是实战的时候，心脏立刻开始砰砰地跳了起来，昨天被林小洁和凌校忽悠起来的那点热血迅速冷却了下来。

杨帆疑惑地问："不会真打架吧？"

林小洁："站在这块草坪上，我们不是兄弟是敌人！"

看两个人戴好了护具，凌校宣布开始。林小洁也不啰唆，提着拳头冲了上去，毫无章法的一拳直接冲着还没进入状态的杨帆打去。

拳头打在杨帆的脸上，传来令人牙齿发酸的响声，已经握紧的另一拳，就忽然间有些松动。林小洁忽然想到了暑假实习前凌校说的话："拳头打在自己兄弟的身上，很心痛！"这种感觉真的不好，林小洁愣住了。

"你在干什么！"旁边观战的凌校朝着走神的林小洁吼道。

林小洁一咬牙，另一拳狠狠地打了出去。

杨帆坐倒在地上，看着一向和气的林小洁，一脸无辜。

林小洁站定，吼道："站起来，还手！"

杨帆站起来，面对林小洁的拳头，出于本能护住了脑袋。他的脑子空白了，擒敌术课上学的那些格斗技能全部都记不起来了，任由林小洁一拳接一拳打过来，把他逼得一退再退，直到身子碰到围墙上的爬山虎，无法再退了！

林小洁没有再出拳，喘着粗气，放下了拳头，对杨帆说道："把你的手放下！"

杨帆慢慢放下防护脑袋的双手，眼睛正对上了林小洁的眼睛。他愕然，林小洁红红的眼眶中，眼泪似乎要满得溢出来了。

林小洁看着手足无措的杨帆，就好像看到了镜子中的自己，心疼得一阵接着一阵的痉挛。他惨淡地笑了一下，强忍着不让泪流下，失神地说道："尽管过了一年，有时候一觉醒来，看到现在的自己还是有些茫然，不再是老师喜欢、同学羡慕的高材生，怎么就忽然成了跑步最后、射击零蛋、战友嘲笑、领导不待见的差生了，为什么专注了十几年的学业忽然间变得不再重要，那些并不擅长的东西却成了专业，而我们，要过这种自己并不喜欢的生活？"

林小洁瞪大了眼睛，狞笑了一下，歇斯底里地吼道："是生活，生活带我们来到这里，我们别无选择！你想要尊严，我也想要，来啊，尊严是要自己争取的！"

杨帆握了握拳头，却还是无法挥动它。从小到大没打过架，积累了20年的惯性，像无形的网缠绕着所有出拳的力量。

"你知道你爸为什么一定要送你来军校么，因为你懦弱，懦弱得让他绝望！想想那些不屑的眼神，想想自尊心被踩踏的感觉，你不是说尊严比生命更重要么？拳头对面不再是兄弟，那就是你的尊严，为什么不握紧拳头，打烂所有的心事，拿走你的尊严！"

砰！杨帆积累了20年的愤怒，全部打在林小洁的脸上，彻底让他闭上了嘴巴。打完后，杨帆犹自不敢相信地看着自己的拳头。

林小洁使劲揉了揉有些发晕的脑袋，脸上很痛，却让他感觉很畅快。"我也不会打架，但我会拼命！"林小洁说完，提着拳头向杨帆冲了上去，顿时和他打成了一团。不会打架的两个人，扭打的场面更加壮观。

回去的时候，凌校对林小洁竖起了大拇指，赞叹道："没想到你说话这么深刻，从哪本书上看来的？"

林小洁扭过肿胀的脸瞪了凌校一眼，顾自往前走去。凌校看着林小洁落寞的背影，脸上浮现出担忧的神色，他其实知道的，那些都是他的心里话。

"还有29天！"林小洁在心里暗叹了一句，这下子抑郁的人换成他自己了。

一个月后。

凌校约了一班长。老实说，若不是为了杨帆，他才懒得搭理梁向军，自命不凡的家伙，因为自己多当了几年兵就好像很了不起似的。

梁向军看凌校也很不爽，新兵蛋子一个，每天猖狂得很，好像学员中队盛不下他了，一副欠收拾的样子。

凌校在走廊上堵住了梁向军。

梁向军不待见地问："什么事？"

凌校："和杨帆打一架怎么样？"

梁向军："不怎么样。"

凌校："怕了？"

梁向军冷笑："就凭你们三个瞎折腾一个月，就能让胆小鬼变成蜘蛛侠？"

凌校："那为什么不应战？"

梁向军："因为无聊！"

凌校："周三下午训练结束后，你不来，我们就在学员队说你不敢应战！"

凌校说完，走了。

周三下午的时候，一班长梁向军还是来了。虽然感觉四班的这几个地方生很无聊，但他爱面子，不来别人还以为他怕了呢！再加上凌校这些人嘴上不积德，还不定被他们说成什么样子！

梁向军走上草坪，懒洋洋地对三人说："速战速决，我还有别的事情呢！"

凌校说，"你看身后谁来了？"趁梁向军扭头看的时候，他和林小洁一个抱腰一个抱腿把他紧紧锁住了。梁向军使劲挣扎了几下，却怎么也挣脱不开。

"你们干什么？"梁向军无论如何也想象不到这几个人会这么卑鄙，竟然偷袭他。

凌校却不搭理他，对着发愣的杨帆喊道："揍他！"

梁向军目光如剑，面目凶恶："你敢！"

被他这么一吼一瞪，杨帆顿时像被电到了一样，底气泄了一半。与凌校和林小洁实战的时候，他打心眼里还是不怕他们的，可是眼前这个从小欺负他的大院孩子头，只是看他满脸的戾气，就让杨帆有种拔腿就跑的冲动。

凌校吼道:"想想实习的时候!现在再给你一次机会,尊严还是生命!"

杨帆听了,身体颤了一下。想起了那种被看不起感觉,心里的伤口登时撕裂了脸上惶恐的表情,如果真的再给他一次面对杀人犯的机会,他宁愿付出生命,也绝不后退半步!

梁向军是瞪着眼睛看着杨帆的拳头打在他胸脯上的,他脖子上青筋暴出,脸上凶狠的表情恨不得立刻就把这㐌地方生拆掉了重新组装。

这次没戴拳击手套,拳头打在梁向军硬硬邦邦的胸肌上,不知道是害怕还是紧张,杨帆的胳膊不由自主发抖。

没想到这时候,凌校踢了林小洁一下,喊了一声"走!"两人同时松开手,以冲刺的速度向远处逃离。

梁向军把浑身的骨头活动得咯吱响,转身欲追,今天他非大开杀戒不可!

"别走,你的对手在这里!"杨帆从身后冲了上来。

"你也配!"梁向军满是不屑地说道,转身拉过杨帆的胳膊,顺势一个过肩摔把他狠狠地掼摔到草地上。这挟着雷霆之怒的一击,丝毫不顾任何战友情面。

强烈的震动带来一阵眩晕,杨帆剧烈地咳嗽了几声,挣扎着站起来,他喘着粗气看着梁向军,眼神却是坚定的。

梁向军眼中飞速闪过几丝诧异,眼前这个一脸坚定的家伙,还是自己认识的那个唯唯诺诺的书呆子么?这样想着,他站定身子,认真地看着再次冲过来的杨帆,起脚拌腿,横掌拍背,这次他手下留情了,可是一点倒功基础都没有的杨帆还是摔得很惨。

几个来回下来,杨帆终于只剩下挣扎着站起来的力气了,他还是冲了上来。梁向军表情依旧严肃,却早散去了那份凶狠,左手抓住杨帆的手腕,右臂顺势把杨帆抱住,轻轻叹了口气:"何必这么拼命,你知道的,你是打不过我的!"

"打架我不会,拼命我还是会的!"杨帆挣扎着想摆脱开梁向军,继续他们的打斗。

梁向军松开了他,问:"为什么忽然间这么拼命?"

杨帆看着他的眼睛:"为了你不懂但是于我很重要的东西!"

梁向军："尊严？"

杨帆："是！"

梁向军于是不再理会杨帆虎视眈眈的眼神，径直走到草坪边坐下，目光看向半露的夕阳和满天绚丽的彤云。

"我小时候愿意欺负你，是因为家长老爱拿你来教育我，说我为什么不能像你一样好好学习，每天总在学校里捣乱纪律。其实我打心眼里还是挺羡慕你的，你是大院里学习最好的孩子！"

梁向军说着转过头来，笑得满脸真诚："尊严，你刚才不是已经拿到了吗，现在坐下来聊会吧，你高考的时候考那么多分，那么多好大学都能去，也不知道杨叔叔为什么舍得让你来这里受这份苦！"

杨帆不敢相信地看着和气的梁向军，第一次发现原来他还有笑这个表情。后者看他这神态，凶巴巴地瞪了一眼："怎么了，还想打呀！"

杨帆咧开嘴笑了起来，说道："不打了！"

过了一会，林小洁和凌校从远处过来了，他们看到了梁向军和杨帆坐在那聊天，而且梁向军总是黑得门板一样的脸竟然也笑得蛮开心，于是放心地向这里走来。

林小洁和凌校没事人一样笑着给梁向军打招呼，后者看到这两个卑鄙的家伙，脸上的肌肉立刻绷成了待发的弓箭，皮笑肉不笑地说："来，过来一起聊会啊！"

他笑得很尴尬，林小洁和凌校可不敢再往前走半步。凌校说："算了，时间不早了，我们先回去，你们接着聊！"说完和林小洁就要逃跑。

梁向军呼呼啦啦地追了上来，恶狠狠地喊道："王八蛋，哪里跑！"被他抓到那还不得掉层皮，林小洁和凌校甩开膀子跑了起来。杨帆坐在那里看着三人的追逐，开心地笑了起来，直到这一刻他才发现，自己以前认为这么不近人情和难以待下去的学校，竟然令人感觉这么温馨。

远处的松树旁，刘星剑笑得开怀。他是梁向军喊过来的，梁向军让他这个班长过来作证，别以后埋怨他揍了四班的地方生，没想到却让刘星剑看到了这出闹剧。

第八章 不想再懦弱

第九章
幸福来得太突然

自从实习之后,李之语本来"闲人免进"的世界里多了个杨帆,时不时喊他去下棋聊天。不同意吧,杨帆又不依不饶,为了耳根子少听些"聒噪",李之语也只得同意。时间长了,不仅和杨帆成了好朋友,班里的其他人也不再像看"心理疾病患者"一样看他了。

寒假很快到了,比起其他学员那么兴奋,李之语还是一潭死水,不厌其烦地看书做笔记,看不出任何波澜。

杨帆推了他一下,李之语依旧看自己的书,头也不抬一下:"什么事?"

杨帆:"放寒假了,怎么打算的?"

李之语:"回家。"

杨帆:"打不打算去趟岳威市?"

李之语:"去那里干什么?"

杨帆:"我给你介绍个女朋友?"

李之语:"不必了,这几年没这打算!"

杨帆听了,叹了口气,故作遗憾地讲:"哎,好吧,那就算了,那我介绍给别人了,对面宿舍好几个光棍呢!不过别后悔,长得真漂亮,关键是名字还好听,叫什么欧阳兰兰……"

还没等杨帆再往下说,一只手已经抓住了他的手腕。

杨帆看了看李之语惊愕的眼神，得意道："这下不淡定了，没错，就是她。"

李之语惊讶道："你怎么知道她的名字？"

杨帆调侃道："哥们，这次去见一面，以后做梦的时候别瞎喊了，伤不起啊！"

李之语迫不及待地回道："她家的地址给我！"

杨帆却卖起了关子："相信了？刚刚要告诉你你不听，现在我还不愿意讲了，我有个条件，从现在开始到放假不准理发，放假那天理一个我满意的发型，再请我吃顿大餐，我就告诉你！"

李之语放开握住杨帆的手，郑重其事地问道："你确定是她，别拿这个和我开玩笑？"

杨帆得意道："如假包换！"

"成交！"虽然半信半疑，李之语的心依旧呼呼跳个不停。

拿笔在空白纸上写下放假的日期，李之语按照倒序一天一天往前写，还有半个多月放假，这下子可够他煎熬的了。

"兰兰，真的能见到你吗？"书本上那些安静的文字，忽然在李之语眼前跃动了起来。过往，那些沉寂已久的过往，又纷纷扰扰涌上心头。

放假了，杨帆和大家打个招呼，换上便装就往外走。李之语急急忙忙跟了出来。

杨帆转过身子，迷惑地问道："有事？"

李之语指了指有些凌乱的头发："这是我的承诺，你的呢？"

杨帆于是笑道："急什么，先理完发、吃完饭再说。"

饶是李之语能沉得住气，这时也有些抓狂："你小子要是搞错了，看我不吃了你！"

一心急着听杨帆说欧阳兰兰的事情，等到坐在理发室的座位上，李之语才发现这是一家异常高档的店，理发师按照杨帆的要求，精心打理着他的头发，李之语看着镜子中的自己，倒有些不熟悉了。

等到结账的时候，李之语对着店员吃惊地叫了起来："300，你确定不是 30？"

杨帆笑了一下，先于李之语付上钱，扯着他往外走。李之语有些不高兴了："钱我还你，但理个头发也不用这么贵吧！"

杨帆从头到脚仔细打量了李之语一下："是不是当过兵，我从 200 米以外就能看出来，一看短平头和过时的打扮，就知道和时代脱轨不是一两年了？平时也就算了，这一次去相亲，怎么也要正式一点吧？"

李之语听了，看了看自己的衣服，觉得杨帆说得好像也有些道理，便不再作声。

下一站是 SY 大厦，岳泉市卖东西最贵的地方之一。李之语有些迟疑，对杨帆说道："不是不想买，这个地方的衣服动辄就是几千，我们一个月几百元的津贴买不起！"

杨帆拿出钱包，抽出一叠钱来："这是我所有的津贴和零花钱，平时这地方我也不来的，今天咱们兄弟就充一回大款，好好潇洒一下！"

李之语也不啰嗦了："好吧，我借你的，一定会还给你的！"

杨帆搂住他的肩膀："你这个兄弟，可不是用钱能买到的！"

李之语："现在可以说了吧，你怎么查到欧阳兰兰的？"

杨帆："校内网你知道不？"

李之语："知道，但是不玩。"

杨帆："在那上面找到同学的概率非常大，幸亏那个叫欧阳兰兰的人也注册了校内，而且没有几个人叫这个名字。"

李之语疑惑道："你怎么就能肯定是她？"

杨帆笑了："你以为别人都像你一样，连个朋友都没有？我找地方大学的同学打听了，是个美女，以前在你就读的那所高中读过，而且现在还没有男朋友，知道吗，如果一个美女读到大四还没谈恋爱的话，在地方大学里也算是新闻了！"

李之语听到欧阳兰兰还没谈男朋友，有些庆幸，但却怎么也高兴不起来，他有些心疼地想，难道她的心也像自己这些年这般苦涩么？

杨帆没有注意到李之语的神态变化，在他的印象里，李之语脸色阴沉一点是常态，真看到他扭着板结的面部肌肉开心愉悦地笑几下，才是见鬼了呢。

杨帆信心满满地说:"明明是衣服架子,偏偏穿得这么别扭,今天我非把你打扮成人气偶像,保证你那个什么兰兰一见倾心!"

李之语听了,也不回话,他再也提不起什么兴致,就随便杨帆怎么折腾吧。

岳威市,花园小区内。

李之语在一栋居民楼下徘徊了许久。欧阳兰兰的家就在这栋楼上面,他却没有勇气上去敲门。时过境迁,但那时欧阳兰兰父母厌恶的眼神依旧历历在目。还有,见了她,他该说些什么?

索性,李之语就坐在树下的石凳上,期望欧阳兰兰这个时候能到楼下送送垃圾、拿拿邮件什么的,但等了好一会儿,却什么也没有等到。

正有些不知所往的时候,一串银铃般的笑声由远及近。那声音魂牵梦绕多年,太过熟悉。

李之语轻轻转过头,看着欧阳兰兰手挽着一个帅气的男人边说边笑朝自己这边走来。四年不见,她比高中时更加高挑、成熟、漂亮。身边的男子和自己年纪相仿,剑眉星目甚是帅气,此刻嘴角挂着淡淡的笑意,满眼爱恋地看着欧阳兰兰,一看就是个贴心的暖男。

也只有这样优秀的男孩子才配得上欧阳兰兰吧,李之语心下叹道。他没有怨恨,反而释然。只要看到她过得幸福就行,难道这不是他此行的目的么。或许当初稚嫩的海誓山盟终究还是在心里刻不下太深的印记,所以自己的那些千言万语何必再说,不如就这样悄然从她的生命中隐去,还她一个安静的幸福。

李之语起身,和欧阳兰兰相向而行。那一段被双方家长扯开的姻缘,就这样心甘情愿地相视而过,应该就没有遗憾了吧。尽管这样想,可当欧阳兰兰身上熟悉的气息近了再远了的时候,他的心忍不住疼痛,这么多年的感情,如何割舍,但不放下又能如何?

"李之语?"原本以为会是无声的诀别,还是被这声轻呼打断。

尽管只是无意的一瞥,欧阳兰兰还是立刻认出了李之语,那么深刻的记忆,怎么可能轻易忘记。

李之语转过身,有些尴尬地笑笑,算是回应。

第九章 幸福来得太突然

111

欧阳兰兰打量着李之语。多年不见，他俊朗依旧，只不过时间磨去了稚嫩，已经由男孩变成了男人，比起身边的同学来，他更显成熟。再看精心打理的发型，入时合身的穿着，一尘不染的皮鞋，这种细腻让她找到了女人的痕迹，难道他已经娶妻，就像那些过早离开高中进入社会的同学一样？

"兰兰，不介绍给我认识一下？"身边的男子打破了沉默。

"是我高中时的同学。"没等男子讲话，欧阳兰兰接着给李之语介绍道，"这是我男朋友，北京人；这次寒假带回来见我父母的！"

李之语心中一阵酸楚，面上却不起波澜，伸出右手打了声招呼："你好！"

男子眼光中闪过一丝诧异，但随后伸出右手，礼貌性地握了握手，点头示意并不说话。

欧阳兰兰没想到李之语这么淡定，心道他果然早已把自己忘得干干净净，脸上的笑靥冷了下来。她有好多问题想问他，但到了嘴边却好像只是寒暄："怎么来岳威了，带着女朋友来旅游的吗？"

李之语却没有那么多心思，直来直去："就是来看看你。"

欧阳兰兰显然没有想到李之语这么直白，反问道："那还装作不认识？"

李之语黯然回道："看你过得好，忽然间没了见你的理由？"

欧阳兰兰依旧不依不饶："那为什么现在才来找我？"

李之语："找了，找不到？"

欧阳兰兰神色稍安："有那么难找？"

李之语略显无奈："当兵去了，和外面的世界断掉了联系。"

欧阳兰兰盯着他，忽然深情地问道："你后悔过吗？那段不成熟的感情？"

李之语有些伤感："爱就是种感觉，没有成不成熟，我从来没有后悔爱过，只是一直懊恼当时的做法太不成熟，没有保护好你。"

欧阳兰兰听了，盯着这张熟悉而又有些陌生的脸，问道："你还爱我吗？"

李之语苦涩地回道："从没变过，只不过现在才知道，出局了，我祝福你！"

欧阳兰兰听了，捂着嘴咯咯地笑了起来。过一会笑声戛然而止，取而代之的却是断了线的眼泪，一直强撑的心绪终于决堤，她跑过去抱住了李之语，久久不愿松开。等了这么多年，终于等到幸福，只有经历过的人才知道这辛苦之后的甘甜吧。

李之语一脸茫然，对面的男子却并不恼怒，一脸阳光地笑了起来。

欧阳兰兰松开李之语，轻捶了一下他："傻瓜，这是我哥哥！"

对面的男子笑道："我叫欧阳云淡，你就是高中时拐跑我妹妹的那小子啊？"

李之语有些不好意思地笑了笑。

欧阳兰兰嗔怪道："哥，真是的，哪壶不开提哪壶！"

欧阳云淡调侃道："哎，这马上就和老哥不一条心了？"

欧阳兰兰抱住李之语的胳膊，调皮地回道："那是！"

欧阳云淡乐了，对李之语讲道："你小子还不错，对我妹妹好点，既然来了，上来见见我父母吧？"

李之语面露难色。

欧阳云淡却顾自往前走，半晌回过头，看看依旧站在原地不动的两个人，笑道："怎么不敢来啊，要娶我妹妹，老丈人丈母娘这关还能逃得了？放宽心，高中的时候谈恋爱家长着急，上大学的时候不谈恋爱家长也着急，现在的形势好像对你有利。"

李之语听了，转过身面对欧阳兰兰，千般思念终于近在咫尺时，幸福的感觉让他一阵眩晕。欧阳兰兰被他火辣辣的眼神灼红了脸庞，却见李之语握住她的手，郑重地单膝跪地，从口袋里拿出一枚戒指："兰兰，即使沧海桑田，即使海枯石烂，我对你的爱都不会变，嫁给我好吗！"

"我愿意！"欧阳兰兰坚定地回答，眼泪又簌簌地落了下来。

李之语站起来，把戒指戴在欧阳兰兰手上，然后紧握她的玉手，跟着欧阳云淡往楼上走去。这下，男孩已经成长为男人，他要以男人的担当和真诚取得未来岳父母的同意。

进了门，李之语才发现自己的担心是多余的。欧阳兰兰坚持不谈恋爱，早已急坏了父母。加上一听李之语成了军官，欧阳兰兰的父母更是喜出望外，恨不得马上把他们俩婚事办了。

李之语倒有些不适应了：幸福，来得太突然了！

第十章
突出重围

岳泉市的春天太短，杨絮心烦意乱地飘了几天，好不容易安静了下来，夏天却来了。

今年的雨水出奇地少，最不缺的就是大把大把的晴天。在远离海岸线的内陆，用钢筋和水泥堆砌起来的城市哪里经得起阳光这般暴晒，还没到5月中旬，温度却已经直逼40摄氏度，据说创了近十年之最。

林小洁站在队列里，一脸无聊地听着骆阳讲评近期学习工作情况。上午学院检查内务卫生，中队的名次排后，上课的时候，还有很多人在打瞌睡，从这些具体问题延伸过去，骆阳就关联到了学员们最近一系列不尽人意的表现：训练不够刻苦，精神状态不够振奋，工作标准不够高等。讲着讲着，他似乎更生气了。

这么热的天，学员们吃不香睡不着，对骆阳却似乎没什么影响。日复一日，年也复了一年，他似乎总有生不完的气。林小洁于是忿忿地想，他怎么不被气死啊。

凌校一点也没有表现出不耐烦，抻着脑袋，竖着耳朵，像只野心勃勃的狼。四班的人都知道他的野心，为了备战奥运安保，总队代号为"泰山-2008"的反恐演习即将拉开战幕。凌校巴巴地盼着他也能有机会参加，可是眼看演习临近，和学院却半点关系也扯不上，这怎么能不让他心急！不过他不死心，依旧期望能从骆阳的讲话中找到点蛛丝马迹。

"今天的讲评到这里,希望重复的问题不要再发生!最后,有一个好消息要宣布一下:总队'泰山-2008'反恐演习马上开始,我们中队将作为学院唯一的分队参与此次演习。让我们去,充分说明了总队和学院首长对我们的高度信任和深切关爱,也是对我们的极大考验,能不能当好学院的代表队,看你们的表现!同时,大家要以更加高昂的精神状态投入到近阶段的各项工作中去,为即将到来的演习打牢基础、积累能量!解散!"

学员们立刻活跃了起来,像凌校这样的野心家甚至已经开始欢呼雀跃了。

基于对骆阳的了解,林小洁总觉得他隐瞒了一些重要信息。这么大一场演习,怎么只要学院的一个学员中队参加,40几个人能扮演什么角色?

"心事重重地想什么呢?"凌校一脸欢愉地凑了过来。

"我在想啊,学院是总队反恐处突的第二梯队,从第二梯队调40几个人去参加演习,该不会是让我们当特战队员吧?"林小洁瞅着凌校问道。

林小洁的疑问句在凌校这马上成了肯定句:"怎么不会?我告诉你,这肯定是总队首长对我们的考验,看我们在演习中的表现怎么样,表现好的话,就让我们参加奥运会安保执勤任务!"

林小洁不可思议地望着凌校:"你真的这么想?"

凌校得意了:"有道理吧!"

林小洁彻底崩溃了,讥讽道:"您是不是总用脚趾头在想问题,还是您根本就是单细胞动物啊!"

凌校现在的心情极好,也不跟林小洁计较:"我知道你担心什么,跑步跟不上,射击打不准,赤手空拳的功夫更不怎么样,不就是怕拖咱们班的后腿么?没关系的,兄弟我从来不放弃任何一个战友,再说了,你不是经常拖后腿嘛,也不在乎再拖一次吧!"

林小洁气坏了,白了凌校一眼:"我最佩服的一种生物就是臭虫,明明臭气熏天还活得那么自信!"

凌校贱兮兮地笑了起来:"这就是传说中的气急败坏!想气我?我还真就不上当!臭虫怎么了,熏的是别人,开心的是自己!"

"我是一只快乐的大臭虫,每天都快乐的大臭虫,明天我扛着帅气的

"81－1"，奔袭在战火的硝烟里……"凌校不再理林小洁，扭着屁股哼着快乐的"臭虫之歌"跑开了。

凌校这只快乐的臭虫，快乐了没几天，就快乐不起来了。

中队全部学员换上了蓝军服装，一辆军卡把他们运进了深山的演习场。

还真给林小洁猜着了，中队在演习中的角色是蓝方——一伙在国外受过军事训练的恐怖分子。

距演习正式开始还有几十分钟的时间，看着无精打采的学员，骆阳这个"骗子"竟然还好意思站到队列前面激情满怀地作战前动员：

"同志们，将要追捕你们的，是我们总队最强的搜捕阵容，他们说了，几个小时之内把你们全部歼灭，我觉得这牛皮可吹大发了！咱们是谁？咱们可不是一群流寇，我们是共和国未来的军官，有过硬的军事素质，有扎实的技战术基础，更重要的是，我们有着永不服输的战斗意志！我相信你们，大家有没有信心？"

迫于骆阳的阴险手段，尽管学员们都不相信他的这通鬼话，还是心不甘情不愿地喊了声"有！"

队列里，石磊悄悄来了句："都把我们送到屠宰场了，还忽悠我们呢！"

"石磊，又发什么什么牢骚？"一点小动作也瞒不过骆阳。

"报告，我在说，我们充满信心，一定会用武装到牙齿的意志打败武装到牙齿的敌人！"石磊大声喊道。

"好，就要有这种气魄！"骆阳装腔作势地给以赞许，他当然知道石磊刚才说的是假话。

还能更无耻点吗？听到这里，队列里的学员们真的无语了。

演习时间到，导调员开始宣布情况：蓝方以犯罪分子身份参演。几天前，一伙在国外受过军事训练的恐怖分子潜入我国境内，妄图在奥运会开幕期间制造恐怖活动，被我安全部门侦破后，在武警和公安机关联合围堵下，逃到此山林地，地理位置为地图上标注的6号高地附近。要求蓝方采用各种技战术手段逃离红方追捕。演习时间从今天8时开始，明天8时结束，共计24小时。

最后，导调员把对讲机放在嘴边：我宣布，演习开始！

对手是谁？未知。多少兵力？未知。装备如何？未知。逃亡何处，未知？学员们唯一知道的是，他们的演习就这么不明不白地开始了。

地方生从来没参加过演习，部队生也没经历过这种无厘头的演习，整个中队一时间傻愣在原地，不知道何去何从。

几个班长集合起来，在地上展开地图，一块判定了方位，并简单合计了一下情况，结论是：在武器装备和兵力无法与红方抗衡的情况下，唯一的选择只有逃亡，整个中队行动无异于明火执仗，以班为单位向四周分散行动可能是最好的选择。

刘星剑带着四班往东北方向跑去，其他人不明所以，只能一头雾水地跟着瞎跑。

跑了一个多小时，他们爬上了附近的一座小山。刘星剑示意大家趴下来，自己探出脑袋往山下的开阔地望了望，自言自语道："视野很开阔！"回过头，四班的其他人正大眼瞪小眼地看着他呢。

刘星剑笑道："今天奇怪了啊，怎么没有人发牢骚了？"

石磊抹了一下脸上的汗，抱怨道："这么热的天，光跑路就够受了，哪有力气说话？"说完，端起水壶使劲灌了起来。

苏智刚赶紧把石磊的水壶夺下来，瞪了他一眼："你疯了，一天一夜就这么一壶水，喝光了怎么办？"

林小洁拿出挎包里硬得可以当石头用的压缩饼干在大家面前晃了晃，然后用它敲了敲水壶："没事，水喝光了，看他怎么把这一日份干粮塞进肚子里！"

苏智刚有些着急了："班长，你赶快分析情况吧！别过会我们被一锅端了！"

刘星剑苦笑道，"很有这个可能！"他把地图拿出来，放到地上摊平，接着说，"你看，我们在地图的这个位置，基本上处于山林地的中央位置，没猜错的话，我们已经处在红方的包围之中了，不管往哪个方向突围，都会和红方遭遇。"

石磊不高兴了："刚开始就把我们围了起来，导演部这是出的什么情况啊，直接把我们绑在树上让红方捕歼得了！"

刘星剑依旧淡定:"稍安勿躁,导演部的意图绝对不会是让红方赢一场毫无价值的胜利,我们得到的信息很少,按照对等的原则,红方也不会知道我们的具体位置,但他们会拉大作战半径,将一整片山林地的外围全部封控,然后对我们进行围捕。"

说到这里,刘星剑看了李之语一眼:"李之语,装深沉也得有个度啊,你关注这次演习这么久了,不会没有研究成果,这个时候还不赶快帮着出主意!"

所有的人的目光迅速移到了李之语身上,如果不是刘星剑提醒,大家真的会忘掉四班还有这么一号人。

李之语也不啰嗦,直接进入情况:"'泰山–2008'反恐演习是奥运会开始前的一场实战,通过一场战役来确保另一场战役的胜利,我们现在参与的,只是这场演习中的捕歼科目。按照实战的思路,如果本省真的进入我们这么一群荷枪实弹的恐怖分子的话,那我们面对的红方就是整个总队。当前的敌我态势,我同意班长的意见,外围被封控,然后红方将会派出兵力进行'地毯式'搜索。总队派出的搜捕小组很可能是来自各支队的反恐突击队,从去年开始,为了备战奥运会期间岳海赛区的安保任务,各支队都抽调了几十人的精兵组建反恐突击队,已经在总队训练基地封闭集训整整一年了。他们军事素质很过硬,装备也很精良,以我们现在的军事素质,硬碰硬绝对打不赢,借助伪装偷偷逃出去或许有一线生机。至于这一仗怎么打,还是班长定决心吧!"

虽然早感觉情况不妙,但是听李之语分析完了以后,四班的人总算对自己的处境有了更加形象的认识。

听到这,林小洁欢乐了,想到近段日子凌校牛气哄哄的样子,现在他终于受到打击了,不禁幸灾乐祸道:"我就说吗,骆疯子什么时候给我们带来过好消息,搞了半天,总队组织反恐精英们打猎,缺少一些活蹦乱跳并且踌躇满志的猎物,于是乎,我们就被派来给人家当'活靶子'了,臭虫哥,你怎么看?"

凌校悻悻地看了林小洁一眼,把枪往自己身上靠了靠,彻底无语了。

苏智刚瞪了林小洁一眼:"都什么时候了,还有心思在这里拌嘴!照我看，什么突击队不突击队的，都是吹的，论军事素质，我在原来支队也是数一数二的，怕了他们不成，我建议就地埋伏，他们过来以后打他个措手不及，也让这些所谓的精兵长长记性！"苏智刚握了握手中的枪，强攻是他的一贯作风。

"班长，打吧！"四班副这话土是土了点，但挺有煽动性，大家纷纷表示赞同。

刘星剑看了看大家，也不急于下结论："大家先听我分析一下，我们现在的身份是恐怖分子，费了老大劲从国外渗透进来，绝不会就为了在这山沟沟里面和中国武警硬碰硬干一仗，多杀几个武警没意义，我们的主要目的就是为了在奥运会召开之际制造恐怖事件，在国际上造成恶劣影响，损害中国的国际形象。如果要硬碰硬，我们就不用班自为战、分散突围了，一个中队一起上，伏击的效果会更好，不过我敢保证，不出一个小时就会被红方吃掉，咱们学院以后还不成了总队的笑话？我分析，这么大的作战半径，不可能每一个地方都有充足的兵力设卡封控，我同意李之语的观点，悄悄地往城市方向移动，被发现后就突围，只要进入城区人口密集地就算是胜利了！"

好像班长说的话更在理一些，大家不约而同地点头表示同意。

"没有不同意见的话就这样定了！前面这一片是开阔地，我们要快速通过，防止制高点有红方观察哨或狙击手！出发！"刘星剑一声令下，四班便成一路纵队快速往东北方向前进。

顺利通过开阔地，刘星剑让大家停下了来稍作休息。这一路走来什么也没发生，太过平静了，以致大家认为是不是已经侥幸出了包围圈。

苏智刚舔了一下干裂的嘴唇，凑到刘星剑身边问道："是我们分析错了，还是钻了空子？"

刘星剑苦笑道："如果哪个单位让我们这一伙子恐怖分子钻了这个空子，即使是演习，也是要受处分的，你认为会吗？到现在还没遭遇红方的拦截，只能说明总队这个棋盘摆得太大。还有一点，李之语说对了，我们所面对的，确实是整个总队。"

这时，一直没有说话的凌校忽然做了个噤声的手势，"大家听，什么声音？"

所有人静了下来，确实听到嗡嗡的声音传来。

李之语眼尖，指了指天空，说道："大家趴下，是无人侦察机。"

就在此时，远处隐隐传来枪声，不知道哪个班已经和红方遭遇了。

刘星剑随即命令："每个人用树条和青草简单伪装一下，隐蔽前进，红方突击队应该就在附近了。"

山是绿的，草帽是绿的，枪也用青草缠成了绿色，无人侦察机由远及近，在四班潜伏的地方"嗡嗡"的盘旋了几秒就离开了，好像并没有发现四班的踪迹。所有人都长舒了一口气，然后跟在刘星剑身后慢慢向山顶移动。

林小洁他们还没来得及窃喜，刘星剑忽然打了一个停止的手势，在他目光的方向，山下，十几个人的小分队成横队搜索队形，正向他们走来。打头的，竟然还有两条龇牙咧嘴的警犬。

看来冲突是不可避免的，刘星剑小声让大家选好位置，一人瞄准一个，做好突围的准备。

在几十米的距离上，两条警犬忽然朝着四班埋伏的方向吼叫了起来，红方指挥员马上喊了声"隐蔽"。与此同时，刘星剑喊了声"打"，一阵枪响过后，红方队伍里好几名队员已经"牺牲"。刘星剑并不恋战，对着全班招呼了一声："苏智刚阻击掩护，其他人往山上撤！"

撤出还不足百米，一个十几米的陡坡拦住了大家的去路。身后，警犬的叫声已经传了起来，看来苏智刚已经阵亡了。

石磊问："班座，苏班副这么快就挂了，我们怎么办？"

刘星剑显然没料到对面这么快就咬了上来，脸色一沉，对大家喊道："不能让副班长白白牺牲，我们爬上去！速度要快，不然就成为红方的靶子了！"

拿屁股对着敌人的枪口并不好受，所有人都爆发了潜能，原本很陡的坡也没难倒大家。大部分人都爬了上来，就连林小洁也还有两三米就爬上山顶了，凌校着急地向林小洁伸手，喊道："快点，快点啊！"

这时一阵枪声忽然响起，林小洁被这突如其来的枪声吓了一跳，手上的劲一松，整个人便沿着斜坡滚了下去。四班其他人担心地看着趴在坡底一动不动的林小洁，却无能为力，因为红方已经追到坡底下了。红方派两个人来检查林小洁的伤势，林小洁突然跃起向这两个人扑了过来，岂料对方顺势一个抓腕别肘就把林小洁死死扣住,老鹰抓小鸡一样给拎走了。

石磊沉不住气,提枪就向坡下扫射,刚一露头,不知哪里来的一颗子弹已经钉在了身上,感应设备爆出一团红烟把他罩住。石磊不可思议地站了起来,顿时像泄了气的皮球,沮丧地对刘星剑说:"班长,我也挂了!"

刘星剑握了握手中的枪,眉宇间顿时升腾起一股杀气,他看了看四班其他人,大家早已按捺不住心中的怒火,只等他一声令下,就为"死去"的弟兄报仇。

"撤!"实力悬殊,虽然很不甘心,刘星剑还是下达了撤退的命令。

死亡两人、被俘一人,四班剩下的人心事重重地往后山一阵拼命狂奔。这本就是一场不公平的演习,一开始还抱着些无所谓态度的大家,现在无论如何也除不去萦绕在心头的恶气。

杨帆忽然朝前面的刘星剑喊道:"班长,凌校不见了!"

刘星剑回头看了看,果然,自己身后只剩下三个人了,他应该想到的,以凌校的性格,吃了这么大的亏,哪里咽得下这口气。刘星剑苦笑了一下,喊了声"继续前进"!

林小洁身后跟着两名雄赳赳气昂昂的特战队员,双手被反绑,一脸吃了苍蝇的郁闷,心里像打翻了调料盒,五味杂陈:被打死也就算了,做了俘虏,多丢人。

身边"阵亡"的苏智刚和石磊待遇倒是好了很多,既没被绑也没人警戒,有一脚没一脚地跟着往前走。再走一段山路,就有接他们去战俘营的吉普车了。

前方的一束草丛轻轻动了一下,凌校悄悄把脑袋往上探了探。追他们的红方咬着四班的尾巴穷追猛打,他钻了个空子绕了回来,怎么也不能丢下林小洁不管啊。

眼看着林小洁从自己身边走过,他突然跃起向后面的两名特战队员扑过去。乍逢突变,一名特战队员还没反应过来就被凌校压在了身下。另一名特战队员刚要端枪射击,却被回过身来的林小洁重重的撞倒,刚要起身,只觉得脖子一凉,已然被凌校"抹了"脖子。

凌校给林小洁松绑,然后去换特战队员的衣服。林小洁也不客气,几步蹿上去就扒特战队员的衣服。那两名特战队员很不服气地挣扎了起来,凌校眼睛一瞪,阴阳怪气地说:"懂规矩不,死人能乱动么,两个熊兵!"对方狠狠地回瞪了一眼,却不再挣扎。

苏智刚和石磊大眼瞪小眼看着两人换完衣服,倒好像真的阵亡了一样,要走的时候,凌校终于注意到了他们俩,一脸悲痛地说道:"安息吧,副班座,我会给你们报仇的!"

苏智刚牛眼怒瞪:"臭屁什么,还不赶快逃命!"

凌校坏笑道:"逃命干吗,灰头土脸的能逃多久,我要去端了他们指挥所!"

林小洁说:"我不去,我们演的是罪犯又不是演敌后武工队,去端人家指挥部干嘛,想去拉'仇恨'吗?"

凌校看着副班长和石磊,调侃道:"班副和石磊死得这么惨,我们就这么苟且偷生自顾逃命,不合适吧?"

苏智刚火了:"小子,别得意,要不是还在演习,信不信我扭断你脖子!"

林小洁瞪了凌校一眼:"当然是从后面支援班长他们了,再晚一会,班长他们都要阵亡了!"

凌校望着四班逃亡的方向,苦笑道:"恐怕来不及了,即使赶上了也无济于事,这是典型向心搜索,红方摆在前面的突击队只是精兵突击,后面的大兵力合围会把我们的活动圈收缩得越来越小,最后一举歼灭,即使我们侥幸突围,在进入城区的重要关口都会设卡点。"

林小洁叹了口气:"你以为我不知道外围有天罗地网啊,这次演习的目的不就是测试这个网格的牢固程度,那我们就按照上级意图当好恐怖分子,至于结果如何,何必计较?"

凌校眉毛一扬,不服气道:"凭什么按照他们的意图来,我们现在是恐怖分子,没机会渗透到后方来也就罢了,现在有了这个千载难逢的机遇,我们如果能'斩首'红军指挥部,打乱红军部署,中队其他兄弟岂不是多一份生还的希望?"

林小洁犹豫了一下,勉强点了点头:"算了,这次就依你。但我有言在先,你不要乱来,指挥部里可都是首长。万一得罪了哪个领导,毕业后一不小心分到他们单位,还不要排长干到转业?"

凌校开心了:"你还不了解我,我这个人关键时候靠得住!"

特战队员的通信设备传出讯息:"收拢队已到达接应地点,完毕!"

凌校向林小洁示眼神示意了一下,俩人摘下帽子,郑重其事地向苏智刚和石磊的"尸体"鞠了个躬,便往公路的方向跑去。

苏班副和石磊骂道:"这俩熊孩子!"然后满眼关切地看着他们消失在视线中。

前来接应的吉普车上,驾驶员和一名特战队员正在抽烟,凌校和林小洁也不啰唆,走到近前就是两枪,然后把还在惊愕中的两人赶下车去,开车绝尘而去。

林小洁问:"你有驾照?"

凌校的心情显然极好:"老司机了,不过话说红军指挥部会在什么地方啊?"

林小洁无所谓道:"我怎么会知道,不过坐车兜兜风也不错啊!"

两个人漫无目地转悠了一会,终于在路的一侧有人朝他们挥手,林小洁立马将子弹上膛,凌校道:"别急,这个片区和那个片区应该不是一个支队的,不一定会认识我们,见机行事!"

到了跟前,凌校一看乐了,一个红方特战队员押着的竟然是一班长梁向军。梁向军定眼一看,竟然是这两个货,也是满脸惊讶。

凌校装腔作势道:"兄弟,哪个支队的,这个是活的还是死的?"

特战队员道:"我是岳州支队的,这个是死的,大家手里都有枪,活的难抓啊!"

凌校深有感触地点点头:"嗯,死了就不值钱了!不过看起来这哥们素质不错,这么快就落网了?"

特战队员得意道:"我们这边把一个班都收拾了,马上去增援其他支队了,你们帮我把他捎到战俘营吧,我们的收拢车刚送走一波,还不知什么时候回来呢!"

凌校不以为然道:"尸体就扔路边得了,没什么用!"

梁向军听出凌校的调侃,终于忍不住了:"你说谁没用?"

凌校严肃道:"尸体不能说话,违反演习规定!我要向导演部举报!"

特战队员忙打圆场:"他们也挺憋屈,算了吧,都不容易。"

凌校勉强同意:"那好吧,把他弄上来吧!"

梁向军上了车,特战队员说了声谢谢,凌校问道:"战俘营怎么走?"

特战队员随手一指:"不就在那边山……"话还没说完,他脑子灵光一闪,迅速端枪,早就戒备的林小洁一枪把他毙掉了,留下特战队员一脸懊恼的神情。

凌校笑道:"小伙子你反应挺快嘛,我一句话就露底了!"说完,一脚油门就往远处的山坳驶去。

临近战俘营,林小洁和凌校弃了车,悄悄摸上山头,干掉了山顶的潜伏哨兵。凌校往下面看了看,笑道:"这可不仅仅是战俘营,捡到宝了,这不是总队前进指挥所么,你看,指挥车在那边,里面肯定都是大官,拿着枪去扫射一下,指挥系统基本上就瘫痪了!"

林小洁回道:"哪有那么简单,你看那边警戒多严格,我们两个人能摸进去?"

凌校道:"我们有车啊,先混下试试,不行就冲卡,冲过去你给他一梭子子弹,就看导演部怎么判了!"

林小洁摇摇头:"不行不行,撞到人怎么办?"

凌校拍拍胸脯:"老司机了!你还不相信我?"

林小洁感觉不怎么有把握,但事到如今也只有放手一搏了。

两人上车,让梁向军下了车。然后一脸镇定地往营门的方向开去。哨兵拦下了他们,看了一下通行证。撒开拒马刚要放行,门口值班的排长走了过来,问道:"岳坊支队的车,怎么换了驾驶员了?"

凌校故作镇定,回道:"噢,他临时有事!"还没说完,挂挡加油门,车子"呼哧"一声,蹿了进去,林小洁提枪就扫,后面的哨兵身上立刻爆出一团"血雾"。

听到枪声,野战营区内巡逻人员纷纷提枪围了过来,顿时枪声大作。凌校也不管那么多了,心一横把油门踩到底,往指挥车冲去,林小洁举枪就往车上打了一梭子子弹,心里暗自松了口气,胜利了!

可是事情还没有结束，车子前面忽然蹿出很多人来，凌校方向盘左打一下右转一下，晃晃悠悠就奔指挥车去了，听到林小洁大喊"刹车"，他急踩刹车打方向盘，林小洁还没反应过来就被甩了出去，而凌校的车子也和指挥车撞倒了一起。

林小洁顿觉天也转地也转，起身看，凌校被一群人围着狂扁。这时，指挥车上下来一个大校问是怎么回事，凌校被揍得有些火大，从地上站起来对大校喊道："我是恐怖分子，你已经阵亡了！"

大校旁边的参谋气呼呼的回道："简直是胡闹，你知道这是谁吗？这是我们总队的杨副总队长？阵亡不阵亡，你说了算？"

林小洁晕晕乎乎地看了看旁边，自己身着红军服装，没人关注他，枪也在不远处，他爬了过去，心道："你大爷的，不过日子了，我再补一枪，他不就阵亡了！"

紧接着，林小洁的一梭子子弹射了出去，一阵惊愕后，有人夺了他的枪，顺手给了他一拳，林小洁就什么也记不得了。

再醒来时，林小洁感到全身疼痛，头也眩晕得厉害。迷迷糊糊睁开眼，首先映入眼帘的是凌校的脸，后面是四班的人。

凌校开心地笑道："醒了，睡了一天一夜了！"

林小洁有气无力的问道："这是哪儿？"

凌校安慰道："总队医院啊，医生说是轻微脑震荡，不碍事的！"

林小洁瞪了凌校一眼，骂道："你大爷的，你不是老司机么？"

凌校满不在乎地说道："人太多，躲闪不及！你知道你把总队首长给击毙了，你比我牛！"

林小洁顿时想起了他迷迷糊糊放了一梭子弹，伤心地叹了口气："冲动是魔鬼啊，没巴结上大官，这下反而得罪大官了，估计我要排长干到转业了！"

周围的人听了，嘻嘻哈哈地笑了，刘星剑笑着安慰道："年轻人，心思怎么那么重！不要担心，那人是杨帆老爸！"

林小洁听了，心下稍安，又问："怎么处理我和凌校，指挥车价值上千万，这属于故意损坏武器装备吧？"

凌校得意道："一开始给我关起来，说要处理的，后来反而表扬我们了，说是我们俩是这次演习的'亮点'，看起来我们俩还真是黄金搭档。"

林小洁用尽力气抬起手指着凌校，有气无力地喊道："你给我闭嘴，从今天开始，我们俩绝交，鸡犬之声相闻，老死不相往来！"

凌校白了林小洁一眼，病房里又传出了阵阵笑声。

第十一章
参加"奥运"安保

　　学校南北大路的两旁插满了各种颜色的彩旗，几十辆军卡整齐排列在路上。驾驶员们都下了车，一色标准的军姿，脸上说不出的肃穆。这是学员们很少见到的，他们是老兵加后勤——平时松散惯了的。

　　学院首长早已站在了主席台上。全院官兵在操场上整齐列队，满脸庄重地看着院长，他们在等待院长做战前动员。大家眼睛里闪烁着激动和跃跃欲试的光芒，如果军人是一块铁，那就需要实战的锤打才能崭露锋芒，可和平的环境却让他们很少有这种机会。

　　现在机会终于来了。8月，奥帆赛即将在岳海市举行，按照总队命令，学院将担负岳海地区民生目标的守卫任务。学员们将被分散在几十个执勤点，各个分队独立执行任务，长达两个月之久。

　　院长满脸严肃地看着他的学员，久久没有开口。学员们在和谐宁静的校园里待的时间太久了，理论知识比较丰富，可是实践的机会不多，是不是能经得起考验，他这个院长怎能不担心？

　　参谋人员递过准备好的发言稿，院长看了一眼，轻轻地推开了，他并不打算读那份冗长的文绉绉的稿子。壮士出征何须言，长剑出鞘亮忠诚，但有家国危难日，策马扬鞭上战场。心中略一沉吟，他已想好了动员令。

　　"安全！"犹如平地一声雷炸开在学院的上空，中气十足的声音中，饱含着全院官兵誓保执勤目标安全的坚定决心，为了保卫奥运会绝对安全，我们愿意献出一切，哪怕是生命！凝重的空气中忽然多了几分一往无前的杀伐气息，每个学员都不自觉地抖了抖身子，院长用坚定的目光看着他们，他们则用更加坚定的目光回复身材高大的院长。

"安全！"在停顿了几秒钟后，仍然是这一句"安全"，语气却变得意味深长和缓和。仿佛那不是出自高高在上的院首长，而就是一位长者的殷切嘱托，包含些许的担心、期望与爱抚，让人禁不住想起当兵离家，车站上依依惜别时才露出不舍的父亲，想起倚门等待我们回家吃饭的母亲，学员的心顿时感到暖意融融。

"安全！"又是一句高亢的"安全"，坚定得能让人听出后面的感叹号。院长稍一停顿，紧接着便用一句话给他的动员收了尾，把必胜的信心与对学员的期望和鼓励同时喊了出来："期待着你们的凯旋！"

这是林小洁迄今为止听到过的最短的战前动员，也是最精彩的。相信站在队列里的每一个人都听得心潮澎湃，每个人脸上都露出了愈加坚定的神色。随着副院长"登车"命令的下达，学员们开始有秩序登车。十几分钟后，车队像一条绿色的长龙，慢慢驶出了学校。

几百公里的长途行车，车队在下午到达了美丽的海滨城市——岳海市。原本由于旅途疲惫而安静的车厢瞬间又热闹起来，很多学员还从来没有看到过大海，叽叽喳喳地讨论开来。

凌校对身边的07级学员说道："嘿，大海都没见过吗？"

"没有呢，班长。"07级学员憨憨地回答，露出不好意思的笑。

"也没什么不好意思的，今年要在岳海市待两个月，还愁看不到大海啊！海上生明月，天涯共此时，此情此景加上我们执勤时的身影，必将是我们一生都难忘的经历！"说到动情处，凌校还闭着眼深情地嗅了一下，好像已经徜徉在大海边上，大口呼吸着咸咸的海风似的。

旁边的07级学弟不住地点头，很信服的样子。

林小洁看不过去凌校煽情的样子，不以为然地别过头去。刘星剑眯着眼睛，好像还在睡觉，但林小洁看到了他嘴角出现的那抹微微的笑意，知道他其实早已醒来，让他露出这种表情的人，就只有还在幻想着岳海之行的凌校了。

刘星剑感觉到了林小洁注视的目光，睁开眼歪着头朝林小洁懒洋洋地一笑，接着闭上眼睛继续睡他的觉去了。

林小杰对此次重要民生目标的守卫任务也是充满了好奇与期待，这可是他入学以来，当然也是参军以来第一次执行这样的任务。他非常想听刘星剑讲一下他以前的经历，可看到他在睡觉，不好意思打扰，索性把眼睛一闭，往座位上一靠，也睡觉去了。

到了岳海市区以后，车队分散开来，开往不同的执勤点，在每一个执勤点，根据担负任务情况，都有十名至几十名数量不等的学员下车进驻。

"嘿，起来了！到站了！"是刘星剑的声音，林小洁迷迷糊糊中感觉到有人在推他。睁开眼睛，发现车上已经只剩下他们四班八名学员，其他小组的学员已经在前面的执勤点下车了。自己正倚在刘星剑的左肩膀上，而凌校则倚在他的右边，嘴角还挂着几滴口水，看样子也是羽扇纶巾、故国神游已久了。

刘星剑苦笑了一声，说道："到站了！你们还真是心宽体胖，车晃得这么厉害你们都睡得这么香！"

林小洁明白，自己和凌校之所以会睡得这么香，全都是因为刘星剑一路照顾，顿时一股暖流涌上心头，说道："谢谢了，班长。"

话刚说出口，林小洁就感觉自己落了俗套。刘星剑翻了翻白眼，果然不怎么领情："谢倒不必了，你们俩以后少给本班座惹点麻烦，我就谢天谢地了！"

"什么呀，谁给你惹过麻烦，咱们是真正的老兵，从来都是遵规守纪的！"凌校不满地回道。

"好了，老兵同志"，刘星剑给凌校擦了一下嘴角的口水，"咱们整一下装备，该下车了！"

四周的人见了，呼啦啦地笑成了一片，凌校也不好意思地笑了起来。

车停了下来，执勤分队迅速搬下个人的行李，然后列队完毕，带队干部李昭已经在等待大家了。

和想象中的完全不一样，非但没有大场面的欢迎仪式，竟然连个领导出来迎接也没有。传达室的大爷说领导们都下班了，不过住所已经安排好了，并热情地给学员们带路。

执勤分队集中住在一个大房间，其中有一半空间并排放着五张上下铺和一张给带队干部安排的单人床，另一半放着几副桌椅。床上落满了灰尘，地上洒满了报纸、碎纸屑等各种垃圾，显然是好久没人住过的地方了。冷柏走到一张双人床前，手握着床架轻轻摇了摇，竟然吱吱作响。

受到这样的礼遇，学员们的脸顿时阴了下来，这和想象中可差别太大了。倒是带队干部李昭和班长刘星剑仍然很淡定，看不出什么波澜。

传达室的大爷好像也微微感觉有些抱歉，说道："单位没有其他的住的地方，临时准备了这么个地方，你们别介意啊！"

李昭哈哈一笑，说："大爷，您这是说哪的话，我们当兵的来这是执行任务的，可不是来享福的，有个地方住就行！"

李昭话说得真诚，不似有一点作假的成分，那大爷听了，眼里闪过赞许的神色，说："那你们先收拾一下行李，我看门去了。"说完便转身下楼去了。

他刚走，李昭就摘下自己的大檐帽放到桌子上，走到墙角自己先拿了个扫把，然后对大家说："都愣着干什么呀，把行李都放下，先把卫生打扫一下！"

大伙心里都感觉憋屈，十分地不情愿，但看到李昭已经忙活起来了，也就跟着忙活起来。

凌校埋怨道："住得差点没关系，可是怎么到现在连个领导都没看见，明明就是不拿我们当回事！"凌校的声音并不大，但是足够让李昭和房间里的其他人听到了。

还没开始干活呢，林小洁脸上已经汗水聚成堆了，这才注意到房间里别说空调了，连个风扇也没有，抱怨道："这么热的天，这么多人挤在这么小的一个空间内，养猪呢！"

石磊也接了一句："恐怕还不止这些吧，听到刚才的吱吱声了么，晚上睡觉可有的受了！"

"就你们几个话多，扰乱军心者杀无赦！"是刘星剑的声音。林小洁几个发牢骚的时候,他已经拿着抹布在一丝不苟地擦起桌椅来了。

"少来了!",林小洁颇不以为然,"你敢说你心里就没个想法!"

"就是!"凌校附和道。

"第一,说话别耽误干活,林小洁拿个抹布擦玻璃,凌校拿个拖把拖地。第二,有没有想法我们也走不了,所以,把我们住的地方打扫干净才是当务之急。"刘星剑这话并不仅仅是说给林小洁和凌校听的,也是说给其他人听的。内心还有些不满的学员听到班长这么说,觉得还真是这么回事,便一心一意打扫起卫生来了。

林小洁和凌校于是也再不言语,各自忙活去了。忙起来大家就再也顾不得说话了,一时间房间里只剩下了各种清理的声音。清理完室内的卫生,大家就把自己的背包打开,整好床铺,然后叠自己的被子。

一个小时以后,原来脏乱的屋子已经被收拾得干干净净,水泥地面也擦出了原来的颜色,油污覆盖的玻璃被擦得光亮透明。即使没有人检查,铺面也平整无皱,被子依旧有棱有角,这早已经成了学员们的习惯。可是这些还仅仅是表面现象,所有能摸得到的地方都被擦试过,经过执勤分队打扫过的房间,不会有任何的死角。于是,一个好像是闲置已久的小仓库,因为执勤分队的进驻,马上多了几分军营的气息。

执勤分队人员坐在椅子上短暂休息,惬意地欣赏着自己的劳动成果。汗水已经湿透了衣服,微微的风从窗户里吹进来,竟然让大家感觉到丝丝的凉意,也没有先前的那份烦躁了,整个房间陷入了一片宁静。

这时,"砰砰"的脚步声从楼梯那边传过来,来人的脚步急促且有力,颇有点军人的意思。

李昭从椅子上站起来,很制式地整理了一下自己的着装,从房间里走了出去。

来人已经走上了二楼,看到李昭后,原本带点怒意的脸上马上笑容可掬,他向李昭伸出了手自我介绍道:"我是本单位的保卫处处长吴远,负责协助你们的执勤工作,武警同志,欢迎欢迎,有失远迎!"

李昭从容地伸出了手:"客气客气,你们做领导的日理万机,没空迎接也属正常,我刚想去拜会,顺便请示一下工作呢。请进!"李昭客套得有些讽刺意味，但语气却平静而且真诚，让人听不出他的褒贬。

吴处长脸上的笑容略显尴尬，随即又恢复如初。他跟着李昭进了房间，看到房间的内务卫生，马上就愣住了。

作为负责接待执勤分队的领导，他当然知道这两间屋子是单位原来的杂物间，是自己安排人把其中的杂物搬走，并将原来仓库的几张旧床抬进了这间并不宽敞的杂物间。负责对接工作的部门下错了通知，将执勤分队到来的日期下在了明天，导致了很多工作还没到位，这也正是自己怒气冲冲的原因。

看了看眼前窗明几净的屋子，吴处长简直有点不敢相信这就是几个小时之前的杂物房。学员们四四方方的豆腐块被子，平平整整的洁白床单，不禁让他想起了几十年前他当兵的时候，一时间眼角竟有些潮湿。

李昭站在那，却并不说话。吴处长忽然醒悟过来身边还有别人，马上意识到自己的失态，转身自我解嘲地笑道："看来人真是老了，看到这内务就想起了我当兵了那会。我当时是解放军，一晃转业到地方也有20年了！"

李昭笑道："听脚步声也猜出是个老兵了，我该叫您叫声老班长才对！"

这话显然听起来很受用，吴处长笑道："当兵时候养成的习惯了，虽然转业这么多年，依旧还是看不惯地方上这些拖沓的作风啊！你看，又扯上闲话了，你们还需要我们做哪些保障？"

李昭说："没有了，挺好！"李昭答得坚决，像接受上级命令一样没经过任何思考。

听完他的这句话，学员们心里不高兴了。眼前明摆着的就是这间"窝棚"里面需要个空调，这么热的天，这么小的空间，住这么多的人，晚上怎么睡觉？现在农村的养鸡户都懂得给鸡舍加上风扇呢！

吴处长听了，呵呵笑起来了，说道："来的时候我这心里还忐忑不安呢，生怕我们这招待不周让武警同志们责怪，看来倒是小瞧你们了！这几十年部队长期处于和平优越的环境，我一直担心部队的战斗力会下降，看来社会的不良风气没有影响到部队，部队的作风一如既往地过硬！"

吴处长开心得像个小孩子，这让大家伙颇感到亲切，不过心也凉了半截，看来空调的事情还真是没着落了。李昭依旧保持着那种谦恭的笑，一种欠揍的笑。

"不过，小李啊，"吴处长的话锋一转，"我还是得批评你，太拿我们当外人了！我在这屋子里坐了一会，浑身都已经是大汗淋漓了，这样的环境同志们怎么能休息好，休息不好怎么能更好完成任务。现在我们国家经济条件好了，有能力保障好我们的部队！你放心，晚上睡觉前装上空调，在洗漱间装上热水器、洗衣机等设施，解决好同志们的生活必需！执勤方面，老头子我不如你们在行，保障方面我在行，缺什么执勤用品，列张清单，我们用最短的时间给配齐！你们前线执勤，我们搞好后方保障，咱们军民一起保证目标安全，为国家举办一届国人骄傲、世界鼓掌的奥运会献上我们的力量！"

吴处长这话说得太好了，说得大家伙心里暖烘烘的，大家几乎都想鼓掌叫好了，完全忘记了先前对目标单位领导的那种坏印象。对于李昭，学员们更多的是幸灾乐祸，假装作风过硬，碰墙上了吧。

李昭却没有什么不快，他才不会把那当作批评呢。听完吴处长的话，他立刻伸出手和吴处长紧紧地握在了一起，说："请单位领导放心，我们全体执勤官兵一定会牢记职责，不辱使命！"

吴处长说："那你们先休息吧，明天我带着你们转一下单位，介绍一下周围的社情。"

李昭说："我们不累，如果处长方便的话，我们现在就可以进行现地考察！"

吴处长爽朗地回道说："那有什么不方便的！"

执勤点地处市郊，四围山色，和想象中岳海大都市的繁华景色完全不沾边。围墙周长1000米左右，高3米，并没有什么其他的防护措施，围墙下杂草丛生，高可藏人，竟是一派荒凉的景色。

晚饭后，执勤分队开了执勤工作研究会，确定执勤编组、巡逻路线，重申了执勤纪律。刘星剑顺理成章地被任命为执勤点第二负责人，林小洁他们马上给他起了个外号——"点长"。会议后，李昭竟然给了自由活动的时间，说是让学员们四处走走，看看四周景致。

"这个带队干部城府太深，明明让我们再熟悉一下目标单位，还非得借着自由活动的旗号！"说话的是林小洁，他和冷柏、凌校百无聊赖地坐在道路边的草丛上。

"跃马扬鞭到岳海，风尘仆仆为安保。一腔热血杀敌酋，却说四周山色好。任务凭的太平凡，满腹豪情变凄凉。"除了凌校，这个执勤点再没有人能发出如此文绉绉的牢骚了。

"不恶心人你能死啊，正经八百说句人话行不行？"林小洁可不稀罕凌校那些不着调的诗词。

凌校听完了，往后一躺，顺势躺在了草皮上，叹息道："对牛弹琴，还真是没人听得懂高山流水啊！"

冷柏："困了，睡觉去吧……"

凌校："这叫执行什么任务啊，看大门？还不如在学校呢。"

林小洁翻了翻眼皮，无奈道："我们之间，还真是一点共同语言都没有呢！"

早晨的时候，学员们还对奥运会安保任务满腔豪情，在到达执勤第一线后热情便迅速冷却。没有他们想象中的那么传奇而热烈，也没有和奥运会有关的热闹与精彩，更没有岳海的繁华与大海的广博。平凡、平凡、除了平凡就还是平凡，一切都有点索然无味的感觉。

执勤分队在第二天接到学院前指的命令，开始正式上勤。整洁的军装，素白的手套，大沿帽上金色的麦穗，在炽热的阳光下闪着耀眼的光，巡逻一会，汗水就顺着帽檐哒哒地滴下。"四包一"的哨，每班哨两个小时，这就意味着每个人每天至少在巡逻线上走6个小时，而且其中两个小时要在晚上从熟睡中爬起来去上哨。

距离奥运会开幕还有整两周，全国人民迎奥运、庆奥运的氛围越来越浓烈，执勤点却异常安静。唯一能和外界扯上关系的就是一份《岳海日报》，是送饭的大爷一起捎过来的。凌校平素最是耐不住寂寞，现在每天都第一个冲出去打饭，目的就是能够对外界的消息有所了解，读报纸也是他一天中最高兴的时刻。

刘星剑自从当上了"点长"就没个闲时候，除了自己要站哨以外，分队一日生活制度的落实都由他来负责。冷柏计算机二级考试没考过，闲着的时候就拿出计算机二级复习资料在那死背，不知何时还从目标单位的小图书馆里借了几本名人传记，真不知道那个愚笨的大脑袋里是不是真能消化得了这么多。睡眠对林小洁来说永远是个大问题，每天晚上少睡两个小时，加上炎热天气下的巡逻，常常让他犯困，经常在执勤结束后趴在桌子上小眯一会。

"林小洁，不是告诉你趴桌子上睡觉对身体不好么，现在中午休息两个小时，基本保障了八小时睡眠，怎么还是犯困？"长着一副硬汉模样的李昭竟然有过于细心的脾气。

他管得比家长还细，吃饭不要狼吞虎咽，这样对胃不好，每天及时饮水防止中暑，空调不能太贪图舒服开得低于 24 度，洗澡时不要用凉水冲洗，读书不能光看热闹要读有深度的书，从图书馆借来的书都要经过他的进一步审查，衣服及时洗，个人卫生要讲好……最近，又不知从哪得知学员们九月十号要参加全国计算机等级考试，还有的学员要参加十二月份的全国大学生英语四、六级等级考试，他又把学习挂在了嘴边。

不几天，学员们背地里送给他一个比较响亮的外号"李大叔"。

林小洁用力把眼睛瞪起来，满是不情愿地看着李昭，并不回答。李昭看了看其他学员，好像也并不是太振奋，喊了一声："所有人换体能训练服，五分钟以后楼下集合！"

5 分钟以后，执勤分队已经开始了绕巡逻路线 50 分钟计时慢跑。李昭边跑边给大家讲解健康知识："长期待在室内吹空调对身体没有好处，现在社会上流行着一句话是'请人吃饭，不如请人出汗'，以后每天 50 分钟的计时跑，我和大家一起跑！"林小洁听了，露出满脸无奈，不自觉就被队伍落下了。

"林小洁，跟上步子！"刘星剑喊了一声，林小洁赶忙加快了步伐。

晚饭后的自由活动时间，林小洁看着天上的星星发呆，现在城里的光污染这么严重，这么明亮的星星已经很少看得到了。想着想着，他又着实气恼，岳海是个现代化城市，这里没有光污染，只能说明他们离着岳海市区足够远！他只顾着自己胡思乱想，冷柏走到了自己的身后都不知道。

"小胖，身上带了多少钱？"是冷柏的声音。

"500，嗯？我胖么！"林小洁觉得这么一个没水准的外号太影响自己文雅的形象了。

"给我，有点胖。"冷柏总是习惯实话实说。

"是你们太瘦，麻杆似的！"林小洁气呼呼地说道，解开上衣口袋，拿出自己所有的钱，头也不回地把钱递了过去。

"坐会吧，聊聊。这执勤生活，我也真是无语了，这真是在岳海么？哎，对了，鸟不拉屎的地方，借钱干什么？"林小洁自顾自说了一大通，却发现冷柏不发一语。回头看时，已经不见了他的身影。

"这家伙，永远这样沉闷么？"林小杰自言自语道，又兀自看星星去了。

清风明月疏星，绿树青草鸣虫。午夜了，万籁俱静。

月光下忽然出现一个高大的身影，急速蹿到围墙边高高的灌木丛里，静静地潜伏了下来。远处，两名哨兵正拐过墙角，向这边走来。哨兵是凌校和石磊，他们的目光扫过高高的灌木，却什么也没发现，继续前进，很快消失在另一个拐角。

草丛里的人影忽然蹿出，退后几步然后急速冲向围墙，左脚一蹬墙，双手扒住墙头右腿干净利索地摆起，脑袋已经探过墙去，正是400米越障翻越高墙的动作。右腿过了墙头，只要顺势摆过左腿，那么他的整个人就已经在墙外了。

就在这时，墙上的冷柏忽然觉得左脚被人扣住，接着一股巨大的拉力传过来，硬生生地把他扯了下来。

冷柏左脚落地，右脚立刻一个回身飞揣，对方显然很熟悉他的套路，一个后撤步，灵活闪过。冷柏一击不中，立刻收回右脚抬起两臂成格斗姿势，定眼看过去，发现竟是刘星剑站在对面，神情非常放松地看着他。

"别拦着我。"冷柏干巴巴地吐出几个字来，并不解释，"不然你会吃亏的！"

"我不可能让你出去，你明白的！"刘星剑的语气依旧淡淡的，却透着毋庸置疑的坚定。

冷柏再不言语，轻喝一声便和身扑上。他明白，再拖延十几分钟，巡逻的哨兵就会转过来并发现他们，那样的话，无论如何他也走不了。

冷柏虎虎生风的一拳直接朝刘星剑的面门打过去，原指望一拳逼退他，自己再趁机越墙而出。可是迎接拳头的竟是刘星剑的左颊，等冷柏发现对方根本没想躲闪的时候，拳头已经打上去了。

硬邦邦的感觉，冷柏愣愣地看着自己的拳头，有些不敢相信，喃喃地问道："为什么不躲？"

刘星剑把脑袋正过来，嘴角上已然渗出血丝，口气依旧淡淡的："让你冷静一下，除非你把我打趴下，扔到哨兵发现不了的角落里，不然你走不了的！"

"为什么不让我走？你根本就不知道我为什么要走！"冷柏硬邦邦的话中透着急躁。

"不管什么情况，你都不能这么一走了之，你是老兵了，应该不用我给你解释的。"刘星剑双眼径直盯向冷柏，没有对冷柏私自离队的疑问，只是透着绝不放人的斩钉截铁。

"一个地处市郊的电厂，我不懂我们待在这里到底有什么用！我妈检查出癌症晚期，医院下了病危通知，你知道一个病危的母亲对儿子的那种牵挂吗？你知道作为她在这世界唯一的亲人，作为儿子，我的那种绝望吗？"好像忽然明白自己是走不了了，冷柏歇斯底里地咆哮起来，像一只受伤的豹子。

"为什么待在这你不要问我！你懂我们为什么待在这，电站受到袭击，整个岳海市区三分之一的地区在奥运会期间将陷入黑暗，你知道对于东道主中国那意味着什么！这一点，即使凌校和林小洁那两个永远满腹牢骚的家伙也知道！"刘星剑忽然加重了语气，"还有，或许我不明白你的那种绝望的心情，但我明白一个病危的母亲，看到从前线逃回的儿子会有多失望！"

"我不是逃兵！"冷柏愤怒了。

"你不是吗？"刘星剑冷冷地反问。

"是逃兵又怎么样？"冷柏安静了下来，语气中透着自失。他抬头看着刘星剑，即使看不清对方的表情，也能想象到他那张永远一本正经的脸。

刘星剑语气变得柔和，安慰道："冷柏，你是个老兵了，老兵都有自己的坚守和信仰。"

冷柏硬硬的语气充满感伤："很小的时候父亲去世，是妈妈一个人把我拉扯大。她说最喜欢当兵的，所以我来当兵。她就是我的信仰，我为她当兵，为她坚守，现在我的世界坍塌了……"

冷柏没往下说，因为他说不下去了。他听到了什么东西碎掉的声音，那是他身上时刻保护着自己的无比坚硬的壳，一片，一片，又一片，落在地上发出清晰的脆响，在这安静的夜里，仿佛古刹的钟，一声一声敲打着自己的心。

眼泪落了下来，悄无声息的，疲惫的感觉涌上心头，冷柏竟有些站不住了，刘星剑扶住了他。

冷柏感到刘星剑粗糙的手上传来巨大的力量，如此令人信赖。他忽然伸出双臂，搂住了刘星剑，"呜呜"地哭了起来，哭得绝望而窒息。

"还真是一群让人放心不下的孩子呢，觉都睡不好！"不远的拐角处，李昭轻轻地叹了口气，然后转身离开了。冷柏悄悄走出宿舍的那一刻，他就已经知道了，接着是刘星剑，于是他意识到事情的不一般，也跟了出来。刚才的一幕，他全部看在了眼里，却始终没有露面，他相信刘星剑会处理好的，而他的出现，也只不过是徒增些尴尬而已。

李昭回到办公室，拿起了电话，接通了前指值班室，值班的干部在电话响三声之前拾起了话筒，这说明值班的同志也正一丝不苟地坚守着岗位。整个国家现在有多少军人抛家舍业，正全力以赴地战斗在岗位上，一丝不苟地履行着自己的职责呢？李昭忽然间有些伤感，苦笑了一下，理一理思绪，把情况汇报了一下："13号执勤点，学员冷柏的母亲病危，其身边再没有任何直系亲属……"

冷柏和刘星剑向宿舍走去。

"没打疼你吧？"冷柏问道，他已经恢复了平静，好像还是那块从来不会受伤的钢铁。

"没打疼，倒是差一点被你勒死。"刘星剑笑了笑。

"你怎么知道我今天想离队的？"冷柏不解地问道。

刘星剑："从来不乱花钱的人，却几乎借光所有人的钱，再说这是个鸟不拉屎的地方，有钱也没处花的，你的行为不是太反常了吗？"

冷柏："噢！……"

刘星剑："这就是你违规把手机带到执勤点的原因？离开学校的时候，

你就已经知道母亲住院了吧。"

冷柏："村里的乡亲给我打电话让我回家看看的,当时还没有出诊断结果。"

"站住!口令!"凌校的声音,他们从围墙的另一头转了回来。

刘星剑："忠诚,回令!"

凌校："使命!"

走近了,凌校阴阳怪气地说："点长,还不睡?"

刘星剑："不放心,怕你们不尽责啊。"

"切!"凌校不屑地哼了一声,继续向前走去。

"注意安全,提高警惕!"刘星剑惯性地加了一句。

"知道了,知道了,都是第二年的老兵了!知道什么是老兵吗?"凌校不耐烦地嚷嚷。

"这家伙!永远让人不怎么放心。"刘星剑叹了口气,冷柏却觉得这种习以为常的对话现在特别亲切,他有点后怕,自己真的翻出那道墙去,又该怎么回头?

回到宿舍,刘星剑心虚地看了看李昭的床铺,没有任何的动静,睡得正香呢。他和冷柏小心翼翼地爬上了床,一夜无话。

第二天一早,刘星剑把冷柏的情况单独汇报给李昭,李昭认真地听着,丝毫没有露出事先知道的表情。

晚间的时候,执勤点的电话响了起来,李昭接过来,脸上马上露出严肃的表情"是!是!是!"他连续答"是",一看就知道打电话过来的是个首长。

过了一会,冷柏被李昭喊过去,李昭把电话递给了他,小声地告诉他,对方是学院院长。

给他打电话的竟然是院长!冷柏本能地保持立正,院长的声音完全没有了平素的威严,更像是长者的问候："冷柏同志,执勤累吗?"

"报告院长,不累!"

"你母亲的事情我们已经听说了,今天下午学院和你们家乡的政府部门取得了联系,当地政府对这件事情很重视,他们承诺负担你母亲住院期间的所有费用,派专人照顾你母亲,并且希望你能在奥运安保一线好好执勤,为家乡人民争光！"

"谢谢院长，谢谢大家，我会好好执勤上哨的……"冷柏本就不善言辞，重复了几句谢谢后，声音哽咽了。

"需要请假回家吗？"院长威严的声音中透露着期许，他想知道电话那边的学员素质是不是过硬，是不是仍然适合担负此次光荣而艰巨的执勤任务。说实话，当前勤务这么重，他手里真的没有一兵一卒的机动兵力可用，但如果学员真的要请假回家，这也是人之常情，他也准备同意。

"我的战友需要我，我的母亲也希望我能站在这，我不回去！"冷柏语气坚决。

"小伙子，好样的！"电话那边，院长的嘴角露出一丝满意的笑容。是啊，有这样的兵，他这个学院院长是应该高兴和自豪的！

想到母亲得到了很好的照顾，几天来压在心头的大石忽然落了地。

放下电话，冷柏看看窗外，一线阳光穿云而出，把云彩映得五颜六色。盛夏的傍晚，竟是如此美丽。

第十二章
风雨中成长

在全国上下火一样热烈的迎奥运热潮中,林小洁所在的执勤点每天重复着站哨、看书、训练,不仅没有想象中的刀光剑影,反而比学校生活还枯燥。

当然,也不全是安静的,不远处的松树上,鸣蝉正欢快地歌唱着它们所喜欢的夏天呢。不过,这显然让本已心中烦闷的林小洁等人深恶痛绝,因为李昭大叔又带着他们顶着大太阳跑步。于是鸣蝉们兴高采烈的歌唱,对这些苦难中的人们来说,更像是一种嘲弄。

"这知了,烦死了!"林小洁对着后边的凌校小声喊了一句。

"就是,观察一下方位。"凌校回了一句。

"八点钟方向,松树!"林小洁早已探查好了。

"报告,系鞋带!"凌校喊声"报告",停了下来。

"准!"跑在队伍前面的李昭头也不回就同意了凌校的请求。

凌校退出跑步队伍,蹲下来装作系鞋带状,一直等跑在最后的刘星剑也从身边经过,便迅速朝松树的方向跑了过去,狠狠地踢了几脚:"叫你们嚷嚷!"

鸣蝉们受到惊吓,从树上飞走了,凌校嘴角露出得意的笑,还想往树上再踢一脚的时候,刘星剑严厉的声音却从不远处传了过来。

"凌校,跟上!"

跑步的队伍里响起了学员们嗤嗤的笑声。最前面的李昭当然知道后面发生的事情,脸上无奈地笑了笑,但并没有停下队伍去批评凌校。当然,这并非因为他不是执勤分队学员的直接领导,怕得罪了这些小子,而是他有点理解这些家伙们烦躁的心情,也知道以后这样的情况不会再发生,因为刘星剑是个值得信任的班长。

跑完步以后,刘星剑把凌校叫了出去,林小洁也跟着跑了出去。

"班长,这是我们两个人的主意!"不等刘星剑开口,林小洁便主动承担了责任,他不是那种敢做不敢当的人。

"还挺讲义气?"刘星剑板着面孔,他今天要给这两个家伙好好地上一课,"你们俩还真是活宝!当兵不是一两天了,口口声声把自己叫作老兵,队列纪律都不懂?"

"懂!"林小洁和凌校拔着军姿,异口同声、响亮地答道。

"明知故犯,是不是?"刘星剑依旧很严肃地反问。

"班长,别生气啦!"林小洁忽然变出一副赖皮兮兮笑脸来,"我们不过是一时起了玩心,以后改正还不行啊!"

"你们不是一时起了玩心,压根就是浮躁了,厌烦了,安不下心来执勤了!想踢几脚松树发泄一下?"刘星剑的语气很严厉,但他其实并没生气,只是要给他俩敲敲警钟提醒。"你们对我们执行的任务从一开始就没有一个很清醒的认识,把此次民生目标守卫任务想象得过于的……那个什么,用你们的话说'铁马冰河',对吧?"

林小洁和凌校悻悻地低下了头。的确,刚刚接到任务的时候,他们兴奋得好几天没睡觉,特别是凌校,心想在学校里整天学习训练,当真是没有当初自己报考军校时期盼的那些铁画银钩,这回可有机会让他带着吴钩"收取关山五十州"了,可没想到却在这么个山沟里窝了起来,你说憋屈不憋屈!

"果然,军人最大的敌人莫过于和平与安逸了,成吉思汗的子孙们入主中原时多么意气风发,清朝的八旗军入关时何等神勇,不过可惜了……"刘星剑扔下半句话,满脸戏谑地瞅着眼前二位。

等着那两位被瞅得心里发毛的时候,刘星剑满意地丢出了一句让凌校和林小洁都感到脸红的话:"噢,忘了,忘了,我是班门弄斧了,忘了两位都是高才生，却在二位面前谈今论古，见笑了！不过还得提醒一句，敌暗我明，或许破坏分子正躲在角落里等待着我们自己松懈也说不定呢！"

刘星剑最后的一句话说得轻描淡写，凌校和林小洁却有些心惊肉跳的感觉，开始为自己的放松而感到惭愧起来。

"明天，总队将组织各奥运安保任务部队进行宣誓，在岳海支队设立会场，每个执勤点除了留下两名哨兵以外都要参加。"刘星剑说完，看了看凌校和林小洁。

凌校立刻兴奋起来，高兴地说道："太好了，终于可以到市里转一转，放放风了！"

"放风？这么庄严的宣誓就让你们想到了这个！"刘星剑简直为之气结，"你们觉得以你们这样的作风纪律，是让你们去丢我们执勤点的人呢，还是更适合担任留守任务呢？"

"不，刚才是开玩笑呢，我们是去接受心灵的洗礼，进行灵魂的升华！"凌校赶忙表态，一边瞅机会踢了下还在木讷中的林小洁。

"是，接受爱国主义和战斗精神教育！"林小洁也不想放过出去透透风的机会。

刘星剑装作没有看到他们俩自作聪明的小动作，冷着脸说："回去好好反思一下吧！"

"不用再考虑一下么，这么光荣的时刻，人这一辈子可经历不了几次啊。"

学习室中，李昭满带着赞许地看着刘星剑和冷柏。前指下来通知，命令13号执勤点出动七名同志参加后天上午的奥运会安保宣誓活动，由各执勤点的干部带队。要留下两人执勤，可留下谁呢？且不说这次宣誓意义很重大，就想想这些学员自来到岳海市后就扎进这山沟，他们还是爱热闹的年纪，都眼巴巴地想去市区看看。

李昭刚还在想着这事，刘星剑和冷柏就来了。刘星剑说："让他们去吧，熏陶一下，我是老兵了，多次参加过这样的活动。"

李昭笑道："奥运会首次在中国举办，百年圆梦，意义重大，你小子到哪去参加过这样的活动，牛哄哄的！"

李昭这样说，并无一点批评之意，全部的赞许都在话里面了。刘星剑不好意思地笑了。

"那你呢，冷柏？"李昭转向一丝不苟站立的大块头，"你也是因为是老兵了，参加过这样的活动，主动让出机会？"

冷柏显然没有什么幽默细胞，实事求是回答："我不爱热闹，人多的地方不想去。"

即使是已经接触过一段时间，冷柏的说话风格仍然很难让人适应，李昭苦笑了一下："说话实在，我喜欢！"

两天后，执勤分队换上了崭新的07式春秋常服。这是夏季，穿短袖的季节，换上常服扎上领带就是为了体现宣誓的庄重感。林小洁和凌校兴奋得一点也感受不到闷热，他们终于如愿以偿地没被留守，庆幸，愉悦，让他们忘了夏天的炎热。

尽管刚刚离开半个月，可看到其他值勤分队的学员时，林小洁们感觉仿佛是过了几个世纪，亲切的样子好像战争时期的友军会师，又是抱又是笑的高兴得不得了。

会场是露天的，布置的庄重而富有军事特色。四周是装甲车、反恐突击车、防弹运兵车等装备，一袭黑色反恐服、手持黑色95式自动步枪的战士高挺着胸膛站在车边上，眼睛中透着自豪。这是岳海市支队的"利剑"反恐突击队，为了显示用我必胜的决心，作为东道主的岳海市支队，估计把全部家底都亮了出来。

训练处长调整队形，参与此次任务的各支队支队长站到队列的前面，学院的院长不知什么时候也站到了队列的前面。

要开始了，与会人员开始最后一遍整理自己的军容。一个身着礼服的少将走到了主席台上，站在后面的凌校小声说道，是总队政委。

宣誓仪式开始，会场静了下来。

海滨城市的天气是多变的，刚刚还艳阳高照，这一刻却阴云密布，在与会官兵即将开始宣誓的时候，一场阵雨却不合时宜地落下了。雨水打在崭新的夏常服上，从帽檐流下打在眼睛上，顺着衣领流进脖子里，但队列里没人动一下。

参谋人员拿着伞冲到了主席台上,快速在总队政委头顶上撑起了雨伞。政委却轻轻推开了,调整军姿,一丝不苟地和大家一起站在了雨中,崭新的少将礼服,很快就被雨水打湿了。

论职务,他是最高首长,论年龄,他比林小洁的老爸还得大许多,林小洁真觉得这犟老头没必要非得和他们这些20出头的小伙子较真,毕竟不年轻了,即使他打伞官兵们也能理解。可政委偏偏就那么轻轻地推开了雨伞,好像这一切就没有什么大不了的,本来就应该这样做的。

会场静了,静得出奇,一时间只有潇潇落下的冷雨,擂鼓点一样击打着每一名官兵的心房。林小洁感动了,感动不仅仅是因为一个少将在雨中站立,更是因为他看到了一个将军把和士兵一起站在雨中这件事看得很平常,平常处见真情。

林小洁高高挺起了胸膛。这是他最认真的一次站立,虽然这一次偷偷懒也没人会发现,因为这冷雨模糊了人们的视线,因为其他人也都全神贯注地进入了忘我的境界。

这场突如其来的雨丝毫没有影响到宣誓仪式的进程,按照各个参战支队表决心、宣读誓词的顺序一直持续了一个多小时。

雨在下,洗涤着世间的尘垢,也拂去蒙在心灵上的喧嚣。就在那雨中默默地站立,无语却又深刻地站立。站着站着就感动了,沉默着沉默着眼眶就湿润了。成长那么简单,在漫天飘零的清冷的雨中,心在一片温润中突破厚厚的壳,生根发芽,冒出绿意。估计连那位在风雨中一丝不苟肃立的将军都不曾知道,在这短短的一个小时里,他眼前的那群年轻稚嫩的战士,已经长大了。

奥运安保就此拉开了序幕。年轻的学员们终于有机会离开校园,参与到这个令所有中国人都为之自豪的大事件中去,有机会将自己的心和祖国的脉搏紧紧地贴在一起,他们心中的骄傲溢于言表。

真正进入实战,学员们才看到,这个和平的年代并不总是像表面看起来那样风平浪静。每天从传真机中吐出各种文件和通报,国内外各种反华势力正在酝酿着一场场阴谋，企图在奥运会期间制造恐怖事件，以此影响、毁坏中国的国际声誉。就在近日，我国边疆某地，公安某边防支队一个出早操的中队遭到几名恐怖分子开车袭击，恐怖分子虽然被击毙，但中队却付出了死伤数十人的惨痛代价。林小洁和凌校忍不住咂舌，这样的事情在他们看来是有些难以想象的。

夜深了，总队参谋长的房间却依旧亮着灯。他的案头放着的书上记录了奥运史上恐怖袭击的案例。2008年的北京奥运会同样危机四伏！象征"友谊、和平"的奥运圣火，是国人的百年梦想。在整个中国都在为这场盛事而欢呼雀跃的时候，国内外各种反华势力也同时将罪恶的目光瞄向了北京奥运会。

"前车之鉴，后车之覆！公安边防支队遭遇的这起恐怖袭击事件，以及近几届奥运会出现的安全问题，不能不引起部队的高度警惕啊！所有的堡垒都最容易从内部被攻破，如果不是自己放松了警惕，怎么会让犯罪分子有可乘之机！当前，奥运会的主会场北京，已被安保部队从天上到地下布下了天罗地网，恐怖分子很有可能会在岳海市等分会场寻找可乘之机！"总队参谋长一脸严肃地看着挂在墙上的巨幅岳海市地图，心事重重地分析着眼下的形势。地图上面用标签标注着各个执勤点的位置，每一个位置他都实地检查过，每一个执勤点他都烂熟于心。

训练处长在门外喊了声"报告"，进来后将一份行动方案递给了参谋长。参谋长直接翻到了最后一页，后面是总队长和政委的签名，行动方案通过了！

这是一份代号为"蓝色闪电"的行动方案。总队决定秘密派出"蓝军部队"，对所有执勤点进行不打招呼的检查，主要以"扔炸药包""投毒""伪装潜入""摸哨"为主要手段，以此检验部队履行职责使命的情况，提高部队的警惕性和应急反应能力。

参谋长对训练处长讲："由你组织，安排直属支队特勤中队担任蓝军，不要走漏风声。"

凌晨两点到四点的哨，林小洁和冷柏沿着围墙巡逻。当过兵的人都知道，这是最煎熬的一班哨，睡得最香的时候被喊起来，下哨以后精神却好得很，困意全无！等你翻来覆去好不容易睡着了，起床号却响了起来！

小声聊聊天是赶走瞌睡虫的最好办法。林小洁想起了昨天看的奥运简报，这是份学院主办的小报，主要报道在执勤过程中发生的好人好事。他在报纸上看到了好几个自己中队学员的名字，既羡慕又嫉妒："看昨天的奥运简报了吗，简报上竟然讲小龙'用一口流利的英语和美国女孩交流，最终给迷路的外国友人指明了道路'，谁不知道谁啊，就他那英语水平？吹吧！估计是手脚并用加上几十句蹩脚英文才勉勉强强让人听懂了！"

冷柏说话比较客观公正："是有点吹牛，但是小龙简单的英语对话应该是可以的。"

"可惜了。若是我在那里就好了，人长得帅，英语又好，指定能代表咱们中国武警威武文明的形象！唉，我要在市区执勤点就好了。"林小洁艳羡道。

冷柏："你别以为去市区执勤点是好事，他们执勤以外的活动范围基本上就在宿舍里待着，还不如我们呢！"

林小洁刚要回话，冷柏却忽然做了个嘘声的手势，拉着林小洁一起蹲了下来，轻声说道："有情况！"

林小洁侧着耳朵听去，并没有什么声音，便回道："你别一惊一乍的，搞得我这么紧张！"

冷柏却不和林小洁废话，一只大手把林小洁的嘴巴捂得严严实实，两个人静待在墙边上，竖着耳朵听着围墙外的响动。

就在林小洁沉不住气要挣脱的时候，一个"炸药包"扔到了距他们不远处的巡逻道上，冷柏立即用庞大的身子把林小洁护在了下面。

"炸药包"并没有响，墙外跑动的脚步声却响了起来。冷柏站起来推了一下有点发蒙的林小洁，喊了句"快给执勤分队报告情况"！自己回身向发出声音的方向追去，跑出几十米他一踩墙壁，翻身出了围墙，墙外立刻传来一声闷哼。

林小洁跟着冷柏跑了过来，边跑边用对讲机汇报："西侧围墙外有人袭击，并向围墙内投掷了不明爆炸物！"

很快对讲机里传来声音："重复一遍！"

林小洁沉下声来回答："西侧围墙外有人袭击，并向围墙内投掷了不明爆炸物！冷柏已在围墙外与敌遭遇。"对讲机回答"明白"。林小洁将对讲机往腰带上一挂，运足了力气往围墙边跑去。

冷柏刚从围墙上跳下来，就见一个人影飞速朝自己这边冲过来，伸手一抓一送，那人便被他扔到了沟里面。接着，冷柏提起拳头就朝另外一个跑过来的黑影打去，来人躲闪不及，反应却相当迅捷，一记右直拳对上了冷柏的拳头，两拳相交处立刻传来清脆的响声。

铁锤一样的拳头上传来硬生生的痛感，冷柏内心惊讶，来人不仅反应快，手上功夫也是了得！对方也在心中赞道：这小子有两下子！站在冷柏对面却也不急着逃跑。

冷柏探臂收拳做好守势，只要能拖住对方几分钟，援军就会来到，到时候偷袭的人即使有再大的本事也逃不掉。

林小洁好不容易爬过墙头，就看到冷柏正和一个黑影对峙，便飞身跳下。草丛里一个人正欲爬起，林小洁一脚踹过去，和身扑了上去，一时间和那人打得不可开交。

看到对方不慌不忙的样子，冷柏的心猛地颤了一下，"调虎离山"！一念及此，冷柏大吼了一声，不要命地冲了上去，必须迅速解决对方，不然后果不堪设想！

援军比执勤分队模拟演习的时候来得要快，原因是大家并没有穿戴齐整。脚上没穿袜子，上身没穿上衣，还只是穿着睡觉时的背心，听到报警信号，大家蹬上裤子抄上床头的警棍，就迅速赶了过来。

对方看到援军来了，迅速往后退了几步跳出战圈，喊道："不打了！"然后就地坐下真的做束手就擒状。冷柏警惕地看着对方，头也不回地对身后的人喊道："其中有诈！另一拨人估计已经潜入目标区域，你们火速增援！"

对方笑道："聪明！不过现在才想到，恐怕已经晚了吧！"

身后的援军并没有动静，冷柏火了，吼道："快去！"

一只胳膊搭在自己的肩上，冷柏诧异地回身看去，援军竟只有苏智刚和杨帆两个人！

苏智刚淡定地回道："放心！核心区域交给其他弟兄好啦！"接着，他收回胳膊，把自己全身的骨头活动得咯吱咯吱响，在这执勤，真能闷出个鸟来，他早想活动一下身体了，不过看起来对方还挺能打，竟然把冷柏搞得这么狼狈。

对方看了看冷柏这方并没有收手的意思,站了起来,掏出自己的证件扔了过去:"直属支队特勤中队中队长刘锋!"

苏智刚接过证件,没怎么看就揣到兜里,说道:"对不起,大晚上看不见,先委屈您一下!"他话说得很客气,手上的动作却一点没松懈,和抓真正的犯人没什么两样,直接把刘锋的胳膊别在了背上,这下对方插翅也难逃了。

杨帆跑到草丛里帮林小洁扭住了另一名"偷袭者"——特勤中队的战士。已经报明了身份并且停止了抵抗,还受到这种待遇,特勤中队的战士很不满地扭动了几下身体,林小洁于是狠狠地加重了手上的力量,刚才厮打过程中他可被这小子打了好几拳。

苏智刚拿过林小洁别在腰上的对讲机,向李昭汇报情况:"第一小组成功抓获两名嫌犯!"

"嫌犯"两个字太刺耳,特勤中队的战士很不满地喊道:"你小子叫谁嫌犯?说话注意点!"

林小洁一脚踩到对方膝窝上,迫使对方单膝跪地,讥诮道:"手下败将,还敢嘴硬!"战士不服气,拼命地挣扎了几下,得到的回复是加重的疼痛感。特勤中队中队长刘锋扭头看了看这边的情况,苦笑着摇了摇头。

对讲机里传出李昭的声音:"将嫌犯带回值班室!"

十几分钟后,除林小洁和冷柏外,执勤分队整齐列队,目送训练处长离开。蓝军的另两名企图安放炸弹的"偷袭者",在接近核心区时被捕获。执勤分队的快速处置行动受到了处长的充分肯定。

林小洁和冷柏依旧不紧不慢地行走在围墙边的巡逻道上,林小洁心里不服,还感觉意犹未尽,说道:"被那小子一拳打在眼眶上,估计明天该熊猫眼了,下次别让我碰到他!"

冷柏说:"碰到了你就能打过人家了?打架怎么还是野路子,一点长进也没有!"

林小洁不高兴了:"乱拳打死老师傅,那才是武学的最高境界!再说了,你以为是个人穿上武警的衣服就马上成了武林高手了,我前十几年可没想到以后会学习怎么和人打架!"

冷柏哭笑不得："都两年了，你还把自己当地方高中生啊！"

林小洁于是狠狠地对冷柏说："你不要得意，等到毕业的时候，我一个人揍咱们班剩下的七个人，到时候都别说我不讲交情！"

冷柏看到林小洁龇牙咧嘴的样子，笑了，林小洁也绷不住了，跟着笑了起来。

因为这次"蓝军偷袭"行动，安静的13号执勤点还真是热闹了几天。所有执勤官兵精神高度紧张了起来，不管是防范真正的敌对分子还是防范上级领导的检查，都必须万无一失。

地方有关领导知道了这次演习行动后，几天后也来到执勤点实地考察。他们对执勤武警几步翻出三米高墙持怀疑态度，直到把冷柏拉来表演了一下他们才相信。

高墙形同虚设，各级领导非常重视。他们走后，一支施工队被派了过来，乒乒乓乓地在原来的墙顶上又加了一道一米高的铁丝网。

几周以后，岳海市奥帆赛相关活动全部结束，学员们的执勤任务圆满完成。返回学校的时候，他们已经是大三的学员了。

岳泉大学，全国计算机等级考试三级网络技术的笔试考场。

考场的气氛安静而肃穆，但细看却能发现考生们的表情各异。一些考生全神贯注奋笔疾书，一些考生冥思苦想仍不得结果，着急地啃起了笔头，还有一些心怀鬼胎的家伙眼睛时不时瞟一下监考老师，期望瞅准机会钻个空子，却被监考老师不时扫过的严厉眼神缚住了手脚，一时间只能对着考卷翻白眼。

这时，一名考生站了起来，交卷。监考老师低头看了看手表，时间刚刚过了30分钟，根据考试规定，过了30分钟以后就可以交卷走人的。不过，根据监考老师多年的经验，这时候交卷的考生通常只有一个情况——和白卷的情况差不多。

计算机三级考试是选修课，并不与学位和奖学金挂钩，学校也不做硬性规定。报考的同学就只为拿个三级证书，说不定以后找工作的时候还能派上用场。也正是因为这样，学生们学得并不扎实，有的甚至没怎么学就来考试了，期望能侥幸过关而往往失望而归。

监考老师见惯了这种类型的考生,脸上并不见波澜,可当他接过考生递过来的考卷时,脸上却出现了几丝惊诧的神色,答题卡被工整的字迹填满了。作为计算机专业的老师,他一眼便能看出这个考生可不是胡乱蒙上了事,答题的正确率极高。计算机三级网络技术考试的笔试部分是比较难的,说难是因为知识点比较零散,相互之间又毫无联系,经常背了这条忘了那点,再加上试卷的题量比较大,非计算机专业的学生,很难在30分钟时间内做出这样一份试卷的。而计算机专业的学生,是不会出现在这个考场上的,因为他们免考!

枪手!监考老师脑海里忽然闪过一个大大的叹号,喊道:"等一下!"

都已经走到考场门口的考生错愕地停住了脚步,转过头来望着监考老师,不解其意,监考老师则要求考生不仅出示准考证,还要出示学生证。

"军人?"监考老师看着印着国徽的墨绿色学员证,翻开证件以后他更惊讶了:"林小洁,武警岳泉指挥学院,06届学员。"他仔细打量着一身便装的考生,眼前的考生从头到脚一身清爽的运动装,稚气未脱的脸上配上这身装扮更像是本校的大一新生,无论如何也让人联想不到军人的身份,更不用说"大三学员"和"老兵"身份了。

看到监考老师满脸的疑惑,林小洁终于明白了怎么回事,想来自己这张脸除了黑一点以外,的确不太像一个兵。他没有解释,两手一摊把自己满手的老茧亮在了监考老师的眼前。

监考老师看着林小洁手上的老茧,厚厚的眼镜片后紧缩的眉毛松开了。那么厚的老茧,给人的感觉图钉都扎不进去,绝对不会是一个象牙塔内大学生的手。监考老师把准考证还给了林小洁,歉意地笑了笑。

林小洁笑着接过证件,出了考场。

因为上半年在这里参加了英语四级考试和计算机二级考试,林小洁对这所大学的校园还算熟悉,其中有很多值得一转的角落。利用考试的机会好好欣赏地方大学的风景,其实是林小洁盼望已久的事情,可今天,他却没有什么兴致再去转一遍。

坐在树荫里的排椅上,林小洁慵懒地看着他曾经无数次向往过的大学生活。美丽的校园环境,浓厚的学术氛围,一路高兴谈笑的青年学子,成对的情侣招摇地炫耀着他们的爱情，一派悠闲的气息。他想，如果不是家庭的变故，或许他拥有的也是这样的人生吧。可此刻，他却再也不羡慕这种生活了，因为一味的安逸已经不是他想要的幸福了。

凌校不知何时走到了他的身边，把手中的考试袋往排椅上一扔，下一个动作是把自己也扔到排椅上。凌校的眼光随着林小洁的眼睛看向远方的建筑——图书馆，这座大学里最好的建筑之一。

"不是说要来看美女吗？怎么在这里傻坐着？"

"我在想，如果我不上军校，会不会和这里的学生一样，过着这样每天都可以无忧无虑享受阳光的生活。"林小洁并没有看凌校。

"生活不能假设，真实的只有现在。"凌校心情也不是很痛快，冷柏错过了今天的计算机考试，更令人担心的是，回家十天了，连一点消息也没有。

"呃，是吧，不知道什么时候开始习惯了这种生活，习惯了身边的每个人，也包括那个从来不爱说话的家伙。他不在的时候，忽然感觉像心缺了一角。"林小洁站起来，沿着小路向前走去。

凌校跟了上来，一路无话。

几天后，林小洁在宿舍看书。门轻轻打开了，开门的人却没有立刻进来，林小洁抬起头看了看，立刻站了起来。

门口的人穿着便装，胡子拉茬，头发脏乱，衣冠不整，白色的衣领由于长时间不洗都变成了黑色，脸色苍白得就像刚走出沙漠的人。

"冷柏！"林小洁喊了一声，刘星剑和凌校立刻跟着站了起来。

冷柏憔悴的脸上露出一丝勉强的笑，喃喃地说道："我回来了！"这一句话说得柔肠百转，就像离家多年的游子回归故里，只听得其他三人心里发酸。

走进宿舍，强打着的精神放下了，冷柏整个人向前倒了下来，像一堵倒塌的城墙。林小洁迅速向前几步，双手扶住冷柏胳膊，用自己的肩膀扛住了冷柏。重量，分不清那是冷柏的体重还是生活的分量，好沉重。凌校跑过来抱着冷柏，刘星剑走过去把宿舍门关上，锁死，有力的臂膀和大家抱在了一起。

学校的军医给昏睡中的冷柏挂了水，营养不良加上过度疲劳，医生建议他到卫生队好好休息一阵。刘星剑说，就让他住在宿舍吧，我想他醒来的时候一定想见到自己的舍友。军医看了看刘星剑，没说话，默许了。

后来他们才知道，冷柏在医院陪着弥留之际的母亲走完了生命的最后一程，自己一个人不吃不喝趴在母亲的坟头，待了整整三天三夜，然后连夜赶了回来。铁打的身子，也经不住这么折腾啊。

冷柏躺了两天两夜，醒来后一刻也不愿多休息，就跑到了大家中间。训练中依旧冲在前面，教室里依旧腰挺得直直的听老师讲课，可惜他脑袋还是太笨，课间的时候，还是得追着别人问问题。就连总是沉默的他忽然冒出句大实话，还是硬邦邦的像以前一样令人哭笑不得，仿佛什么也没发生过。

可林小洁知道，简单的冷柏，简单的军校生活里又多了一件简单的事情，就是出神地坐在他常常练空翻的那个沙滩旁，什么也不做，就只是发呆。只有这个时候，才显现出疲惫，才露出失落。

两年多来，林小洁他们一直理所当然地享受着他无言的守护，给他们的照顾也是无言的，都忘了他不是钢铁，他也仅仅是一个刚满24周岁的年轻人而已。他一向是那样坚强得让人找不出破绽的，所以此时的这种沉默才更让人心疼。

林小洁很想，很想帮他分担那些伤痛，但最终还是没有去打扰他。远远地站了一会儿，就静静走开了，这恐怕也是冷柏内心所希望的吧。生活中总有一段心路历程，必须一个人独自去完成，即使最亲近的人，也无法替你走的。

沙滩的不远处，夕阳的余晖羞红了围墙上的那些爬山虎，很美，也很伤感。

第十三章
当你的纤手离开我的肩膀

"我爱过你的,但是对不起。等待太过煎熬,思念也会成疾,总是一个人走过校园的路,总是一个人逛着繁华的街,总是一个人看着手机盼望着那个号码响起,总是一个人看着别人两个人的幸福。我要的幸福很简单,寂寞的时候有个人陪我说说话,伤心的时候有人会给我抹去眼泪,快乐的时候有人看我手舞足蹈……三年了,我爱过、等过、伤心过、犹豫过,终于有另外一个人帮我下了决心,我爱上别人了。是我对不起你,我们分手吧!"

看到最后一句话,凌校忽然感觉眼前一黑,本来收到信时的满心喜悦,好像被当头泼了一盆冷水,从头冷到了脚底板。他神情恍惚地又看了一眼信封,没错,确实是寄给他的。

为什么要分手?他不是一个懦弱的人,但是却没有勇气再把信看第二遍,那上面好像有分手的原因。噢,是吧,她好像爱上别人了!凌校强忍住在眼里打转的眼泪,说了一声我去趟厕所就出了宿舍门。还好,宿舍里的其他人各自忙着自己的事情,并没有人注意到他的神色。

一个人躲进厕所的隔间里,凌校捂着嘴巴,强忍着不出声,眼泪却早已落了下来。已经忘记了上次流泪是什么时候,他以为自己忘了怎么去流泪,可原来流泪是这么简单的事情,心只要痛了,眼泪就会就会像伤口里的血一样,自己流出来。曾经有过那么多的记忆,那么多的憧憬,这一刻全部成为泡影。那些美好，此刻想起来就只是痛，好痛。

凌校从厕所里出来，林小洁迎面走过来。他一脸的漫不经心，仿佛这个世界里的一切都让他不耐烦也不屑于去理会，这绝对是刚读完书而不是玩完游戏以后的神色。

凌校隐去了悲伤的神色，固化了的戏谑表情出现在脸上，依旧是他和林小洁之间的见面把戏，一只胳膊横置在林小洁的面前，林小洁连看也不看他就直接撞了上去。凌校习惯了他的无礼，脸上闪过一丝温馨的笑，那是只有在面对极要好的朋友时，才会有的温热而自然的笑。

林小洁走过后，在凌校那张永远充满阳光的脸上，浓浓的忧伤从那双清澈的眸子中流了出来，瞬间布满了整张英俊的面孔。

部队的生活就是这样，今天是昨天的拷贝，而明天又像是今天的重复，花一样的年华，身着一身军绿默默平凡。从外面看这支队伍，是值得称羡的荣耀，而身处其中的林小洁他们，却早已忘记了自己的这份荣光，靠着惯性往前生活。明明才当了三年兵，却好像已经当了一辈子，忘了生活除了绿色以外还有别的色彩，也习惯了周围的人除了坚强以外不会再有别的感情。

可是毕竟他们还只是一群年轻人，年轻人总会被这样那样的事情左右着心态。这样的生活也不是简单的复制粘贴，看似千篇一律的生活背后，需要的却是这些年轻的家伙们每天全神贯注的投入。他们每天都看起来精神抖擞，是因为这是这份生活所必须的，也是因为大家早已习惯了这一节奏。

"你硬他就软，你软他就硬，400米障碍考验的是军人的综合体能素质，更考验着军人的胆量和勇气，磨炼着大家的意志。前一阶段的单个障碍物练习已经结束，今天，我们组织第一次合成练习。"体能教员的话简短而有煽动性。

障碍的起点位置，刘星剑给凌校活动着身体，三班长也正在给班里的许强活动身体。尽管教员已经说了，现在只要求练技术，对速度的要求不大，可是年轻人之间永远相互不服输，不知不觉就较起劲来。给了许强一个挑衅的眼神后，凌校轻蔑地耸了耸肩，同时按要求趴了在起点线上。

一声哨音响起，两抹绿色的身影羽箭一样冲出去，角逐在这一天中不知道第几次的竞争中。

　　五步桩、壕沟、矮墙、高板、云梯、独木桥、高墙、低桩网，这些战争中给冲锋中的战士造成极大杀伤的各种障碍物，缩影成了眼前急速追逐高低起伏的四百米障碍，这是和平年代军人的必训科目。

　　两个班都派出了班内的强将，凌校动作轻盈，在极速奔跑中仍有一种飘逸洒脱的美。许强壮如耗牛，每踏一步都铮铮作响，自有一种阳刚之气。两人过五步桩跳若脱兔，跃壕沟大鹏展翅，过矮墙势若奔马，跑法风格迥异速度却不相上下。障碍两边的战友早已加油声喊成一片。

　　爬上两米半高的云梯后，凌校却没高大悍勇的许强快，跳下云梯时，已然落后了几米。他奋力追赶，鼓了鼓劲，冲上独木桥，跑到独木桥中间位置却忽然感觉眼前一阵恍惚，脚下踩虚，整个人就往前飞了出去。

　　整个训练场忽然乱作了一团，所有人立刻冲向了倒在地上的凌校。体能教员大喝了一声"所有人不准动他！"一只手已经飞快地拨打了的卫生室电话。

　　地上的凌校感到胸口闷闷的，一阵强烈的窒息后，气管慢慢送进了新鲜的空气。眼前出现好多双脚，耳朵里传来了大家关切的询问，一向很爱说话的凌校此时懒得、也无法张口回答一下那些关切的声音。最终，他的视线渐渐变得模糊，那些声音也变得越来越小，世界终于静了下来。

　　安静了，一周多来的那种惶惶不安的感觉也消失了。是啊，该好好睡一觉了，凌校感到倦了，垂下重重的眼皮，终于失去了知觉。

　　卫生室的车在所有人期盼的目光中赶来，又在所有人关切的目光中消失了。刚刚还很火热的训练场上登时沉寂了下来。学员们心绪开始飘忽，想着刚刚凌校摔下来的一幕，担心凌校的伤，对这些高高低低的障碍也有了些心悸和痛恨。

　　"愣着干什么，接着训练！"体能教员的声音响起在训练场上，和以前一样昂扬，甚至听不出有一丝担心和愧疚。但他此刻的激情却一点也鼓动不了学员，而且他这种对凌校受伤的漠视态度，显然激怒了大家，在体能教员吹集合哨的时候，所有人都懒懒散散的带着一种恶意挑衅的态度。

　　一声发令的哨音响起，却再也没有人呼喊加油。这个集体有了心事，有心事的集体就像有了心事的人一样,是唱不出欢快的歌声的。

两个懒懒的身影好像清晨中两个没睡醒的家伙在晨跑,连过障碍的动作也像在睡觉,他们在赌气,更像在示威。学员中有人在看,爆出了几丝幸灾乐祸的笑声,也有人满脸不悦地看着地面,仿佛是丢了硬币正竭尽全力想从地面上找出来,却半天不见他的脑袋有半点转动。

刘星剑的脸色有些不好看,冷柏的脸色很难看,林小洁在走神,却也符合他的风格,漫不经心的样子让人习惯。

"嘀……"一声哨音带出了严厉呵斥的味道,好像气急败坏的家长,终于忍受不了不争气的孩子。"集合!"哨声的延长线上,体能教员严厉的声音响了起来。

大三的学员,相处了两年多的集体,绝对训练有素的默契。刚才还像一盘散沙的队伍,很快形成了一个严整的队列,横在了体能教员的面前。队列纪律规定的,队伍里应该保持严肃认真,此时这些年轻的脸上绝对严肃,每个人目光斜上,高傲的目光中透着任性。体能课上的军姿比队列课上还标准,这是他们挑衅的方式,他们不怕体能教员的责难。

"值班员,出列!"值班班长刘星剑应声出列,面向体能教员站好。

"整队,带回吧!"体能教员应该很生气,语气却出奇地平静。

那些高傲的目光原本等待着暴跳如雷的声音,以示他们以幼稚的举动赢得了更加幼稚的胜利。然后,接受训练场上那个精壮的少校,严厉的惩罚,冲十几趟400米或是干脆就绕着那个400米跑道一直跑到晚上开饭,哪怕是跑到熄灯他们都不后悔。

可这样一句话,却把学员们坚固的统一战线,轻松打垮了。所有的目光惊愕地从天空中收回,转移到了体能教员身上。

刘星剑没有整队,也不向教员做下课前的报告,尴尬地站在队列前面,惊诧地看着体能教员。整队带回是不可能的,一下午的体能课才刚刚上了一个半小时就带回?体能教员对训练时间的利用可以用吝啬来形容,现在带回,刘星剑不会相信,队伍里的其他人更不会相信。

"愣着干什么啊,带回啊?"看到学员们没了底气,体能教员的语气中开始极尽戏谑:"战争开始了,一群光荣的、高傲的、自负的共和国军人气宇轩昂、信心满满地奔向前线，在进攻一个山头的时候，一个战友倒下了。然后呢，这群多愁善感，噢，不，这群有情有义的军人令人感动地守着战友的遗体痛哭流涕？紧接着，丢盔卸甲、垂头丧气、斗志全无，像一群散兵游勇，不对，你们不是散兵也不是游勇，你们还有建制，只是一小股溃兵！"

体能教员尽情发挥着自己的刻薄口才，队列里的学员早已变得怒不可遏，说不上是对眼前这个欠收拾的教员还是对其他什么事情，终于有性子暴躁的家伙受不了讥讽："报告，我们不是溃兵！"

"噢？那你们是什么，精兵么？一遇挫折就退缩的精兵？如果溃兵也叫精兵的话，你们是我见到的最好的精兵了！"

学员们终于不再做声，尽管他们很想用以牙还牙的方式让教员更难堪，可细想一下，自己好像真的错了，再说别的话也只能是自取其辱。

"真正的战斗可没有时间给你包扎伤口，所以，现在你们选择带回还是更加卖力地进攻？"谢天谢地，体能教员这是说累了的意思，刘星剑一听这话，立刻下达了各班跑步带到训练位置的命令，各班长立刻带着自己的人逃也似的往各组障碍跑去。

"孬兵！"体能教员笑骂道，"动不动给我尥蹶子，刚才的课是替你们教导员上的，我就不和他要钱了，但占用了我的课时，所以今天推迟30分钟下课！"学员们任他在后面叫嚣，只留下屁股和后背给他。

起跑的发令哨声终于又响了起来，体能教员昂着头出神地看着障碍场上奔跑的学员，不时大声地点评哪个人动作有问题哪个人跑得不错。他年轻的时候跑障碍出了名的快，经验非常丰富。

最后一组学员冲了回来，脸色苍白得没有半点血丝，对于刚刚接触400米障碍的他们来说，冲上这么一趟，感觉比跑个五公里还累。体能教员下达了休息的命令，队伍坐到了草坪上，全过程的无氧运动，让停下来的学员立刻有了种双腿灌铅的感觉。

草坪的一隅，林小洁用拳头使劲敲打着麻木的小腿肚，训练场上的他总是很安静，因为他总是累得连说话的力气都没有。

刘星剑看着林小洁敲木鱼一样敲打着小腿，从自己坐的位置挪了过来，轻轻拍了一下林小洁："担心也无济于事，集中精力训练，自己别受伤！"

林小洁轻轻回了一个"嗯",刘星剑又挪到了其他地方,同样的话他会对全班剩下的人说上六遍。

训练间隙的时间永远是最幸福的,而最幸福的时刻永远是最短暂的。开始训练的哨音响起,上节课进行完了连贯训练,林小洁他们又开始了单个障碍物的训练,重复翻越同一障碍物就像重复翻越每一天的日子,看似简单的重复却需要每一次都全身心地投入。

林小洁比平时更加盼望着训练能早点结束,凌校无声无息地被抬走,太让人纠结了,这比忍受他的吵吵闹闹更令人难过。可那个夏天的那个下午过得特别慢,时间忽然像是少了润滑剂的齿轮,怎么也走不动。

凡事都有结束的时候,一声长长的哨音,结束了一下午漫长的等待。学员们很讨厌那些极善言辞的教员,因为他们会按照教学法的要求,把那些没用的讲评内容掺杂进去,然后结合自己的体会把讲评时间拖得很长。训练了一下午,累得要命不说,还要硬撑着听那些基本没什么含金量的讲评,估计谁的心情都不会好。

体能教员不在被讨厌的序列,原因是他虽很擅言辞却很少言辞,讲评时间一直非常短。可今天他却说了很多,基本上都是废话,学员们依旧面色平静地认真听,但其实心里面早已骂开了花。

"大家早已听得不耐烦了吧?"体能教员忽然蹦出的这一句话成功地吸引住了学员们的注意力。他狡黠地一笑,继续道:"给大家讲最后一句吧,也就是大家一直关心的事,解散后省得你们往卫生室跑。凌校现在总队医院,轻微脑震荡而已,没什么大问题,这个消息我上第三节课的时候就知道了,忘了和大家说了!"

鬼才会相信他是忘了,原本就是故意不告诉大家。队列里那些一本正经的表情上瞳孔不自觉地放大,想揍他的人可不止一个。

体能教员终于在学员们恨恨的目光中慢慢消失远去,走的时候还把两只手放在耳朵后面,扩成两个巨大的雷达来吸收学员们的声音。他的象征意思再明白不过了,所有背地里骂他的人别被他听到,否则后果自负。

学员们对他的这种形象早已习以为常,30多岁的副营职少校,行为方式却嘻嘻哈哈不拘小节,这让看惯了那些"门板脸"教员的学员们大感不适应。据说这样一个疯癫的家伙在学员时期曾经是很优秀的学员,这简直打击到了学员队里那些总是一本正经的家伙,一个每天把喜怒哀乐都写在脸上的人,居然也能成为教员?

凌校平安无事的消息,无疑让每一个人都长舒了一口气,欢快的气氛终于回到了大家的身边。在确定了体能教员已经消失的情况下,趴在草皮上相互放松的学员们开始了对体能教员的讨伐,被他狂虐了一个下午,身体早已不属于自己了。懒懒地趴在草坪上放松身体,这是他们一天中最享受的时刻之一了。

没有了身后学员们关注的目光,体能教员的脸上显出了疲惫的神色。不嬉闹的时候那种严肃的表情便自然地凝固在了脸上,棱角分明的轮廓中总是有一份掩饰不了的睿智和宁静。他本就是一个帅气的军人,静下来的时候尤其是。

凌校的受伤他很内疚,强忍着不表现自己的情绪原本就只是为了不影响他的兵。如果连他自己都撑不住的话,怎么指望带着他的兵继续越过那些沾着兄弟们鲜血的障碍物。其实每一个环节他都是严格按照科学方法来组训的,但受伤也是在所难免的。每一年都会有学员在这个障碍场受伤,或轻或重,轻的爬起来可以继续训练,重的要在床上躺上几个月。尽管有危险,可是必须训,训练和战争一样都会有伤亡,既然战争难以消亡,那么军人的训练也必然持久。

体能教员打了报告,进入了教研室主任的办公室。主任正在黑着脸写东西,并没有抬头看他。

过了好一会,主任才抬起头,脸色有点阴沉:"说,为什么找你来?"

"是不是最近我工作状态不够昂扬?我向主任检讨,这一点我们真是要向您学习,每天第一个来,最后一个离开办公室。"体能教员面上装糊涂,却明白自己要挨训了。

主任怒道:"少给我拍马屁、打马虎眼,卫生室派车去总队医院,你以为是小事?现在抓安全抓得这么紧,现在什么形势,不清楚吗!"

体能教员:"清楚!"

"清楚还把学员搞伤了,如果出现严重的训练事故,会对你的前途有多大影响，知道吗？"说到最后，主任使劲用手敲了敲桌子。

"知道！"体能教员嬉皮笑脸地回道。

"知道还这么不开窍，副营满年限了吧，眼看年底就是个坎，不想提了吗？"

"想！"

"想个球！"

"是！"

"是什么？！"主任狠狠地瞪了体能教员一眼，叹了口气："好在受伤不严重，我也是搞军事出身，知道障碍训练出现学员受伤问题，在所难免，但你可以稍微放松一下要求么，安安全全过了今年！"

"今年不提，我可以等明年，但他们不可以。他们只有四年，四年的每一分钟都有训练和学习任务，培养一个指挥军官不容易，培养一个优秀的指挥军官尤其如此！我不在乎自己的军旅路到底能走多远，但求每一步都无愧于心！"面对教研室主任的关怀，体能教员终于吐露了自己的真实想法。

"驴脾气！"主任骂了一句，听不出多少责备，倒是满含着赞许。

"是，当兵的都是驴脾气，要不然在部队坚持不了这么多年。在省会城市生活，一个月两三千的俸禄，在部队奋斗了十几年，攒下的所有家当就仅仅是老婆和孩子，只为了提职当官,坚守这么多年真的很难！"体能教员回道。

主任不说话了，一直板着的脸终于缓和了下来："你回去吧！"

"是！"体能教员敬了个标准的军礼出了房间。

主任看着他的背影，禁不住暗叹时光不饶人，是不是自己真的老了，老得有些世俗和圆滑。自己认为是为他们的前途着想，可是到底是对还是错呢？

几天以后，学校卫生室的大厅里忽然挤满了学员。看他们嘻嘻笑笑毫不怯场的样子，就知道一定是老学员，在学校待的时间久了，所有的地方都混熟了，以校为家的主人翁意识倒是树立得比较牢靠。

一个年轻的白衣护士不知何时挡在了一众学员的面前，腰肢纤细，雪肤丹唇，加上额前的一缕刘海更加显得她清新秀美，亭亭玉立。她站在那，颇有点江南诗画中走出来的美人的意思。可没想到小护士一开口说话，却怎辣味十足："吵什么吵，当这是你们家呢，大呼小叫地一点规矩都不懂！"说完话，还用黑白分明的大眼睛使劲地白了白众人，非常饱满地表达了自己的不屑。

老学员们这才发现，眼前竟然站着个这么标致的小护士，学校里的年轻女同志加吧加吧就那么几十个，长得漂亮点的那还不是万绿丛中一点红，大家都认识并且能叫上名字来。可眼前的这位，学员们还真不认识，肯定是新分过来的。

林小洁他们可是老学员，可不像刚来时那么好唬，纷纷开始调侃起眼前这个不知道天高地厚的小护士来。

"新来的吧，见了我们应该喊班长好才对！"

"噢？卫生室不是我们家，那是你们家吧？"

"哪个学院毕业的，这么凶悍！"

哈哈，众学员笑成了一片，边笑边细细打量眼前的小护士。小护士终于感觉到有些底气不足了，脸上开始出现慌张的神色。她确实刚刚分到这个学院来实习，前几天和他打交道的学员都老实得很，可没想到眼前的这帮学员却一点也不怕她。

"大家安静一下！"刘星剑的声音适时响了起来。

学员们很快静了下来，目光转移到了刘星剑身上，刘星剑接着说："我们这么多人一起去看凌校确实不妥，一是影响其他病人休息，二是病房里也挤不开这么多人，所以我有个提议，我们四班先去，你们说呢？"

毕竟凌校是四班的人，其他人自然不会有意见。转眼大厅里就只剩下四班了，小护士很感激地看了看刘星剑，把他们领到了凌校所在的病房。

因为是个"重病号"，需要静养，学校还特意给他安排了一个清静的病房。病房里没别人，只有凌校自己。除了偶尔有来输液的，学校里很少会有什么需要住院的学员。

进门，凌校正盯着门口，一见到四班人他就不满地嚷嚷开了："是不是兄弟，怎么这么晚才来！"

"我们可没有你那么清闲，单人单间，还有漂亮小护士陪着！"林小洁可不管病号不病号，照样损他："听说脑袋摔坏了，还认识我们吧！"

于是四班人迅速把凌校给围在了中间，像研究外星人一样看看他到底有什么异样。

"脑袋上还缠着绷带，该不会是破相了吧！这下子不要老自恋耍帅了！"

"看着也挺正常的嘛，该不会害怕训练，还在这泡着吧？"

"我看是乐不思蜀了，小护士长得漂亮不？"

"没文化，真可怕！懂什么？我这是内伤！"凌校苦着脸看着来探视他的四班人，很不满地对着刘星剑抱怨，"班长，你也不管管，空手过来不说，还挖苦我！他们这是来探望病号还是来落井下石？"

刘星剑笑到："还不到星期天，出不去。想吃点什么，星期天外出的时候让他们给你买！"

凌校一脸坏笑地瞪了其他人一眼："看看吧，班长就是班长，你们的觉悟差远了！班长，你可得为我做主，这一次我摔得这么惨，一定得好好补补，我想吃什么呢？什么贵我就喜欢吃什么，吃穷他们！"

凌校最后这两句话说得穷凶极恶。其他人一听，哈哈笑了起来。苏智刚无奈地说："本来指望脑袋摔这么一下，能本分点呢，没想到还这么张狂！"

凌校白了苏智刚一眼，回道："就张狂，管得着！"紧跟着自己也笑了起来。他问了问学员队最近的情况，大家七嘴八舌的议论起来。

扯皮吹牛的时候时间过得总是很快，此时的一小时和训练时的十分钟休息差不多。小护士拿着吊瓶推门进来了，对大家说道："病人挂吊瓶了，需要好好休息一下！"

这是逐客令。刘星剑对凌校说道："那我们先回去，你好好休息！对了，这里的饭还可口吧！"

凌校马上接上："更习惯吃学员队的饭，让林小洁给我送饭就行了！"

林小洁白了凌校一眼："您倒是实在，挺不客气，本少爷也是你随便差遣的！"

"班长？"凌校可怜巴巴地看着刘星剑。

"那举手表决吧，同意林小洁送饭的举手！"刘星剑笑着说道。他的"手"字还没说完，林小洁周围已经齐刷刷立起了一圈的手，有的人还举起了两只手。林小洁苦着脸说道："不会吧，我的人缘这么差？！"大家哈哈的又笑成了一片。

大家笑着便转身往外走，凌校却一把抓住了林小洁，讨好地笑道："反正是星期六，要不大家再玩会吧，都休息了好几天了！"

林小洁一脸坏笑的把凌校的手掰开："陪男人说话有啥意思，我们还得回去打CS呢，一周没玩了，想死我了！"

杨帆赞道："虽然我不怎么爱玩CS，但总比把大好时光用来陪老男人聊天要好得多！"

"我们宿舍打你们宿舍怎么样？"

"好像你们少了一个人呢！"

"没事，本人以一敌百！"

"吹吧，就！"

……

一行人还真的就不再理睬凌校，转身往外走。凌校气呼呼地喊道："喂，这么不够义气？"最后一个走的是刘星剑，他无奈地对着凌校笑了笑，说了声"好好养病，早日归队"！然后轻轻关上门，但是四班吵吵闹闹的声音还是透着门缝传了进来，好一阵也没有停息。

凌校自言自语道："再聊会吧！"然后身子重重地压在了病床上，又沉浸在自己的心事中，淡淡的忧伤慢慢凝结在眉宇间。

晚饭的时候，林小洁端着饭盒，拿着些换洗的衣服给凌校送了过来，凌校一脸鄙夷地看着林小洁："以一敌百的Killer，战绩如何啊？"

"轻松收拾掉南屋的那帮家伙！"不管战绩如何，林小洁都会这么说的。

"那还真是有我没我一个样了？"凌校越发不满。

"还真是这么回事！"林小洁神气地说道，打开饭盒，摆好饭菜，充满药水味道的病房里，立刻被浓浓的饭香味所取代。

"去死，以后CS上打不过别人的时候，别缠着我去帮你！"凌校探过脑袋，看着满桌子的饭菜，赞道："哇，我们学员队的伙食越发的好了呢！"说完便拿起筷子，自顾自地吃了起来。

林小洁也不再说话，蹲下来把衣服放进床头柜，一并放进去的还有学校军人服务社买的花生糖果饮料之类的东西，服务社的商品种类，也只有这些东西了。最后，他拉开床头柜上面的抽屉，把两本书放到了里面，十分惋惜地说道："便宜你了，刚买了不久，我自己还没来得及看呢！"

转头看凌校的时候，凌校却已经吃完了饭，正很有兴致地看着林小洁把东西摆放得整整齐齐，不禁取笑道："行啊，现在知道利索了！"

"习惯了，每天被学校折腾来折腾去，我已非我了！"林小洁说着把头转向饭盒，看饭盒的饭菜基本上没怎么减少，于是问道："吃饱了吗？"

"嗯，病人吃的都少，何况我现在可是重病号！"凌校笑道。

"是吧，那我先收拾一下回去。"林小洁不置可否，可刚要端起那没吃几口的饭盒，他的手停住了，犹豫了一下，然后坐到旁边的病床上，说："看你这么闷，我给你讲个故事吧。"

"你还会讲故事？希望不要太寒碜！"凌校感到不可思议，林小洁平时要不讲些不着调的废话，要不不讲话，还真不知道他会讲故事。

林小洁并不理会凌校言语中的讥讽，径直开始了自己的故事。"是一个小男生的爱情故事。高中的时候，男孩和女孩前后位，两个人关系很好，后来男孩子悄悄喜欢上女孩子，这是男孩子长这么大第一次喜欢上女孩子。他很害怕，也很自责，怕女孩子发现后不理他，也怕影响自己的学习成绩，知道后来它采用了什么样的方法吗？"

凌校并未答话，只是轻轻抬一下下颚，示意林小洁继续往下说。

林小洁惨淡地笑了一下，继续道："他不再理会那个女孩子，用他不怎么擅长的冷淡。后来成功了，他喜欢的女孩子终于不再理他，男孩在最后一刻忽然明白，原来女孩子也喜欢他的，只不过一切都已经晚了。"

"后来呢？"凌校盯着林小洁问道。

"后来，男孩和女孩再也没有联系。男孩继续走自己的路，考上了令家人很骄傲的大学，听说女孩子在大学里很幸福，有了一个非常体贴的男朋友。故事到此就结束了，不是很有趣的故事。"林小洁的语气波澜不惊，好像真的就只是讲了一个无趣的故事，就是为了帮助凌校打发无聊的时间。

"是很无趣，你什么意思，有话不妨直说！你拿一个莫名其妙的故事，想要暗示怎样风马牛不相及的事情？"凌校脸上的笑意冷了下来，犀利地反问道。

"不管你和她的初衷如何,错过了就是错过了,生活还要继续,不是吗?"林小洁并不恼怒,语气依旧平静。

"那个男孩子是你吧,所以你为了自己的前途,伤害了一个好女孩的心,伤害了心爱的人你怎能心平气和地去继续另一段生活,被心爱的人伤害那是一种怎样的疼痛你又如何知道!"凌校像被碰到了伤口的野兽,对着林小洁吼了起来。

"你怎么知道我没有心痛!难道疼痛就可以躲到角落里不再前行,难道迷茫就可以在迷雾中踟蹰不前,口口声声说什么理想热血,说什么立志军营,不就是爱情受了点挫折么,就迷茫了!放弃了!"林小洁也急了起来。

"我没有放弃!"凌校把目光化成了利剑,似乎要刺穿林小洁。

"那现在是什么?!你看看你现在这副模样,目光暗淡,眼睛空洞,游魂一样,饭吃不下,是不是,知不知道饭盒里的肉和菜是我们班餐桌上最好的,大家都在等你!"林小洁毫不客气地迎上了凌校的目光。两个倔强的家伙终于剥下各自的伪装,无可救药地把自己刻薄的犄角抵在了一起。

"可是真的很痛,并不是我说几句狠话就可以忘掉的。心在忽然间掉进了迷宫,于是像一只迷途的羔羊,在一个地方不停地徘徊,我看不到来时的路,也忽然怀疑前方的灯塔。"两个人对视了一会,凌校放缓了语气,清澈的眼睛中渐渐起了雾气。

"人生就是取舍,在选择了一条路的鲜花时必然要舍弃另一条路的精彩。"不忍心看着那个一向坚定的家伙伤心的样子,林小洁轻轻地把头别向了一边。

凌校:"你后悔过吗?"

林小洁:"如果理智可以支配感情,我不会后悔。"

凌校:"你还想着她,所以到大三还没谈过恋爱。"

林小洁:"一直试图忘记,至今还有余痛。爱情的伤总是两个人的,所以,请原谅那个伤害过你的女孩子。"

凌校:"对不起!"

林小洁:"是我不对,我心急了,应该给你包扎伤口的时间的。但如果伤痛也是成长的一部分，让我们学着带着伤痛去成长吧。"

两周以后，障碍场。

林小洁看着凌校活动身体，满脸的不情愿。好不容易盼到了星期天休息时间，凌校却非得拉着正在玩游戏的他来到障碍场。发什么神经，非得周末来跑障碍。

充分活动好身体，凌校慢慢跑向独木桥。林小洁明白他的意思，他想要在自己跌倒的地方爬起来。

"踏板、上桥，跑三步、下桥。"林小洁专注地看着凌校，在心里暗暗数着节拍，不禁叹到，有些人就是运动神经发达，躺病床上这么久，动作还这么舒展漂亮，宛若在给别人做示范。

凌校跑回云梯位置，速度比上一次又加快了许多。林小洁依旧默不作声站在那，脑袋随着凌校的跑动扭来扭去，这是凌校第六次跑上独木桥，速度已然是全速了。林小洁不明白，如果为了克服心理影响，这显然已经足够了，过单个障碍物的速度比跑完一个折返再冲上独木桥已经快了不少，实在没必要再练下去了。

第七次，凌校站定，看着独木桥，忽然眼睛一瞪，像是下了什么狠心。林小洁的心重重跳了一下，目光紧紧锁定全速冲上独木桥的凌校。"踏板、上桥，一、二……"蓦地，凌校右肩往下一沉，整个人急速地向桥下摔去。

林小洁在同一时间冲向了凌校坠落的位置，但凌校却没有像上一次那样脑袋先着地，而是迅速缩脑袋探右肩，一个漂亮的侧滚翻就势滚了出去，因为惯性太大，滚了一个余势未止，又滚了一个才停了下来。

凌校兴奋地站了起来，胸口剧烈地起伏了几下，长长地呼出了几口气，然后自顾自拍打着迷彩服上的泥土，可是泥土已经沾在了被汗水打湿的衣服和脸上，让他看起来更像是一个玩得很高兴的淘气孩子。

林小洁看着凌校脸上兴奋的表情，两眼顿时一条黑线，阴森森地问道："你是故意摔下来的？"

凌校却没有注意到林小洁怒气冲冲的样子，得意地炫耀道："帅吧，绝对的高难度动作！"

"帅你大爷的!"不等凌校把话说完,林小洁便开口骂道。听到他骂人也算是一件稀奇的事了,但是并没有结束,林小洁虎虎生风的一拳,在说话的同时已经打到了凌校的面前。

凌校却并没有闪躲,依旧乐呵呵地看着情绪失控的林小洁。林小洁将拳头定在半空中,无论如何也无法再将拳头送进一寸,打到那张混着汗水和泥土的白净而又精致的脸上。凌校看出了林小洁的不舍,一咧嘴,很得意地笑了起来。

林小洁狠狠地将拳头收回,抬脚就是一记前蹬蹬向了凌校的胸部,快起慢落,脚前掌印在了凌校的前胸。凌校就势坐倒,一只胳膊支在地上,眯着眼睛,一脸无赖地看着林小洁,伸出一只手示意他拉自己起来。林小洁却并不理睬,反而一转身,大步流星地向宿舍的方向走去。

凌校忽然想到这还真是林小洁第一次发这么大火,可能真是恼了,便急忙起身朝林小洁追去。

"理由,不然真的会生气!"林小洁头也不回地问道。

"看来你还是蛮在乎我的吗?"凌校的心情显然极好。

"少自作多情,我是给某人送够了饭!"林小洁很反感凌校这种自恋的样子,这种反感由来已久。

"是因为我心里仍有恐惧和依恋!"凌校停住了脚步,对着前面同样任性的身影说到。

"所以呢?"林小洁也停下了脚步。

"所以,我希望今天离开这个训练场的时候,不再恐惧,不再留恋,一切都会过去。"

"哦!"林小洁轻轻叹了一声只有他自己能够听到的叹息。凌校也不再说话,两个人习惯了这种沉默倒也不觉得尴尬。

11月11日——"光棍节"。

不管有没有女朋友,这个院子的学员们,过的都是单身汉的日子。于是,每年这一天,气氛比情人节还要热烈。大部分学员没女朋友,见面就相互致以由衷的"节日"问候,并且其中不乏才子,一个个以"光棍"为话题"为赋新词强说愁",校园网论坛直接被"霸屏"成了"光棍"诗友会。有女朋友的学员,看到满院子单身汉"凄风苦雨"的惨状,更加珍惜自己的爱情,一下晚自习,就拿起无线座机煲起了"电话粥",卿卿我我腻腻歪歪,狂虐一众"单身狗",愣是把"光棍节"过成了情人节。

林小洁宿舍里,刘星剑是唯一一个有女朋友的,他一拿起电话机,其他三人都识趣地走开了。

林小洁漫无目的地走到操场,看到路灯下的台阶旁围着一群人,便也信步走了过去。

人群中间,竟然是凌校。他抱着把吉他,唱着那首学员们都熟悉的歌:
当你的秀发拂过我的钢枪,
别怪我保持着冷峻的脸庞,
其实我有铁骨也有柔肠,
只是那青春之火需要暂时冷藏。
当兵的日子短暂又漫长,
别说我不懂情只重阳刚,
这世界虽有战火也有花香,
我的明天也会浪漫得和你一样。

当你的纤手离开我的肩膀,
我不会低下头泪流两行,
也许我们走的路,不是一个方向,
我衷心祝福你呀亲爱的姑娘。
如果有一天我脱下这身军装,
不怨你没多等我些时光,
虽然那时你我天各一方,
你会看到我的爱在旗帜上飘扬
……

以前听这首歌的时候只是感动,此刻听来一字一句都这么心痛。凌校唱得很动听,林小洁却无法让自己接着听下去,悄悄退出了人群,有些自失地往前走去。

过了一会，一只手搭在林小洁肩膀上。他回头，看是凌校，却不怎么意外，问道："为什么不唱了？"

凌校笑了笑，反问："那你为什么不听了？"

林小洁想也没想就回道："唱得这么难听，还想让我捧场？"

凌校自恋道："嫉妒了，所以才这么言不由衷？"

林小洁于是白了白眼："刚刚听你唱歌，还有点感动，怎么这会就感觉你这么欠揍啊！"

凌校拍了拍林小洁，说道："这就对了嘛，干嘛那么伤感，你不就是不够帅没人喜欢嘛，有什么大不了的！"

林小洁顿时感到，刚才的同情啊、心痛啊简直是喂了狗了，一脸恶心地看着凌校："所以我说你为什么会被女朋友甩，说话这么不招人待见！"

凌校也不以为忤："我唱了歌给你听，你也该投桃报李吧，怎么着也得赋诗一首给我听吧。今天校园网论坛上那些酸溜溜的诗词可是刷屏了，别告诉我你无动于衷。"

林小洁没好气地回道："才疏学浅，写不出来！"

"当真没写就算我没说，如果写了，就别藏着掖着，读来听听何妨，就当安慰我了！"凌校往前走去，听口气并不是玩笑。

林小洁默然，半晌跟了上去，朗声道：

庭前叶落秋扫尽，雁字回时月西楼。冷涩逼人，鸳鸯并眠，情比春暖。一年一度，光棍节至，还是单身。算人间幸福，情侣常占，愁多是，光棍有。

多情自古少年，恁无奈、无情孤寂。苍松剑指，青柏傲立，方成栋梁。军人自古，铁血峥嵘，儿女情少。纵青春倏逝，佳偶难觅，豪情不老！

"好一首《水龙吟·光棍节》，不亚于一剂良药！"凌校由衷赞道，"听得我都感觉自己矫情了！"

林小洁没有说话，却在心里暗自叹道："这是一味药，只不过是开给我自己的！"

几天后的傍晚，在学校传达室的邮箱旁，唯美的夕阳拖长了一个军人的影子。在影子的尽头，林小洁静静地看着手中的信，那是向那个女孩子道歉的一封信，信是很久以前就写好的，只不过在抽屉底下睡得太久。林小洁舒了口气，将信轻轻塞入了邮箱中。

"是自己仍有依恋吧，都已经是高中毕业的第三个年头了呢！都过去了，不是吗？"林小洁话说得很轻，却感觉自己前生后世仿佛就被这句话割成了两截，那些记忆就真的再也记不起来了。

往事如风，已然如梦。

第十四章
保卫"全运会"

大三暑假,学校安排了一个月的时间,让大家下部队实习排长,另外一个月放假休息。

实习结束后,林小洁他们宿舍约在一起,租了辆车自驾游。第一站就是去年执行奥运会安保任务的岳海市,去看一下曾经战斗过却不曾熟悉的城市。

海山是岳海市的著名景点。山的脚下就是海,虽然日光高照,远处依旧水雾濛濛,看不到海的广阔,却给山增添了几分仙灵之气。与内陆的山相比较,海山看起来精致了许多,满山都是葱茏的绿,偶尔露出块石头,看起来也光滑洁净,让人禁不住心生喜爱。拾阶而上,绿树清溪,山花翠竹,石桥翼亭,茶馆小店,其间熙熙攘攘四海来客,尽是游山之乐。

天气太热,身体像是变成了竹篮子,喝进去的水马上就渗了出来。林小洁的衣服很快被汗水湿透了,贴在了身上。

在山顶的位置,大家在光秃秃的岩石上停下来休息,相互看着对方汗涔涔的样子,都傻兮兮地笑了起来。

林小洁擦了擦脸上的汗水,苦笑着说道:"咱们这是来旅游啊还是来训练啊,每天光跑路去了,这么好的风景都来不及仔细欣赏,简直是暴殄天物!"

"当然是旅游了,走马观花那也是旅游,我们不是地方人员,没时间细嚼慢咽,多照几张照片,回去慢慢消化好了!"刘星剑说着,举起相机,就给林小洁来了一张抓拍。

凌校叫嚷道:"嘿,我还没说什么呢,每天在车上你们还可以休息会,我还得当司机,我多累啊,给我记功!"

"好,回学校后给你记个一等功,奖品一个苹果!"刘星剑笑道。

"好家伙,立了个一等功,就给个苹果,都是大方的人!"凌校啧啧夸道,其他人哈哈笑了起来。

"冷柏,想什么呢?总是和头大笨熊似的!"林小洁对着那边低着头的冷柏问道。

"饿了,想吃饭!"冷柏答道。

"还有几公里山路,看到山下的那个村子了没有,我们到那地方吃午饭,出发!"刘星剑指了指山下的村子,说是村子,就一小片楼房而已,望见山跑死马,目测距离至少七公里。

"咱们坐缆车下山吧!"林小洁看着前面背着旅行包的家伙们喊道,他还没起身,可是他们已经走出十几米了。

"经费有限!坐缆车一个人要80块,四个人320块钱,省下钱吃饭吧!跟上!"刘星剑可真是个合格的财务主管,实在是太吝啬了。

"我干嘛非屁颠屁颠的跟着他们来旅游!"林小洁自言自语道,看着前面越走越远的背影,鼓了鼓劲,起身跟了上去。

午饭后,林小洁坐在树荫里的石椅上,跷着二郎腿,手里拿着一瓶绿茶优哉游哉地喝着。

他其实更想回宾馆睡个午觉,可是被其他人硬拽到小街来了。刘星剑几个在街对面的超市里,他们在准备旅游的"战备物资"。所谓"战备物资"无非就是些矿泉水和零食,准备在行车途中用来补充能量。林小洁怎么着也不愿意进去和他们一起瞎逛,他是一步也不想走了,一上午时间走遍了整个海山景区能不累嘛。

忽然,远方传来一阵呼救的声音。林小洁循声望去,一个年轻的男子拿着一个包飞快地向自己这边跑来,后面一个倒在地上的女孩子满脸惊恐地爬起来,无助地看着跑远的青年男子。很显然,是抢劫。

虽然正午的街上几乎看不到什么行人,但毕竟是光天化日,林小洁嘴角浮现一抹冷笑：还真是胆大妄为，碰到我算你倒霉了！

　　林小洁把脑袋转了过来，装作漫不经心地喝饮料。青年男子跑过自己身边的时候，他一伸腿，全无防备的男子立马被这突如其来的一脚给绊飞了起来。

　　林小洁丝毫不给对方喘息的机会，迅速起身，将还在痛苦呻吟的男子给摁在了地上。在三年的时间里，林小洁的擒敌术有了飞速进步，毫无基础的他虽然在动作上还远远比不上凌校漂亮与潇洒，但是一张白纸上更容易写上新事物，武警擒敌术快、狠、准的要义他却比凌校理解得更透彻，动作依旧不花哨，甚至还有很多野路子的痕迹，却已经形成了不容小觑的战斗力。

　　女孩子跑了过来，虽然打扮得挺时尚，但看样子还应该是个在校大学生。林小洁腾出一只手来捡起旁边的包，脸上带着安慰的微笑递向女孩。

　　女孩子心下诧异，眼前的这个男孩子看样子年龄明明很小，就像他们学校的大一的新生。可是他脸上那种镇定与淡然却又让自己无法小看他，原本还心惊胆战的她，竟然在他安慰的目光中找到了一种安全感。她说了声"谢谢"，然后接过了自己的包。

　　一阵刺耳的刹车声紧挨着女孩子的这声"谢谢"传了过来。女孩子吓了一跳，但林小洁却早发现了这辆飞驰而来的轿车。他悄悄按下了凌校的手机号，手机还没接通，车上已经跳下来三个手持砍刀、铁棍的歹徒。三十六计，走为上策，女孩子还在发愣，林小洁已经迅速拉过她的手，往对面街道的超市跑去。

　　另一辆车却早在等着他们，他们刚刚走下人行道，就被拦了回来。车门一开，另外三个手持武器的歹徒从车里钻了出来，一脸凶恶地将两人堵了回来。林小洁心下暗叫糟糕，只盼着凌校几个快点来接应，大声喊道："这么多人打一个，各位兄弟还真是够水准！"期望口袋里的手机已经打通，凌校听到他的呼喊。

　　歹徒中一个老大样子人却并不理会林小洁的话，他不跟"死人"罗嗦。这是一伙亡命徒，因为身犯劫案，来这座城市躲避，最近暴露了行踪，正准备在今天离开此地，离开前故意在白天做几起抢劫案，让此地的警察认为他们还在城里作案，而到时他们却已经躲到了另一个城市，没想到途中冒出这么个愣小子来送死。

"砍死他们！"老大下了命令，歹徒们便一拥而上。林小洁也不硬碰硬，拉着女孩子从右边跑开，期望拖延点时间等待支援。

凌校接到林小洁的电话，对方沉默了好一会也没有声音，忽然冒出了一句莫名其妙的话，这是再明显不过的暗示了。手中的东西一放，对身旁的刘星剑和冷柏说了声"出事了"，三人就往超市外跑去。

拉着一个女孩想跑远是一件不可能的事情，这是林小洁意料之中的。他脑袋飞速旋转想着对策，办法只有一个，狭路相逢勇者胜，拼了！

逃出十几米，眼看着剩下一两米就被追上了，林小洁把女孩子的手一松，对她喊了声"跑"！自己反身就冲向歹徒。

最前面的歹徒没想到林小洁会突然转身，收势不及，顺势把手中的匕首指向林小洁胸部。林小洁轻轻侧身，刀堪堪从体侧让过，双手卷腕夺刀的同时，顺势一脚将对方绊倒，动作干净利索一气呵成。一刀在手，林小洁顿时豪气大升，野性十足地喊了一声："来啊！不想死的来啊！"

其他歹徒看他这拼命的架势，惊诧地停了一下，却只有一刹那的停顿，紧接着刀棍一起向林小洁招呼过来。

林小洁心中暗暗叫苦，这帮歹徒可不像是一般的街头抢包混混。他乱挥了一下手中的刀然后退后一步，回头看女孩子还傻愣在那里惊慌失措，大声喊道："快跑啊，打电话叫警察！"女孩子这才反应过来，匆匆忙忙向前面的街道跑去。

立刻有一个歹徒去追女孩子，情急之下，林小洁把手中的刀向那歹徒扔了过去，自己却被人一脚踹在了地上，前面两名神情凶悍的歹徒同时把手中的铁棍向他脑门上招呼过来。死了，林小洁的脑海里忽然闪过了这个念头。

两只手同时抓住了歹徒们的手，折腕挥拳，两名歹徒立刻没了声息，一招制敌，手法熟练利索。林小洁抬头看去，果然是凌校和冷柏。凌校这个时候还不忘调侃林小洁："武警打架，还找警察帮忙，你还真是给咱武警部队长脸！"

"来迟了还那么多废话！"林小洁看着对方剩下的四个歹徒正虎视眈眈的看着己方，忽然想起还有一名歹徒正在追赶女孩子，急忙回过头去看。

刘星剑已经把那名歹徒按在了地上，朝林小洁天真无邪地笑着挥了挥手，挥动中的手却忽然变成了横掌，砍在歹徒的脖子上，歹徒立刻晕了过去。

刘星剑对着目瞪口呆的林小洁摇了摇头，他也是无奈之举，歹徒的数目较多，还是打昏了比较方便一点。

剩下的几名歹徒自然也没有跑掉，整个犯罪团伙成员七人，从某省犯下数起持械抢劫案后，流窜了数省，最后很不甘地被林小洁这群游客莫名其妙地一锅端掉了。

警察很快就赶了过来，林小洁四人本想把这伙歹徒直接交给警察就了事，回旅馆睡觉去。没想到警察同志一个敬礼："请你们配合工作！"所有的当事人就被一并带到了派出所。

四人走出派出所大院的时候，几辆黑色轿车正停在外面。见到四人出来，车上立刻走出十几名黑色西装、身形强壮的年轻人，看样子都是练家子，好像港片里面的黑社会集团，大家立刻神经紧绷了起来。

"黑社会，不会吧？"凌校诧异道，"嚣张到敢到警察局门口闹事！"

林小洁眼尖，看到了从车里面慢慢下来的一男一女，女的竟然是中午被自己救的那个女孩子，男的是个中年人，看这情形是女孩子的爸爸，于是便放下心来。

中年男人很热情地走上来，说道："不要紧张啦，自己人，自己人，这都是我的保镖，感谢各位救了我的女儿！"

凌校轻轻碰了一下林小洁，小声说道："好像很有钱的样子呢！嗯？"

林小洁习惯性的回答脱口而出："这是我们应该做的！"

中年男人很诧异："应该做的？"接着开口赞道，"好！有正义感，这叫路见不平拔刀相助，都是好汉！"

中年男人一挥手，身后一个保镖从包里掏出了一摞钱递给了他，他把钱拿到林小洁面前："这是五万块钱，一点小意思，不成敬意，请诸位笑纳！"

林小洁看了看递过来的一摞钱，很客气地回道："您客气了，我们救人不是为了钱！"说完四个人便不再说话，径直往远处走去。

中年男人看着四人远去的背影，自言自语道："这年头还真有不喜欢钱的人啊，给钱都不要！"

没想到女孩子生气的一跺脚，埋怨道："爸，你怎么老是这样子啊，一身铜臭味，把人都惹生气了！"说完，便朝林小洁几个追了过来。

林小洁看了看追过来的女孩子，用眼睛询问了一下对方的来意，女孩子满脸歉意地说道："对不起，我爸就是那个样子，你们千万别见怪！"

看着女孩子着急的样子，林小洁笑了起来："没事的，我们没生气，你回去吧，以后多注意点安全。"说完转身就要离开。

女孩子急了，喊道："你先别走，我还不知道你的名字呢！"

林小洁笑着答道："保卫人民群众的生命财产安全是我们的职责使命，真的要问名字的话，记住我们是武警就好了。"

"我姓陈，我的名字叫陈文静！"女孩子鼓足勇气喊道，眼睛中忽然充满了不舍。这个忽然闯入他生活中的男孩子与他以往接触到的那些男孩都不同，眼睛清澈明亮，笑起来像个天真无邪的大男孩，打起架来却又帅又酷，让人特有安全感，一见面她就好想走进他的世界，那个世界一定会很精彩吧。

离女孩子很远了，凌校酸酸地说道："我这么个大帅哥在这，这小美女竟然没看到，反倒看上了你这根木头，世事不公啊！"

刘星剑轻拍了一下林小洁："行啊，林小子，还挺有女人缘的！我看行，女孩既漂亮家里又有钱！"

林小洁却故作沉思状，半晌回了一句："五万块钱说送人就送人，有钱人就是不一样啊！"

凌校："少转移话题，又来这招！冷柏你也不讨伐一下林小洁啊！"

冷柏："嗯，林小子打架的功夫有进步，但还得加紧训练，今天若不是我们及时赶到，你小子就惨了！"

林小洁："我今天是做坏事了？没有啊！求求哥几个表扬我一下吧！"

哈哈……林小洁说完，四个人同时笑了起来。

几天后，武警岳泉指挥学院操场，执行全运会安保任务动员大会。

暑假提前结束，林小洁宿舍的集体旅游计划也被迫终止。他们是在旅游的途中接到骆阳的紧急集合命令的，甚至没有来得及回家，打电话让家里人把行李寄到了学员队，四人直接赶回了学校。

"同志们，很抱歉提前结束了大家的假期。当兵的假期少，一年中只有一个月可以过一下正常人的生活，可以趁这段时间陪陪父母陪陪女朋友，看看我们伟大祖国的秀美山河，好好放松一下紧绷的神经和劳累的身体，但既然选择了当兵，就选择了奉献，有一首歌唱得好，当祖国召唤的时候，挺起胸膛站排头！

学院于8月11日接到总队命令，命令我院参加全运会安保执勤任务。作为总队一支重要的应急储备力量，我们有责任也很荣幸参与到这项国家的体育盛事中去，虽然我们学院平时以教学为中心，是第二梯队，但是，需要我们上前线打头阵的时候，我们要比一线部队纪律更严明、作风更顽强、完成任务更好！

同志们，有没有信心！"

"有！有！有！"

院长的一席话，直把全院学员鼓动得跃跃欲试，许多因为提前返校而情绪低落的学员此时也昂着头，脸上写满了自豪，三声决绝的"有"，一浪高过一浪，就像一曲冲锋的号角。

过了这个暑假，林小洁就是大四学员了，站在队列里面显得稳重了许多。可这一刻，还是忍不住热血沸腾，军人是为使命而生的，这句话一点也没错。

离全运会还有两个多月时间，痛苦的战前专项训练开始了。因为执行的是警卫勤务，所以与任务有关的队列、擒敌、射击就成了重点训练科目。其实大家都明白，所担负的任务可能就仅仅是站哨或是维持一下秩序，可是每个人都全力以赴地投入到各项训练中去，目标只有一个，确保任务万无一失，坚决完成好祖国和人民交给的任务！

擒敌术课上，脚下金黄色的沙子被太阳烤热了，一个前倒趴在沙子上，就像趴在了烤箱上面，刚刚做几个动作，学员们已经大汗淋漓了。湿透的衣服黏在潮乎乎的身上，沙子乘机钻进衣服中，紧紧粘在皮肤上，脸上流下的汗水，都是黏稠的土灰色。

林小洁手里拿着塑料匕首，匕首的指向竟然是擒敌术教员，四周的学员们饶有兴趣地看着他。这样的情形在擒敌术课上经常出现，学员们对摔擒术中的某些动作有疑惑时，就会请教员来指点一二。很多时候，指点的方式都是和擒敌术教员一起将动作演示一遍。

林小洁出手了，匕首以很快的速度当胸刺向擒敌术教员，刺到中途他却没按照规定动作来，而是一个前滚翻从刁钻的角度刺向擒敌术教员的小腹。擒敌术教员处变不惊，迅速后闪让过刀锋，趁林小洁招数用老新力未生之际，一脚踹到林小洁屁股上。林小洁很配合地来了个前扑动作，然后在众学员的唏嘘声中，涎皮赖脸地跑下场去。

内卫哨兵在这个时候跑过来，向擒敌术教员请示了一下，然后通知刘星剑、冷柏、凌校和林小洁到骆阳办公室去。

除非特别急的事情，骆阳一般不会占用他们的正课时间，这让大家觉得一定是发生了什么不寻常的事情，心情变得忐忑起来。办公室外，刘星剑、冷柏和林小洁再次不约而同地把目光锁定在了凌校身上。

凌校急忙摆手解释道："不是我，我发誓我最近真没干坏事！"

打报告进去，办公室里的人让四人同时感到意外，竟然是前一阵救的那个陈文静和她的爸爸。这确实是他们没想到的，他们都快忘记了这回事了。

陈文静和爸爸在警察局查到了他们的信息，然后专程驱车几百公里把锦旗送到了学校。陈文静看到林小洁，面上微微一红，微笑着点了一下头，算是打招呼。

文静的爸爸看到他们，拿起桌子上的锦旗，念道："'人民武警，见义勇为'，感谢我们最可爱的人，向武警同志致敬！"说完还夸张地举起手，敬了个礼。

林小洁四人礼节性地笑了一下，傻站在一边不知道该说些什么。骆阳坐在椅子上饶有兴趣地看着他们的表现，部队里待久了，他其实也并不擅长和地方人员打交道，也只有被动应付着他们过分的褒奖。刚才这四个小子没来，对方已经把他们吹上了天，虽然骆阳对自己的兵很有信心，但至于能不能到那种"个个英俊帅气、少年英雄，功夫了得、以一敌百"的程度，他心里还是清楚的，过分的赞美之词着实让作风一贯很务实的他感觉如坐针毡。

"爸！"陈文静轻声喊了一声，她爸爸这才恍然大悟，转头向骆阳道："领导，我们能不能和贵部下中的林小洁同志单独聊聊？"

"噢？"骆阳轻叹了一声，脸上先是疑问，尔后马上对林小洁投以暧昧的眼神，"可以，没问题！"

林小洁被骆阳看得心里直发毛，转脸看看其他三人，他们脸上都挂着贱兮兮的笑意。临出办公室之前，他用目光一个一个与留在骆阳办公室的三人对视，示意他们不要乱讲话，得到的回复却是不予理睬。

林小洁带着文静和她爸爸来到学员队的俱乐部，陈文静转过身来看着自己的爸爸，中年男人询问道："我也出去？不用吧，你讲不清楚，我来给他讲好了！"

文静不由分说地把自己的老爸推出了房间，关上了俱乐部的门。林小洁看着文静慢慢转过身来的背影，不知道她要说些什么，自己更不知道该说什么。

陈文静看着林小洁的样子，好笑地说道："你能不能换个姿势，不用站得这么板正，我又不是你们领导！"

林小洁这才反应过来，自己仍保持着军姿，穿上军装，他就习惯了这种站立方式。被文静这么一说，他把两只手稍微离开了裤缝线，试图换个轻松一点的姿势，可绕了一圈，手又放了回来，他的确不知道该把它们放哪算是合适的了。

文静看着他的样子，禁不住又笑了起来，林小洁也笑了，说道："习惯了！你想单独谢谢我？其实真的不必那么客气的，那是我们的职责！"

文静一双大眼睛俏生生地看着林小洁，等他说完了，表露了自己的心事："我来看你，是因为我喜欢你。"

"啊？"林小洁惊讶了，随后坦然地笑了起来，又是小女孩对军人的盲目崇拜，看到穿军装的，她们就会觉得帅气，没想到这样的事情也会发生在自己的身上。

他的笑很显然引起了陈文静的不满，要知道她可是鼓足了勇气才把话说出口来，她不高兴地对林小洁说道："这很好笑么，你觉得我在和你开玩笑？"

林小洁赶忙收起自己的笑脸，郑重地向文静解释道："对不起，我不是这个意思。我只是觉得仅凭一面之缘就说喜欢是轻率的，你都不知道我是个怎样的人，对吧？"

文静盯着林小洁的眼睛，一字一顿说道："你是个好人，这就够了！"看到林小洁疑问的神色，她解释道："你会义无反顾地去救一个陌生人，这样的人对待自己的亲人只会更好不是吗？做你的朋友一定会幸福的！"

"谢谢你的好意，但好人不一定就适合做朋友的。"林小洁微笑着对女孩子说道，说话的语气就像对自己亲戚家那些任性的弟弟妹妹。

"你也说不一定，不是吗，为什么不给自己机会？"女孩回答道。

"谢谢你对我的表扬。但是……"林小洁指了指自己一身灰土的迷彩服，"我们根本不是同一个世界的人，请你回去吧，我马上要回训练场了。"说完，林小洁便不再多说，向门外走去。

"你为什么这么不自信？我认为军人配得上最好的爱情！"文静在后面说道。

"你说得对。军人配得上最美的爱情，我确信。但我的情况你并不了解，何谈爱情！"林小洁停下开门的手，回答道。

"现在不了解，当然谈不到爱情！我也没说我爱你呀，只说过喜欢你而已。这是基础，难道我们今后不可以相互了解吗？我们先做个普通朋友，不可以吗？"文静机智地说。

林小洁无话可说了。只得尴尬地说："那当然可以，我们的朋友遍天下嘛。"

文静趁机说："我们是朋友了，现在你通讯不方便，我给你写信总可以吧，你可一定要回信给我，说定了？"

林小洁说："好，我一定回你的信。我的通信地址你已经知道了。现在，我要训练去了，再见。"

"再见，记得回信。"

林小洁几乎碰上了站在门外的文静的爸爸。

林小洁朝他点了点头，并不说话，侧身往外走去。盛夏的气息已经伴随着灼灼热浪，涌进楼道，训练场上，大家都在等着他呢。

忙忙碌碌中，9月很快来到。2009届新生来到了学院，吵吵闹闹的样子，让林小洁这些个老兵生发了很多感慨。

比如凌校，现在正站在窗台边看着那些发型各异、穿着各种颜色夏装、提着各式旅行包的地方生们，说什么"岁月荏苒、时光如梭，军校把他这样一个风华正茂、倜傥风流的帅哥已经关了整整三年了"。

林小洁揶揄地看着凌校在那里自恋，并不发表自己的意见，鸡皮疙瘩却掉了一地，心里想着这家伙，还真是无可救药了！

今年的新生比往年更让人关注，因为他们还有另一个比较有时代特色的称呼——"九零后"。

时光终于还是把他们"八零后"挤下了历史舞台，在学校和社会的各个行业，"九零后"开始担任角色，包括军队的战士也慢慢换了成分。他们是不是敢于担当的一代，这个问题在当前社会上的讨论热度就像十年前对"八零后"的讨论一样。

一代人有一代人的特点，一代人也会有一代人的迷茫。林小洁不再去想人生的意义，那太大，当兵的意义他倒是弄明白了。在痛苦中坚守，在忙碌中找寻，在平凡中坚持，手握着钢枪，学的是战斗，军人的价值观却是和平！这么简单的道理，在书本上看了很多遍，但是真正明白却需要很久。

听着外面的吵闹声，林小洁笑了一下。现在，这道军人的必选题是他们的了！

"你傻笑什么？"凌校自作多情地认为林小洁在讥诮他的感慨。

"开口便笑，笑天下可笑之人！"林小洁很淡定地回道。

凌校白了白眼，摇着脑袋，挥着胳膊朝林小洁走来。

林小洁："君子动口不动手！"

凌校："我是个粗人。"

两个人又闹了起来，刘星剑和冷柏苦笑，这俩傻小子。

新生们带给校园的几抹鲜艳的颜色很快就被大军卡拉走了。但今年的新训时间并不到三个月，学院决定让他们也参加全运会安保执勤任务。不到10月底，大卡车拉回了发型统一、服装统一、走路呆板的"新兵蛋子"。当然，这些新学员会被编入林小洁他们这些老学员中间，由老学员们带着他们执勤。

有一个科目新学员和老学员是重合的,那就是每天下午的军姿训练,由骆阳统一组织,新学员和老学员一起站。

岳泉市的10月,阳光竟还是这般火热,汗水悄无声息地在大檐帽的帽檐中央汇聚,然后以固有的频率滴在脚下白花花的水泥地上,迅速消失得无影无踪。

又一名新学员倒在了队列中。晕倒的学员很快被抬到阴凉地休息,那里有军医会照顾他的。新学员队列里的骚动却没有停止,骆阳一脸阴沉地吼道:"不要讲话!"

新学员们于是噤若寒蝉,骆阳的手段他们已经有所体验了。林小洁知道,他们一定会在心里把骆阳骂上个千八百遍的。

这是这几天最常见的一幕了,每天在这个训练场上都要站晕好几个新学员。凌校看到骆阳没看自己这边,依旧抬头挺胸保持着良好的军姿,瞅准机会问林小洁:"这是今天的第几个了?"

林小洁如一尊雕塑,雕塑的嘴唇轻轻噏动:"第四个,我们一动不动地站了大约两个半小时了。"

凌校:"我算知道为什么以前新训的时候感觉那么煎熬了,骆阳组织训练绝对枯燥,毫无艺术性可言。"

林小洁:"岂止枯燥,简直惨绝人寰、惨无人道!"

骆阳忽然把头转了过来,林小洁及时上了嘴巴,但骆阳锐利的眼神却没有离开他和凌校,好在他们俩对敌经验丰富,心理素质极好,脸上表情泰然自若,没有任何波动。

骆阳嘴角露出一丝冷笑,走到两人面前,把他们的帽子翻了过来,帽檐朝上顶在了头上,说:"你们两个多站一个小时。"

又倒下一个,这是今天第五个晕倒的新学员。骆阳丝毫不为所动,不急不缓地对队列说:"凡是晕倒的学员,星期天休息时间多训练两个小时,把落下的功课补上!"

"报告!我有意见!"终于有新学员忍无可忍了。

"讲!"骆阳转过身去。

"你这样训练是不讲究科学,这是在体罚我们,我们要向领导反映!"

新学员声音中满是气愤。

"训练结束后，你完全有向上级领导申诉的权利。但现在，你必须无条件服从我的命令！"骆阳门板一样的脸上掺不进一丝感情，新学员们从中找不到任何可以妥协的余地。队列里安静了，绝望的安静。

林小洁懂得那种绝望，老学员们都懂。

举国欢庆的时刻，林小洁他们习惯了寂寞。

学员们在全运会期间的任务说起来也简单，就是像根竹竿一样杵在场馆外一些主要马路的路边上，或是加强到派出所干警队伍中去和他们一块巡逻。少数幸运一些的家伙可以在场馆内执行任务，感受一下那些许久不曾熟悉的热烈，只不过他们的脸始终是面向观众席的，在热热闹闹的环境中独自坚守着冷静的寂寞。

林小洁这一组属于大多数，他和一个09级新生站在大马路边上，从日光晃晃的中午站到瑟瑟清冷的午夜，几天来，一直如此。开始的时候，来来往往的路人还会向他们投来好奇的目光。到后来，他们就真的和路边的电灯杆没什么区别了。

11月中旬的岳泉市昼夜温差很大。中午的时候，阳光晒得人口感舌燥。入夜后，冷气却似乎能侵入到人的骨头里。通常站哨任务在午夜才会结束，繁华的马路上再也不见到行人，学员们才徒步集结到指定的地点，等候学院的卡车来接他们。

林小洁使劲跺着麻木的脚掌，期望骨骼摩擦能迅速产生点热量，温暖冷冰冰的身体，旁边的新学员却只是抱着双臂落寞地踟蹰前行。看着他失落的样子，林小洁轻拍了一下他的肩膀："多活动一下身体会暖和一些，有什么想不通的吗？"

"班长，你后悔过吗？"新学员忽然转过头来看着林小洁，满眼的迷茫，也不等林小洁回答他，又顾自开始倾诉自己的心事，"我以前很想当兵，从小就羡慕这一身军装的帅气，喜欢军人马革裹尸的豪情，憧憬军营吹角连营的热闹。可是来了以后，却发现自己错了，不一样，和想象中的一点也不一样！当兵一点也不浪漫，就平凡，就苦涩！"

"本来热血沸腾地训练，期盼着能在全运会安保任务中大显身手，没想到最后的任务就只是傻站在大马路上对吧？"林小洁反问道。

新学员有些愕然地看着林小洁，不明白他为什么会洞悉自己的心事。林小洁捕捉到了他眼光中迅速闪过的惊愕，微笑着说道："怎么会不明白呢，我们也是从你这个时候过来的！第一年实习的时候，我在一个看守所中队，刚去的时候，一个中队才40几个兵，哪有部队的样子，当时就失落了！后来的实习生活更难熬，每天都是一个样子，除了训练就是站哨，每天晚上在熟睡的时候都被叫醒，我当时想死的心都有了！"

新学员两眼放光地看着林小洁，林小洁却语气一转，轻松地说道："可是后来我看到了身边的战士，他们一丝不苟地站立，一年，两年，五年，甚至十几年，没有经历过战火硝烟的洗礼，就那样平凡地站立，可你觉得平凡吗？当我明白共和国每一天温暖的日出都有军人不眠的守候，当我看到头发斑白的将军依旧在雨中坚守心中对祖国的承诺，当我看到大街上自由玩耍的孩子，尽情享受着和平的环境，我就自然而然感动了，为和平年代的军人而感动，顺便呢，也为自己感动了一把！"

听到最后一句话，新学员"扑哧"一声笑了："班长，你说得真深刻！"

林小洁笑了笑，不再言语，心道：有一天你也会明白的。

军卡来了，怎么着都让林小洁感觉学校在贩卖牲口——整个车塞得满满的，大家只能肩挨着肩站立。不过人挤在一起暖和，不多时就有人睡了过去。站着也能睡过去，是因为大家实在是太累了。

林小洁看着依着自己肩膀睡着的新学员，去年奥运会安保执勤时，凌校在卡车上睡觉把口水流到刘星剑身上的一幕浮现了出来，他的嘴角不知不觉又翘了起来。忽然，他警觉了起来，自己怎么越来越像刘星剑了？

夏天在忙碌中匆匆过去。全运会结束后，已经是岳泉市的深秋时节，杨树的叶子落了一地。林小洁坐在教室里，看着外面的景色，想着暑假短暂的旅游、盛夏难耐的苦训、全运会安保的早出晚归，思绪在不知不觉中又弥散开来，这就是我们的青春吗？充实却又如此匆匆……

淡去了，夏天的那份狂热。
再次坐在熟悉的教室里，
秋天沉稳的脚步，
一如我们淡然的心情。
仿佛那个夏天，
转眼就已成了梦境。

想起每每找凌校照照片，
他都满脸的不情愿。
碧涛拍岸，
山花映水。
或许比较起来，
我们的笑脸确实看起来比较无趣，
当然，
更不能被称为艺术。

可是，
再美的风景都可以为你停留
年轻的脚步却悄悄走远。
当我们托着腮帮，静静看着窗子外南飞的燕子，
是否会想到，
我们的青春，
却不会在下一个花开的季节飞回。

第十五章
特殊的毕业考核

入学的时候，在总队训练基地经历三个月时间的入伍训练，才算进了学校的门。没想到，快毕业的时候，还要在这里进行两个月的强化训练，才能出得了校门。没有任何征兆，痛苦程度堪比特种部队集训的武警指挥军官毕业强化训练开始了。

林小洁日记

2010年5月10日　　星期一　　天气 晴

进驻总队训练基地第一天，忙忙碌碌一整天，总算消停了下来。

四围山色中，一望绿无际。出门就是静静的山峦，山上的草木葱茏，显得生机勃勃，迎面吹来的空气中满是原野的芬芳，吸进肺里，让人忍不住闭上眼睛，好好体味那种清新的味道。

这里的硬件设施，比四年前我们入学的时候发生了巨大的变化。我们四班住的是二楼，宿舍非常宽敞，有独立的学习室、浴室和厕所，本应该住12个人的地方现在只住了我们班的八个人，更显得宽敞和明亮。怎么说呢，对于我们这些当兵的人来说，这有点奢侈。可是这样舒适的环境并没有让大家感到太多的欣喜，虽然这个地方像度假村，但每个人都知道，我们并不是来度假的。这个美丽的地方，将留下我们异常痛苦的经历，有多苦，没人知道。

为了进一步提高我们的军事素质，学校为我们安排了为期两个月的强化训练。我对这次驻训的态度有点复杂，害怕又期盼，我相信这也是大部分人的想法，害怕痛苦的经历，又期盼浴火后的光彩亮丽。

　　我会坚持的，其实也必须坚持。当兵以后发现，世界上最简单的事情是吃苦，因为你不用思考和徘徊，只要咬紧牙关，坚持就可以了。

2010年5月20日　星期四　天气 晴

　　疼痛，打开日记本，这是我最想记录的两个字。

　　这几天上的最多的课是摔擒课，整个人都被摔散了架，身上青一块紫一块的，吃饭的时候手抖动得厉害，竟然抓不住筷子，睡一觉起来，脖子就好像锈住了，转一下都吃力。更糟糕的是，上节摔擒课当配手的时候，脑袋走了一下神，竟然被凌校一拳打在了嘴巴上，现在消肿了，但吃饭的时候还是会痛。

　　果然是强化训练，除了睡觉的时间以外，每一分每一秒都是煎熬。日子一下子慢了下来，四年都过去了，还有不到两个月就毕业，本来感觉近在咫尺，可到了训练基地以后，那忽然就变成了一件很遥远的事情。目光一下子被收回到了眼前这几天，我们会不停地看训练计划，又开始发牢骚，埋怨驻训安排的训练强度太大，要求合理安排训练计划，要求循序渐进，否则我们身体受不了。

　　骆阳翻了翻白眼，无关痛痒地说了句，"合理的叫锻炼，不合理的叫磨练。身体受不了就对了，否则就不叫强化训练了！"

　　凌校说他真欠揍，其实我也很有同感。

2010年5月31日　星期一　天气 晴

　　下午训练400米障碍的时候，一班副班长从两米半高的云梯上直接摔了下来。当时把大家吓坏了，凌校摔伤的那一次我们记忆犹新。他是整个身子横着摔下来的，障碍场的地面那么硬，这样子摔下来还不断胳膊少腿啊。结果那小子在地上一动不动趴了一会，忽然又跳了起来，大大咧咧骂了几句，拍拍身上的泥土，继续训练去了！

　　高强度的军事训练，终于还是引起了我们身体上的变异，我们变瘦但是肌肉开始结实、骨骼更加强硬，即使受到了很重的打击也不会受伤，每天在30几度的室外暴晒，却从来没有人中暑。

在荡过云梯这个障碍物的时候，手掌上的老茧被拽破了，随着老茧被扯下的还有手心的一小块皮。我到军医那简单处理了一下，军医一直是和我们一起待在训练场上的。所谓的处理，就是用剪刀将破掉的茧子剪去，然后用双氧水涂抹一下伤口，伤口处传来钻心的疼痛。我看到军医的旁边，竟然已经有了十几个圆圆的茧子，忽然感动了起来，被我们自己感动了。

回头看看那些还在障碍场上跑来跑去的身影，满身的汗水与泥土。如果不是他们中的一员的话，我不会理解他们的生活，也不会理解那份执着。军人，什么也不说，祖国知道我！

2010年6月16日　星期三　天气 晴

毕业，这是每天在痛苦中咬牙坚持时，对自己说得最多的一句话。

有些东西，必须是亲身经历了以后才能够真正明白，比如痛苦，比如渴望。都说蛹化成蝶是一段幸福的痛苦，可其中的苦涩实在令人难以下咽。骆阳说我们要学会享受痛苦，可我们真的感受不到痛苦中的幸福滋味，支撑我们一路走过来的还是意志。

每个人都在坚持，所以我所做的也只能是坚持。7月，我们毕业的月份，在此时忽然成为所有光辉与荣耀的代名词，我一定要咬紧牙关，不掉队，去拿到属于我的幸福。

盼望、煎熬，幸福一直就在不远处，却永远让人难以接近触摸。

2010年6月25日　星期五　天气 晴

综合演练的第一天，室外温度39度。

训练科目一：奔袭25公里至卧龙山水库，抓捕投毒分子。

训练科目二：翻越三座大山，急行军30公里，挺进刚刚发生过地震的灾区。

全副武装加上一副颇具武警特色的警棍盾牌，我们原以为会是游山玩水的综合演练开始了。背着40公斤的装备，我们一天之内奔袭了50多公里，其中一大半的路程是山路。为了达到演习预期的效果，下午翻越的三座大山还真是没有路的山，担负保障的车也没法子随队。我们就像一队山魈，穿梭在岳泉市南部的荒山野岭。气温异常炎热，更糟糕的是，随身携带的水壶里的水已经被喝光，在极度干燥和炎热的天气下，我们很快就出现了脱水的现象。

到达第三座山的山脚下时，只剩下了半个多小时来翻越眼前这座光秃秃的山。时间就是生命，这是演习但没有人会把它当成演习。我们想到了2008年的四川汶川大地震，灾区的人民可能正等候着我们的救援！极度疲惫和饥渴的我们呼号着、相互鼓励着发起了最后的冲锋，我们再也不是迷途的羔羊，我们是永远也拖不垮打不烂的狼群。

考核组已经在山脚下守候了。顾不得山路陡峭，下山的时候大家是冲下去的，浮尘滚滚中，我们摔倒了好几个弟兄，然后他们又在大家的搀扶下一起冲到集结地域，整队报告。直到考核组宣布演习科目胜利结束时，很多人才身子一软，仰面倒在地上，大口大口地喘气。

我们看过计划，知道已经挺过来了。还有几天就是毕业考核，以我们现有的实力，这场按照大纲标准设立的考核，对我们来说比训练要轻松得多。

真不敢相信，我们终于要毕业了。

已经是下班时间，总队长办公室的灯却依然亮着。训练处长站在总队长办公室，把白天总队电视电话会议的汇总材料放到了总队长办公桌上。总队长捡了几个支队的汇报意见看了看，脸色越来越难看。

过了一会，他将手上的材料重重地往桌上一放，生气地训斥道："太不像话了！好几个支队给岳泉指挥学院提意见，去年刚刚毕业分下去的学员竟然连擒敌拳都不会打，怎么培养的学员！"

训练处长对这个情况是了解的，也明白学院的难处。去年的应届毕业学员离校前一个月，总队派到总部学习新擒敌拳的教员才返回工作岗位。在很短的时间内，学员们对新擒敌拳只学到了皮毛，并不能够很好地指导基层部队训练。虽然有客观原因，但这个时候，总队长正发脾气，训练处长也只能保持沉默。

"今年指挥学院的应届毕业学员，现在还在总队训练基地进行强化训练吧？"总队长忽然话锋一转，将话题扯到了今年的应届毕业学员身上。

"是，强化训练马上结束，现在正处于最后的综合演练阶段！"每年应届毕业学员的强化训练不仅仅是学院的工作重点，总队训练处也比较关注。因为新排长的军事素质，将直接决定落实到基层末端的训练水平。

"每年的声势都造得不小，总队网上的新闻写得也不错，我看是务虚大于务实了！训练实效到底怎么样，我们首长机关监督到位了没有？"总队长最后是个问句，但实际上是个肯定句的否定。训练处长听了以后脸上一阵青一阵白，也不知是不是空调的制冷不太好，额头上竟然渗出了细细的汗珠。

总队长瞅了瞅站得笔直的训练处长，刚才的怒气消解了不少，说："指挥学院明天的拉练计划呢？"

几分钟以后，一份综合演练训练计划便呈到了总队长面前。他看了几眼便随手扔到了桌子上，反劫持演习，太传统的训练方案。对于从基层一步步走上来的总队长，看一眼，基本就能知道大体内容。

"你觉得演习计划怎么样？"虽然总队长是询问的语气，但是很明显，他并不满意。

"很传统，没创新，但立足学院现有的装备条件，也只能用这个方案。"训练处长实话实说。

"直属支队的演习装备给你，演习方案重做，明天我要看到一场贴近实战的演习。记住，这一次演习的结果，指挥学院的学员不能胜！"

"是！但是最后一句话？我不太明白首长的意思。"训练处长坚定地答了声"是"，但还是不解地问道。

总队长看了看训练处长，说："不要把演习搞成演戏。挑最好的战士跟他们演对头戏，让他们知道战士中藏龙卧虎，别以后下到基层，自以为是本科毕业的科班军官就好高骛远！成绩评定嘛，可以输但是表现要好，表现不好的话就集体推迟毕业两个月，什么时候练好了什么时候毕业！"

"保证完成任务！"训练处长受领任务离开，心里还在重复着总队长的最后一句话：可以输但表现要好。看来总队长这次真的是要动真格的了。

当天晚上，指挥学院和直属队同时收到了总队下发的文件，紧急抽调三名反恐骨干，参与总队组织的处突行动。虽然不知道是什么任务，但总队直接下命令，一定是非常重要的反恐任务，推荐的人员不仅关乎到单位的形象，更重要的是决定任务成败。学院和直属支队党委都不敢怠慢，连夜召开会议进行研究，学院从优秀士兵提干队中选择实战经验丰富的学员，每个人都战功赫赫。直属支队也拿出了自己的家底，选出的几名战士都曾经参加过武警总部组织的大比武。

林小洁他们没有意识到，一场真正的考验正在紧锣密鼓地筹备。明天就是综合演练的最后一天了，演练结束后就可以好好休整几天，然后参加毕业考核。要毕业了，每个人的心里都充满了喜悦和期盼。

林小洁、凌校、冷柏、刘星剑这一小组抽到了本次任务，教员让他们四个人利用晚上时间好好开个会，研究一下行动方案。林小洁们却将方案往旁边一放，各自依在墙壁上睡起觉来。他们心里明白得很，反劫持演习听起来很难，但实际上也是所有演练科目中最没有技术含量的一个科目。学院没有用于演习的技术装备，所谓的反劫持演习也就变成了纸上谈兵，拿着仿真枪过家家呢！

是虎就该山中走，是龙就该闹海洋！学院和直属支队方面，六名受领任务的学员和战士已经到位，他们个个精神抖擞地站在列队里，等候总队训练处长给他们布置任务。

可当听到任务是给学院的生长干部应届毕业学员当假想敌时，队员们高挺的胸膛都落了下去。

"报告！"打报告的是学院的优秀士兵提干学员，在他们眼里，生长干部学员一直是新兵蛋子，根本不值得这么折腾。

"讲！"训练处长好像早就料到了会有人不满，微笑着让队列里的队员发表意见。

"原来是给生长干部学员当配手啊，我们下手太重，一不小心都给打趴下了，岂不是让学院的教员们很丢面子？"其他队员一听，都忍不住笑了起来。

训练处长并不责怪发表意见的学员，用眼睛扫视了一下队列，郑重地说："同志们，今天你们不是配手，而是考官！今天的演习，是一场真正的实战，给你们下达的任务是赢而不是输，希望你们全力以赴拿下这场战斗！你们是单位选出来的精英，代表着单位的荣誉，总队长将通过视频全程观看大家的表现，希望你们不要给单位丢人！"

训练处长的声音并不大，但份量却一点也不轻。尤其是最后一句，荣誉是军人的生命，团队的荣誉一向被军人看得比生命更重要！队员们脸上露出了认真的神色。

"报告！"直属支队战士报告。

"讲！"

"处长，拳脚无眼，人打伤了怎么办？听说他们马上就要参加毕业考核了！"

"打伤了人是你们的本事，要的就是他们的真实水平！今天就是考核，过不了今天这关，他们也没有必要参加后天的毕业考核了！"

早上7：30，集训队才知道总队首长要来观看综合演练的消息，并且接到通知：由总队训练处长亲自组织此次反劫持科目的演习。

紧接着直属支队派人送来了演习用装备，骆阳负责接收这些装备，交接完毕后，他倒吸了一口凉气：直属支队真是阔绰，全新的特种作战用演习装备，武警部队各种型号的武器，不仅有机动部队才使用的95枪族，连刚刚列装总队的03式自动步枪都拿了出来。武警部队院校的毕业综合演练中，还没听说哪家用过这么先进的演习装备呢！想到这，骆阳不禁为刘星剑这一小组担心起来，这是要检验实战能力，要的可是真功夫啊！

训练处长的车开了过来，骆阳跑过去，向已经下车的训练处长敬了个礼。

训练处长回了个礼，没有多余的废话，只说了一句："你可以挑选你最优秀的学员参加今天的演习。"他其实也感觉，今天的演习对学员们有些不公平。

骆阳挺直了身子答道："谢谢首长关心，我的每一个兵都是最优秀的！"

训练处长转过头盯着骆阳，看他是不是不明白自己话中的意思。骆阳的目光毫不避让，郑重而坚定——他明白的。

训练处长转身上车，他还有别的事情要安排，车子匆匆离去。

上午8：00，演习开始。下达作战任务的不再是熟悉的教员，而是由总队训练处长充当某县中队中队长下达命令。

"同志们,现接上级通报,六名抢劫犯正躲藏于五公里外山林地内一所废弃工厂中。由于前夜大雨导致泥石流,交通阻断,道路不能通车,现命令排长刘星剑带领林小洁、凌校、冷柏、苏智刚、杨帆等五名战士先期处置,注意务必于8:30以前,到达废弃小学,否则犯罪分子会逃逸。六名嫌犯曾受过军事训练并携有步枪六支,他们手中持有人质,务必保证人质生命安全!"

"是,保证完成任务!"刘星剑受领任务后,喊了一声"处突小组跟我来",其他五人迅速跟在刘星剑后面跑向摆放装备的桌子。从现在开始,每一分每一秒都很重要,任何环节都不能耽搁。

桌子上除了学员们熟悉的81枪族以外,竟然还放着他们从来没有用过的95式自动步枪和刚刚列装总队的03式自动步枪,看得林小洁几个心里直痒痒,但是所有人还是都毫不犹豫地拿了"81-1",杨帆按照排长刘星剑的命令,背上了85狙击步枪。不到两分钟的时间,装备齐整的处突小组已经成一路纵队跑出了基地。

"中队长"对这次劫持人质事件的处置命令不大符合战术要求,假想敌是六个持有步枪的嫌犯,按照大兵压境、武力威慑的处置原则,应该把整个中队都带上才对,这样六对六的部署,不像是处置劫持人质事件,倒更像是比武。总队做这个方案的那些人都是专家,这一点,他们肯定比处突小组要明白得多。刘星剑忽然有一种不详的预感,今天的演习不会那么顺利。

情况通报中的有效信息不多,假想敌的武器装备配备和军事素质怎么样他们一概不知,到底是自己多疑还是前方真的会危机四伏?摸了摸背在身上的冰冷的武器,刘星剑的心禁不住忐忑不安起来。

直属支队的小礼堂,被改装成临时的演习观摩室。准备时间太仓促,没有军用卫星在大屏幕上指示参演双方的位置,训练处别出心裁地在处突小组的装备上加上了GPS定位系统。大屏幕显示的电子地图上,六个不停闪动着前移的红点同样显得逼真,令人感觉到紧张的战场氛围。

总队、直属支队和学院的部分首长都坐在了前面第一排的位子上,后面是教员，最后面是学员。此时，学员们正紧张地盯着那些红点，脑海里迅速勾画刘星剑这一小组正在通过的位置。

与此同时，另一个大屏幕也切进了画面。画面是废弃的工厂，镜头很快拉近，看到假想敌的时候，直属支队和学院的主官同时吃了一惊。竟然是今天早上刚刚送到总队的处突队员，把假想敌配置得这么强，两个单位的领导也不明白首长机关的意图。

后面坐着的学员们可并不认识假想敌，但他们很快就对假想敌身上的装备感到很不满。假想敌嘛，随便给身便装穿穿就行了，对方竟然穿着黑色的反恐服，打扮得比处突小组都帅。更令人崩溃的是，这些假想敌竟然用着比他们还要先进的装备，95式自动步枪，到底谁是正义的一方？还有，用这些装备的家伙是哪个单位过来的？武警部队中使用这些装备的部队，可都是全训单位出来的，军事素质都不差，而且镜头里的这几个小子好像还真的不是很好对付，当兵的时间长了，好兵孬兵他们是能够一眼看出来的。大家的心顿时悬了起来。

尽管演习观摩室的学员为处突小组捏了一把汗，可奔袭中的他们却丝毫没有意识到自己对手多么强悍，也不知道自己身上安有定位设备，小队的一举一动竟然都被反映在了观摩室的屏幕上。刘星剑别在腰带上的对讲机上传来"中队长"的声音："001呼叫011，收到请回答！"

观摩室的训练处长将对讲机靠近了话筒，以便让在场首长和观摩人员更好地听到刘星剑的汇报内容。与此同时，大屏幕上的镜头忽然拉近到其中一名假想敌，那名队员正手持着对讲机，手不断地换着频道，等画面定格以后，所有的学员心都提到了嗓子眼，画面的效果很好，学员们看到了那家伙嘴角轻蔑地笑，抓到信道了！

无论如何，学员们也没有想到对方会有对讲机，但这完全符合演习的规定，也符合现实情况，却出乎所有人的意料。对讲机可不是什么先进的设备，在真实的反恐作战中，对手利用这个掌握处突小组的动向是完全有可能的。观摩室的学员们现在只能期望处突小组能够不汇报，但这显然是不可能的。

"011收到，请讲！"

"汇报你部情况！"

"前方道路被阻,无法通行,现已经组织分队绕行!"

"克服一切困难,务必按时到达!"

"011明白!"

这样的时刻是最令人揪心的,那就是眼睁睁看着自己人一步步走向陷阱,却无法施救。看着大屏幕上假想敌们挤到一块听刘星剑汇报情况的时候,整个观摩室忽然间静了下来,就连一根针落到地上的声音都能听到。惨败的结局仿佛已经注定,处突小组极有可能在对方零伤亡的情况下全军覆没,没有什么比这个更令人感到丢面子的了。

学院的首长和教员们此时也有些坐不住了。输是输了,也只能说学员的战术意识不强。可是刚才汇报说道路被阻、需要绕行的情况,很明显会阻滞处突小组的行军速度,如果在指定时间内连目的地都到不了就被判出局,那么学院的人可就丢大了!

前方的路当然没有堵塞。刘星剑在最后一刻虚报了情况,既然给了实战的装备,那么肯定要按实战的打法来。刘星剑宁可相信手机联系也难以相信对讲机,对讲机并不是什么先进的设备,汇报情况的时候信号满天飞,被对方截取信息很正常,而信息往往是反恐行动胜败的决定性因素。

汇报完情况后,刘星剑喊道:"加速前进!"要想取胜,只有出其不意,时间是关键!

正当指挥学院的官兵们沮丧地盯着屏幕上的红点时,红点们却并没有像他们汇报的那样绕道远行,反而加快了闪烁前进的速度,这一点让他们困惑,也让他们惊喜。

"嗯?"一直表情比较严肃的总队长也发现了闪烁频率加快的红点们,脸上露出了诧异的表情。演习的前半部分完全是按照他所想的方向发展的,这一刻却跳出了他的思维曲线,看来指挥学院的学员会给他们带来惊喜也说不定呢。总队长轻轻将身子往前探了探,以便更好地观察红点们的动向!

山顶上茂密的植被后面小心翼翼地探出了黑魆魆的枪管,喘息未定的杨帆用枪上的瞄准镜仔细扫描山下开阔地上的废弃工厂。

对方已经进入了埋伏的位置,看埋伏的布局杨帆暗自吃惊,对方也是行家，看这架势是想吃掉他们呢！终于，那个手拿对讲机的家伙进入了杨帆的视线，杨帆立刻把刘星剑给拉了过来，小声说道："他们手里有对讲机，该不会在窃听我们的谈话吧？"

"说不定，让我看看！"刘星剑趴到了镜头旁边，锁定了那个用对讲机的假想敌，把手里的对讲机放到了嘴边。

"011呼叫001！"镜头里的假想敌果然将手中的对讲机往耳朵边轻轻凑了凑。

"001收到，请讲！"

"我分队正火速赶往目标区域！预计十分钟以后即可到达！"

训练处长通过大屏幕看着已经蛰伏不动的红点，心道这些小子真能睁眼说瞎话，嘴角却扯出几丝略带赞许的微笑。

"抓紧时间，防止目标逃逸！"

"011明白！"

镜头里的假想敌朝着山顶某个方位做手势，刘星剑迅速将瞄准镜指向了山顶的方位，经过仔细的搜寻，一个被绿色藤蔓伪装的黑色枪管还是被发现了。刘星剑暗自吃了一惊，对方的这种部署哪里是逃亡中的抢劫犯，根本就是一支装备精良、战术思想缜密的特战分队。

截获情报的假想敌们放松了警惕，也许他们在心中还是轻视了这些基本没有在部队中真正摸爬滚打过的"学生兵"，就连山顶担任警戒和狙击任务的狙击手也将眼睛暂时离开了瞄准镜，而这一切却被几百米外的杨帆看得清清楚楚。

刘星剑分配了任务，敌方的这个狙击手被分给了杨帆，在这个距离上，杨帆击毙他的把握是百分之百。

随着一声清脆的枪响，废弃工厂中的枪声顿时响成了一片，就像是一阵狂风骤雨，来得着急去得也匆匆。

很快，在废弃工厂不同的区域、隐藏得很刁钻的位置上，冒起了缕缕青烟。这一仗打得太憋屈，气急败坏的假想敌们从埋伏的地方站起来，一边咳嗽一边骂怎么回事？原本十分钟以后才会来到的敌方小队突然出现在眼前，轻而易举地找到了大家的埋伏位置，并且干净利索地解决了所有的人。这也许是这群骄傲的军人参军以来首次吃这么大的亏吧。

处突小组从围墙的不同角落翻进废弃的工厂，迅速通过空旷的院子跑向围墙边上的人质，用身体牢牢地将人质围在了中间，五支枪成一个扇面伸向四方。几百米外的杨帆干掉的对方狙击手以后，早已更换新的位置，黑乎乎的枪管正紧张地警戒着废弃的工厂。

行百里者，半于九十，接不到演习指挥部演习结束的指示，任何人不敢有丝毫的马虎！

演习观摩室里此时早已掌声响成了一片，指挥学院的学员们恨不得把手掌都拍烂掉，大屏幕上定格着全神贯注警戒的五个人，他们实在太帅了！总队长终于松下一直板着的脸，赞许地点了点头，学员们的表现是出色的，特别是最后的收场动作，绝对能够反映出这批学员们的整体战术素养。

掌声停歇，训练处长却没有下达演习结束的命令。

"第一阶段演习结束，下面演习进入第二项内容，双方子弹都打光的情况下，要求处突小组徒手制服犯罪分子！"

现场的导调员在处突小组大眼瞪小眼地注视下，宣布刚刚被击毙的假想敌复活了，这真令他们哭笑不得。

刘星剑暗叹，怪不得要在这废弃工厂的中央修出这么一块平整的场地并铺上一层细沙呢！

导调员一挥手中的红色小旗，第二阶段开始！今天的演习到现在才刚刚进入正题。

不管是假想敌还是处突小组，其实双方都是军人，打架的风格自然一样，不罗嗦也不言语，就像两柄古朴但是锋利的宝剑，碰在一起的时候才终于发出了战斗的咆哮。

山顶上两名不明所以的狙击手，还在等着收队的手势，却看到了混斗在一起的双方，抱着手里的武器就往山下冲了过来。

争斗的双方很快形成了一一对峙的局面。假想敌们刚刚输得窝火，正憋着劲想一鼓作气收拾掉这帮小子，挽回面子，上手就不遗余力，却发现对方的手上功夫也很强硬，几个强攻下来，竟然没有占到多大便宜。处突小组也是心里暗暗叫苦，行家一出手，就知道有没有，对方的拳头竟然这么硬。

凌校满不在乎地看着对手，一个和自己差不多身材的家伙。别人都打起来了，这家伙竟然在自己面前摆起了造型，那并不是擒敌拳的格斗势。凌校讥诮道："太极拳？老头老太太晨练呢！"

嘴上看似漫不经心的调侃对方，凌校蓄谋已久的一脚却直接向对方太阳穴踢了过去。这一脚又快又狠去势凶猛，对方退一步轻松闪过，凌校右脚落步，左脚毫不停歇地横向迅速踢出，对方又退一步，凌校连踢了五六脚，对方不动声色地退了五六步。在第七步的时候对方终于停步不稳，凌校趁他前门大开之际，一记前蹬向对方胸口招呼过去，哪知这竟是对方故意卖出的破绽，右脚竟被对方双手硬生生抓住。

凌校左脚往对方身上一蹬，趁他松手之际很漂亮的凌空后空翻。这可是高难度动作，凌校稳稳落地，但还没来得及得意便被对方一记结结实实的前蹬蹬出老远。凌校落地后，一个鲤鱼打挺很潇洒地站了起来，却没想到对方已然杀到，一个顶肩动作让他凌空摔倒，五脏六腑都要吐出来的感觉。他再也不敢犯迷糊，借后滚翻之际右手握了一把沙子，起身的同时向冲过来的对手甩了过去。

对方躲闪不及，用手挡眼的时候被凌校一脚狠狠踹倒，却也顺势一个滚翻，起身后迅速拿好那个半死不活的太极拳姿势，丝毫没给乘胜追击的凌校任何机会。

凌校迅速摆好格斗势，大口大口地喘着粗气，暗道今天碰到钉子了！

其他人也正陷在苦战中，演习的双方脸上都挂了彩。刘星剑和苏智刚的对手也是老兵，一样的路数，拼的完全是体能和实战经验。最能打的冷柏没有制服对手，他看到从山顶赶回来的杨帆失利，发了狠地想尽快撂倒对方支援杨帆，可对方与穷凶极恶的歹徒都多次交锋，丝毫不慌手脚，反而沉着应战，趁着冷柏心急的时候捞到了些便宜。

林小洁打架永远是最热闹的，他信奉乱拳打死老师傅。看自己的技术比不上对方，拿出了胡搅蛮缠的打法，和对方滚在了一起，虽然吃了亏，还能支撑。

杨帆是最惨的，对方狙击手在刚才被他莫名其妙地毙掉了，心中万分恼火，仇人见面分外眼红，刚刚交手就用上了全力。对方手上功夫比杨帆高出一个层次，杨帆眉清目秀的脸上已经鼻青脸肿了，不过令大家都没想到的是，这小子骨头茬子硬得很，还扛得住。

折腕、反关节、别肘，顺势起脚绊腿！这一连串行云流水般的动作使出来，手法娴熟自然，犹如吟诗作画，却透着一股快、狠、准的辣味。可惜使出这些招式的人不是凌校，而是他的对手。凌校跪倒的时候心里暗叹一声"完了"，肘部关节和腕部关节同时被扣住，任你有天大本事也使不出来了！绝对不给自己留一丝机会，话说对手的格斗风格还真是令人敬佩啊。

脸紧紧贴在地上，凌校挣扎了几下，反而被对手扣得更紧，心下越发气恼，只好眼贴在地面上看其他人的战况：林小洁不知什么时候被对手打破了鼻子，血渍混着汗水从嘴上留了下来，杨帆被对手一个虚晃打在了脸上，接着一脚踢出好远，正挣扎着从地上站起来。看到这些，他的心像被针一下接一下地扎着，心急又心疼。

终于，凌校忍不住了，他暴吼了一声，接着脖子上青筋尽出，同时猛然转身，左手一拳打在对手脑袋上，紧接一脚踹倒了对方，用尽所有的力气喊道："兄弟们！拼了！"

场上的空气凝固了，处突小组和假想敌同时停下来看着凌校直直垂下的胳膊，这小子竟然自己把胳膊给脱臼了。

局面终于失控了！

这必定是一场无法分出胜负的战斗，训练处长及时终止了演习。即使经历了那么多大风大浪，观摩室里的总队首长们还是被眼前这帮年轻的学员感动了。总队长转过头，对一脸心疼模样的学院院长说："说你们学院毕业的学员连擒敌拳都不会打，看来是错怪你们了！"

凌校、林小洁、冷柏站在一旁，刘星剑和苏智刚扶着吐个不停的杨帆，关切地问道："没事吧？"

"没事！"杨帆有气无力地答道。接着，没事的他又弯下了身子，恨不得把肠子给吐出来。刚才，脑袋被对手打了好几拳，头晕得厉害，估计有些脑震荡吧。

导调员走过来说，和其他人一块坐车回去吧，刘星剑抬起头看看军卡，假想敌们已经坐在车上。军卡不远处是深绿色的卫星通信车，他知道，首长们可以通过它很清楚地看到现场的情况。处突小组现在应该表现得大度一点，和假想敌们坐到同一辆车上。

刘星剑看看林小洁和凌校几个人，那几个任性的家伙恨不得把脑袋别到脖子后面去，意思再明确不过了——打死他们，也不愿意和假想敌们坐一块。

刘星剑于是问道："请问这是命令吗？"

导调员："不是。"

刘星剑："那我们徒步回去。"

冷柏背上杨帆，杨帆的枪背在了刘星剑的身上。来的时候没注意，原来这段山路竟然这么泥泞，就像这军校四年走过的路，不是怎么太好走。气氛沉闷得要命，就连最能吵吵的凌校也没有了声音，不时转一转他那刚刚接上的胳膊，好像在调试刚刚装好的机器。

大家都不说话，却是伏在冷柏背上的杨帆打破了沉闷："班长，我今天表现好吗？没有当逃兵！"

"好！"刘星剑轻轻答道。

"在战斗面前，军人只有两种选择，胜利，或者，阵亡！"杨帆重复着骆阳四年前对他们说过的话。四年了，他还记着这句话，刘星剑听完心中一酸，眼泪差点掉下来。

"我今天帅吧，林小洁。打架我不会，拼命我还是会的！"

"嗯？"林小洁摸了摸受伤的鼻子，无邪地笑道，"挺耐打！"

"他今天也来了，肯定是他让我进的处突小组。那个逼我当兵的男人，我怨恨了他四年，四年之间就从来没有好好和他说过话，汇报一下自己在军校的生活。从小到大我怕他，觉得他总是威严，觉得他永远不会老，可今天我看到，他竟然有那么多白头发，脸上的皱纹那多，也没有以前威严了。"杨帆闭上眼睛，喃喃地说道："今天才知道自己错了，错得离谱，那是一个值得我敬爱的父亲。原来，在心底里，我是如此深爱军人这个职业。"

林小洁抬头看了看远方的山峦起伏，心下叹道，四年了吗？

岔路口的地方，一辆运兵车停在那里。骆阳正依着车门抽烟，看到刘星剑等人走了过来，抽了一半的烟扔到了地上，一脚踩进了烂泥里。

"上车吧，接你们回去！"骆阳并没有责备大家。

"不用了，山路湿滑，无法通车，我们就走回去吧！"刘星剑面无表情地经过骆阳，其他人也是如此。

"是什么！"骆阳出神地看着他们身后踩得全是脚印的路，"是什么让我最好的班长也想不通？"

刘星剑站定，转过身来盯着骆阳："当兵八年，基层部队四年，军校四年，我一刻不停地训练了八年。我自认为一直是个佼佼者，现在随便来一个假想敌就可以和我打成平手？挑这么多高手来对付我们，花了不少工夫吧！"

"学院和直属支队挑了最好的过来！"骆阳实话实说。

刘星剑："没打算让我们赢吧？"

骆阳："只要不输得太惨。"

刘星剑："他们伤得不轻！"

骆阳："我也心疼他们。"

刘星剑："这不是次公平的演习。"

骆阳："但这是真实的战斗，军人没有权利选择对手！首长们想看看，你们有没有资格走出校门。这也是我们想要的答案。"

刘星剑："成绩怎样？"

骆阳："优秀！"

刘星剑于是把头别向那几位，说："想通了的话，咱们上车！"

其他人看也不看骆阳，打开车门就钻进了车里。

刘星剑在他们进去之后，停了一会，还是开口说道："对不起，其实就只是想，四年了，四年了哪怕就有这么一次，我这个班长由着他们的性子，胡来一次！"

刘星剑说到最后哽咽住了，他不看队长骆阳，也不敢让自己看车里面那些正在生着闷气的家伙，使劲把脑袋别向远处的山峦，映入眼帘的却只有模糊的雾气。深吸了一口气，刘星剑努力让自己平静了下来，打开车门钻进了拥挤的车里面。

车子很快碾过泥泞的路，来时的脚印被深深地压入地下，一同被埋进去的，还有那段吵吵闹闹的岁月。前一刻，林小洁还在想，总队的做法太过分，这一刻却忽然落寞了下来。凌校活动着自己疼痛的胳膊，刚才和他交手那家伙的眼神一直没有离开过他的脑海，可随着发动机的响声，这些忽然不再重要，四年来的一切都开始变得缥缈和无从寻迹。

打过、笑过、哭过、闹过，青春像一台热热闹闹的大戏，终于落下了帷幕。没有人再说话，大家默默地看着车窗外飞逝的树，看着那些寂寞的山峦。他们曾经诅咒过无数遍的军校，离去的时候，竟然这般让人留恋。

毕业了，在一个灼热又带着些许伤痛的盛夏。

在煎熬中苦痛，在苦痛中成长。人生终于像是在漫长的等待中轻轻地舒了口气，然后青春在一个苦闷的嘈杂的夏季开始拔节生长，迅速长成了就连我们自己也都不熟悉的样子。噢，我们长大了，这就是我们从小时候就开始盼望的长大吗？并没有想象中的那种欢呼雀跃与欣喜，却因分别而笼罩着淡淡的伤感。

离开学员队的时候，骆阳正站在宿舍门口，黑着脸对着09级学员狂轰乱炸："什么！手提电脑要带出学院，因为这是你们的私人财产？我告诉你们，既然当了兵，人都是国家的，谁再给我讲什么私人财产，我就把他先送去关上一个星期禁闭！所有电脑晚饭之前全部送交保密室统一保管，我的话不重复第二遍！"

涉密计算机岂能带出校园当娱乐电脑用呢，这些个09级的师弟还真是能闹腾。林小洁看到队列里的他们，眼神里含着无限仇恨地瞪着骆阳，忽然感觉那特像昨天的自己。而现在的他，却感觉骆阳的这通发火这么温馨。

骆阳看到了林小洁，喊了声"解散"就跑了过来。他本来就是在学员队门口，等着送走他的每一个兵，可没想到09级那帮混账小子却在这个时候添麻烦。可能意识到自己刚才的训话，其实就是四年来对待林小洁他们的翻版，他对着林小洁讪讪地笑了笑。他很少对学员用这么温情的表情，所以自己都感觉特别扭。

因为骆阳在驻训时折磨他们的原因，林小洁前几天还和他摽着劲不搭腔呢！这一刻，他却感动了。他知道，骆阳其实在今年1月份已经提职，年初的时候，上级就下达了调他到机关工作的命令。他却坚持要送走他们这批学员，和大家一起坚守在训练场上。他本着对学员前途和部队负责的态度，从严要求从难磨砺，可是却遭到了学员们的误解和责难。

敬礼！林小洁对着骆阳行了一个庄重的军礼。

骆阳脸上的笑容凝固了，郑重回礼。四目相对，千言万语都印在同样深刻的眼神中。林小洁放下手，转身离开，不想被骆阳看到忍不住就要溢出来的泪水。

军人的生活永远是匆忙的，就连分别时也无法腾出时间来搞一场轰轰烈烈的告别会。在林小洁和凌校四年前曾经驻足的位置，青春被系成方方正正的样子和军被一起背在了身上。林小洁是下午的火车，所以要先走，四班的人已经在校门口等着送他了。

"羡慕啊，江南自古繁华，烟柳十万人家。没想到你小子运气这么好，那么多兄弟只有你一个人分到江南水乡！这难道就是传说中的运气？"凌校一脸的嫉妒，其他人哈哈笑了起来。

"那是！江南丽山秀水，美女如云，兄弟我可一个人去享福去了，你们找不到老婆的时候我帮你们介绍啊！"林小洁贱兮兮地说。

"性格不要那么强，自己照顾好自己。"刘星剑嘱咐道。

"知道啦！我现在可是满四年的老兵了！"林小洁满不在乎地叫嚷，可是满脸被宠的幸福。

"还要加强训练，不要偷懒！"冷柏忽然冒出这么一句。

"知道啦，知道啦！"林小洁很介意地看着冷柏，不满地嚷道："你这个大猩猩，我的军事素质就那么差？"

"就没好过！"其他人哄笑起来。

"不说了，走了，要晚点了！"林小洁转过身，提着包急急地往路口的方向走去，还真的就不再回头。他一个人走得那么果决，却那么令人伤感。

"林小洁！照顾好自己，别忘了我！"是凌校的声音，他忽然叫了起来，带着哭腔，也不管什么形象不形象，就像一个孬兵。

这家伙，怎么一直这样子。林小洁止步，却不敢回头，因为他不想让身后的那些家伙看到自己的眼泪。

"男儿何不带吴钩，收取关山五十州，请君暂上凌烟阁，若个书生万户侯，书生论剑豪情多，携笔从戎保家国！"是凌校四年前年少轻狂的感慨，林小洁此刻用尽了全身的力气把它们喊出来。眼泪就像断了线的珠子，流到那张因为极力想忍住哭泣而扭曲了的脸上。

"林小洁，下辈子咱们还考军校，老子还在这等你！"凌校哭喊道，其他几个人也忍不住落下了眼泪。刘星剑一把拉起哭泣的凌校，使劲抱在了怀里，朝着林小洁喊道："林小子，照顾好自己！"

身后传来了刘星剑的声音，声音里带着眼泪的咸味。那些刻薄的老男人，四年来从未看到他们掉过泪，最终还是哭出了声来。林小洁听着后面那些朝夕相处了四年、钢铁一样的人儿毫无军威的哭声，感觉自己前世与今生被生生割裂开来，自己正在离开这辈子最重要的东西，还是忍不住回过头去。

"我会想你们的！"林小洁撕心裂肺地哭喊道。教学楼的侧面，那些金色的大字再次映入眼帘，四年前林小洁对它们很陌生，但现在，它们是他的信仰：保卫国家安全，维护社会稳定，保卫人民群众的生命财产安全！

只要祖国需要，哪怕爬冰卧雪，哪怕战火硝烟，哪怕海角天涯！

骆阳说，可以迷茫，但不要停滞不前。林小洁对自己说，可以伤心，但不能停滞不前！他咬了咬牙，狠了狠心，迈开了步子。

再见了，我的军校岁月！再见了，我的青春！

尾 声

列车向前的声音仍然在延续。

战士们都已经进入了梦乡，有几个睡觉不老实的，被子给掀到了一边，林小洁走过去轻轻为他们盖上，仔细掖好被子。高原的晚上是清冷的，一不小心便会着凉。

讲完了那些压在心底里面的故事，他的心绪就再也无法平息了。毕业后平时忙忙碌碌地顾不上，此刻才知道已经有好长时间没和他们联系了，那些让人牵挂的家伙，他们好吗？

同一时刻：

西北地区，武警某机动师魔鬼训练周营地。训练了一天的侦察兵们刚刚安营扎寨，一连串的枪声忽然响了起来。

导调员用喇叭喊了起来：营地遭受袭击，奔袭20公里至2号营地休息。侦察兵们一骨碌爬起，迅速起身把睡袋塞进背囊，然后背着几十公斤的装备，急匆匆消失在黑夜里。

石磊一边跑一边想自己怎么这么命苦，都当"官"了还被撵着跑，这个时间点估计四班其他人早就睡过去了，这样想着，他不自觉地放慢了脚步，很快被其他人落在了后面。

哒哒哒！一阵枪声在背后响起。

石磊撒开腿往前跑去，大声喊道："妈呀，我还是晕过去吧、晕过去吧！"

中原腹地，某县看守所中队。正在哨位上查哨的排长苏智刚打了一声喷嚏，鬼使神差地想，是不是林小洁和凌校两个熊兵又在背后骂他？他看了看哨位窗子外高悬的明月，一时间竟然发了呆。

执勤哨兵紧绷身体站好，内心十分忐忑：这个一脸凶相的排长，神色严峻地站在那好一会了，是不是自己哪方面做得不够到位，是不是要挨批评了？

半晌，苏智刚终于收回目光，语气和缓地对哨兵说："注意提高警惕，天气凉了，多添加衣服别感冒！"

哨兵答了声"是"，看着排长远去的背影却感觉亲切了许多。

边疆某市的街头。城市已经熟睡，一队全副武装的武警却正在巡逻。带队的排长虎背熊腰，明显比其他士兵高出一截。

近期，从境外渗透进来的恐怖分子连续发动了几起针对平民的砍杀事件，让本来宁静的城市顿时风声鹤唳，在这些宵小未落网之前，也只有全城警戒了。

队列里大部分士兵没有实战经历，还有好几个新兵，这几天恐怖事件的惨烈和恐怖分子的凶残让他们心有余悸，满心的紧张都写在了脸上。

冷柏看出了大家的心事，在一盏路灯下面喊停了队列。他抽出挂在大腿侧方的匕首，一甩手准确插入了两三米外的树上，紧接着子弹上膛、端枪瞄准、漂亮利落地锁定了目标——那棵树。他低沉而坚决地对战士们说："对于普通群众，恐怖子是狼，对我们来说，他们是羊！拿稳手中的枪，发现他们、消灭他们！"

战士们看着排长，一时间底气十足。冷柏看着他们，忽然有些错觉，他发现自己也站在他们中间，而身边站着的是四班。

华东某市监狱中队。李之语有些无奈地看着对面自己排里的一名新兵，他在想，自己以前是不是也和他一样令人无语：这个兵是典型的"哨老族"，高中毕业后就守着电脑玩游戏，没出过房门，被家里连哄带骗送到部队以后，就成了"老大难"，今天因为被子没叠好被班长批评得狠了，拉开窗子就往楼下跳，幸亏被拽了回来！

半晌，李之语说："怎么这么想不开，班长批评了，好好改正，下次叠好点不就行了，你真跳下去，想过自己的父母了没有？"

新兵一听来劲了，恨恨地说："我就是想到自己的父母才往下跳的，他们把我骗到部队受苦受累受委屈，好吧，那我就让他们伤心！"

李之语挠了挠头，一脸郁郁，他在想，刘星剑在就好了。

新兵倒没有那么多心事："排长，我困了，今天不会跳楼了，让我回去睡觉吧！"

"好吧，你把床铺搬过来，以后睡在我身边！"

东南边陲的热带雨林内。一场滂沱大雨刚刚下过，这里的夜静悄悄。

一队手持着AK47、56半自动步枪等各色武器的武装分子出现在国境线上，刚刚这场大雨让他们心安了不少，公安和武警再敬业也不至于在这样的天气下也坚守岗位吧。他们可以趁着这个漆黑的雨夜将价值千万的毒品运到境内，中国的禁毒力度很大，但也造成了毒品市场走俏，只要能运进来，就能够狠赚一笔。

可他们不知道，他们的行动早已进入了武警的视线。

凌校在夜视仪里仔细观察着毒贩们的一举一动。两天了，从接到公安通报的信息后他们就一直在此设伏，原本担心"猎物"丢了呢，直到此刻，大家一直悬着的心才算落了下来。

"011，带一组封口。"无线设备传来中队长的指示。

"明白！"凌校压低声音回道，然后带领一组迅速占领有利位置，扎住了埋伏圈的口子。

一阵枪声响起，沉默的雨林变成了战场。毒贩伤亡惨重，但仍旧不投降，在他们看来，投降等待着法律的审判是死，不投降或许还能拼死杀出一条血路，搏得一线生机。

毒贩们开始撤退，但后路却早已被凌校堵死。夜视镜里面的敌人变得越来越少，但距凌校埋伏的位置也越来越近，他们盲目打出的子弹不断地扫在凌校身边的树枝和土地上。

一名精神接近崩溃的歹徒疯狂地向这边冲了过来，凌校果断开枪射击。这时一枚圆形的手雷出现在视线内，"卧倒！"凌校喊道。

那不是手雷，是一枚闪光弹。

强烈的闪光让许多仍然盯着夜视仪的战士瞬时致盲。穷凶极恶的毒贩也开始了孤注一掷的最后冲锋。

国境线的最后一道血肉防线和毒贩们的垂死挣扎撞在了一起。枪声、肉搏声、呻吟声顿时混成一团。

半小时后，凌校静静地接受军医包扎胳膊上自己的伤口。他有些走神，其实他是在很自恋地想："刚才的搏斗，多亏是自己的手上功夫很厉害。换林小洁试试看，勉强应付，换杨帆那小子，估计要吃大亏了！"

不过，这个夜晚，他们都在干什么呢？

华北地区某总队训练基地。

杨帆通过夜视镜，看着寂静的四周，轻声对身边的队长说："队长，情况不对劲啊！"

队长还没来得及回话，敌人扔了闪光弹，瞬间让所有人致盲。接着几根照明棒就扔到了他的脚下，"有埋伏！"他的话音还没落下就已经中了好几枪了，同时被打成筛子的还有其他几名队员。

杨帆就地一个滚翻躲过敌人的密集子弹，迅速往黑暗处隐蔽。

战术手电亮了起来，敌人走出埋伏来清点战果。"目标被击毙四人，有一人逃跑！"

"跑不远，追！"

话音刚落，黑暗里几声枪响传来，一名敌军应声倒地。

"关掉战术手电，戴夜视镜，散开！"敌军队长马上下了命令。

敌人熄了手电筒，杨帆没了目标，敌人的脚步声却从四面八方响了起来。

"糟糕，要被包围了！"杨帆暗自叫苦，于是在墙角弃了步枪，把手枪上了膛。

★尾声

敌人很快发现了暴露的步枪，悄无声息地围了上去，杨帆忽然从他们身后跳起，用手枪就是一顿乱射，登时就击毙了好几名敌方队员。

敌方队长一脚踢掉杨帆的手枪，两个人扭打在了一起。过了一会，两个人扭打的地方冒起了烟。

"我拉响手榴弹了！凡是靠近我们的，都属于阵亡！"杨帆有些得意地叫道。

"杨帆？"敌方队长问道。

"班长！"兴奋中的杨帆停顿了三秒钟后，大叫了一声，重新抱住了刚才和他扭打的人。

刘星剑笑道："你小子轻点，我还纳闷谁枪法这么准呢，没想到会是你小子！"

杨帆松开手："毕业一年了，一个兄弟还没见到，我也没想到会在这种场合下碰到你！"

这时训练场的探照灯亮了，整个训练场亮了起来，导调员的声音响了起来："请两个支队的队员退出训练场，下两个支队，准备。"

5分钟后，整个训练场再次陷入一片漆黑。

当前，很多反恐战斗是在夜间打响的，为了增强部队的夜间作战能力，总队组织了此次"黑夜之心"反恐骨干集训，每个支队都派出五名人员参训。今天是第一天，总队组织兄弟部队适应场地，同时也相互切磋一下。

"你小子出息了，这种集训都能派你来，刚去军校的哪会，谁会想到？"刘星剑和杨帆坐到远离训练场的草坪上，听着稀稀疏疏传来的枪声，忍不住感慨道。

"学校，好怀念！"杨帆抬起头看着星光熠熠的天空，想起了那些无忧无虑的日子和那些可爱的人儿。

"嗯，学校！"刘星剑重复了一下，接下来却换了话题："杨帆，知道为什这次演习叫'黑夜之心'吗？"

杨帆却仍旧陷在记忆里有些心不在焉，失神地回道："黑夜怎么会有心呢！"

刘星剑说："黑夜之心说的就是我们啊，在黑夜中依旧警惕的军人之心！"

每天晚上有多少军人坚守在执勤哨位，风雪哨所，战斗一线，他们默默守护着这个国家的每一刻安宁，为共和国迎来每一天和平的曙光。黑夜之心说的就是军人的忠诚！你看看天空，说不定林小洁他们也还没睡，正在执行这样或那样的任务，也像我们在这里怀念着军校的时光呢！"

杨帆点了点："嗯，林小洁，凌校，苏智刚，李之语，冷柏，石磊……"说着说着，一个个生动的面孔便在眼前跳跃了起来。

这个夜晚，黑夜也有了心情。

2010年1月——2011年12月拟稿
2018年1月——2018年4月定稿

后 记

军校毕业的时候,我们学员自己做过一个留念视频,名字叫《战友,你还记得吗》。视频上记录了四年来的一些难忘的瞬间,解说的文字是我写的,尽管8年过去,每每读起这些文字,都感觉军校生活就像发生在昨天一样依旧历历在目。虽然文笔稍显得有些稚嫩,但写出了我们的真情实感。在小说的最后,就原原本本拿出来,与读者朋友们一起倾听这窖藏在岁月里许久的"毕业歌"吧。

就如同翻开一本精彩的小说,在依依不舍中却看到了结尾;
就如同展开一幅神奇秀美的画卷,在顾盼流连中山水淡远;
就如同听一首引人入胜的曲子,在花香流水中琼音渐远;
就如同多情的晚风温柔地抚摸挂在窗子前的那串紫风铃。
青春在如痴如醉的乐点中悄然走远,走远……
直到我们一回头,
就看到了时光一向深沉的眼眸中,
终于吐露了,
太多,太多的,
不舍!

（写给我们）

2006年的那个火热的9月，我们从全国的不同地方来到泉城济南，带着些许期盼、带着几分懵懂、带着我们永远一往无前的开拓精神，大大咧咧的走进校园，走进宿舍，走进彼此的人生区间，走进我们如诗如画的大学生活……

还记得我们刚见面时的情景么，操着谁也听不懂的家乡话开始第一次交流，在莫名奇妙的相互对视后，颇有默契地相视一笑，磕磕巴巴的普通话将四年的军校生活铺展开来。

还记得新训骨干棱角分明颇为帅气但有些黝黑的脸庞，被我们形容成考糊了的南瓜饼么？我们怀揣着满心的欢喜来这里寻找未来，却让新训的苦闷把那些雄心壮志倾倒得干干净净。

我们一起抱怨苛刻的纪律和条令。

一起在坚硬的地面上练习匍匐前进。

一起搀扶着跑过五公里的终点线。

……

还记得那个共同度过的中秋晚会，我们人生中第一个没有亲人相伴的团圆节么？晴空圆月如一双善良的眼睛看着远离家乡的游子，而我们，终于不再感觉对方只是一副不怎么可亲的陌生的面孔。

我们一起数着指头计算着寒假的日子。

一起怀念妈妈做的手擀面。

一起在想家的愁绪中，背着队干部在宿舍里卧谈到很晚，很晚。

……

还记得那次拔河比赛，结实的草绳却被倔强僵持的我们拉断的情景么？倒在一起的我们把笑声也堆在了一起，冬日的清冷都被融化成暖色的阳光。

我们一起打牌，常为联邦的配合不够默契吵成一堆。

一起踢足球，丝毫不怕操场坚硬的地面。

一起为篮球队加油，直到嗓子喊得沙哑。

……

还记得我们一起备战计算机、英语考试，忘我拼搏的日子吗？教室中只有笔尖在沙沙作响，宿舍里嗒嗒作响的键盘敲出必胜的决心。

我们一起在晨曦中朗读课文，不顾清冷。

一起在深夜里钻研习题，不怕困倦。

一起把自己对青春的态度写在考卷上，不管成败。

……

还记得奥运安保，鏖战帆都青岛的60多个日日夜夜么？尽管离去已两载，但耳边仍旧响彻风雨中的铮铮誓言！

我们一起在山沟海岛中默默巡视。

一起在灯火阑珊处傲然挺立。

一起把无言的忠诚牢牢地钉在执勤点上，确保绝对安全！

……

还记得宏伟壮观的奥体中心么，形形色色的各种道具，忙忙碌碌的人群，冰冷的钢铁建筑却透露着9400万山东人民火一样的热情！

我们一起在热闹的现场坚守着冷静的寂寞。

一起在马路边从日光晃晃的中午站到瑟瑟清冷的深夜。

一起在拥挤的军卡中疲惫地睡去，醒来才发现自己还保持着站立的姿势。

……

（写给教员）

曾因环境的改变而手足无措，曾因叛逆被中规中矩而牢骚满腹，但今天，年轻稚嫩的脸上却刻上了军人的成熟与坚毅，心儿在回首时忽然荡起涟漪，那些令人难忘的教员啊……

就像迎面吹过的春风，那样不着痕迹，却让思想的种子开始在知识的海洋里生根发芽，不知不觉已枝繁叶茂。

老师，

那是您永远和蔼的微笑，尽管三尺讲台上的粉笔灰，又给您染白了几缕青丝。

就像一泓甘甜的清泉，那样无声无息，却让心灵不再荒芜，充满生机，不知不觉已绿意盎然。

老师，

那是您额前闪烁的汗珠，训练场上您用不苟的动作，就这样送走了几多岁月。

老师,

是您教会我们及时去播种春天。

老师,

是您教会我们用拼搏去点亮未来。

老师,

是您用洒脱的指挥棒,指引着迷茫的青年,高唱奋进的凯歌。

老师,

是您用娴熟的雕刻刀,把不规则的原木修饰得如此完美。

您辛苦了,老师,

送一束鲜花给您,表达全队学员对您的感激!

老师,您辛苦了,

唱一首动听的歌曲给您,送去一丝欣慰和甜蜜!

老师,感谢您!

(写给队长、教导员)

总有一片感激徜徉在心间,总有一份祝福已贴好标签,总有一缕温情它叫作严厉,总有一种冲动想再听几声叮咛,队长,教导员,您们,辛苦了!

(写给离别)

翻开时漫不经心,走过后方知精彩,四年的军校生活,烙印在心灵上的是刻骨铭心的记忆。

栀子花开的时节,海棠依旧深情款款,打点远行的背囊,装不完的还是纯真的战友情义。

兄弟啊,舍不得你!

忘不了你帮我补习功课,忘不了你陪我站岗训练。

忘不了那些嬉笑打闹,忘不了生病时那碗热气腾腾的病号饭。

……

可是,更忘不了的是,

我们和明天有个约定,我们对祖国有个承诺!

因为和明天有个约定,所以才把无情的背影留给对方,战友啊,在每一个孤独浸染的黄昏,就用你灿烂的笑容,来温暖我孤独的坚强。

因为对祖国有个承诺,所以才义无反顾地奔向远方,祖国啊,我愿到你最需要的地方，高挺胸膛为你扛枪站岗！

今天，在转身之后成了过往，明天，就是接受祖国和人民检阅的时刻！

我们，信心满满，整装以待！

穿越风云磨利剑，中流击水看今朝！

请祖国相信，请母校放心，请那些伴随着铁血男儿梦想的青春岁月作证：

06级本科学员会带着四年的扎实所学，在军营这片广阔的天空中，建功立业！为祖国站岗，为母校争光！

战友们，伟大的时代呼唤无畏的勇者，勇敢的出征是造就英雄的起点，为了明天的光荣，让我们昂首向前！

希望属于我们！

胜利属于我们！

辉煌属于我们！

06本，

万岁！